U0083733

古典詩歌研究彙刊

第九輯

襲鵬程 主編

第 1 冊

陳本禮《屈辭精義》研究

柯混瀚 著

國家圖書館出版品預行編目資料

陳本禮《屈辭精義》研究／柯混瀚 著 -- 初版 -- 新北市：花
木蘭文化出版社，2011〔民100〕
目 2+220 面；17×24 公分
（古典詩歌研究彙刊 第九輯：第 1 冊）
ISBN 978-986-254-519-5（精裝）
1. 楚辭 2. 研究考訂
820.91 100001456

ISBN-978-986-254-519-5

9 789862 545195

古典詩歌研究彙刊
第九輯 第一冊 ISBN：978-986-254-519-5

陳本禮《屈辭精義》研究

作 者 柯混瀚
主 編 龔鵬程
總 編 輯 杜潔祥
出 版 花木蘭文化出版社
發 行 所 花木蘭文化出版社
發 行 人 高小娟
聯 絡 地 址 新北市永和區中正路五九五號七樓之三
電話：02-2923-1455／傳眞：02-2923-1452
網 址 http://www.huamulan.tw 信箱 sut81518@ms59.hinet.net
印 刷 普羅文化出版廣告事業
初 版 2011 年 3 月
定 價 第九輯 20 冊（精裝）新台幣 28,000 元

陳本禮《屈辭精義》研究

柯混瀚 著

作者簡介

柯混瀚，台灣省基隆市人，一九八一年生。現就讀國立彰化師範大學國文研究所博士班，並擔任該系兼任講師。主要研究方向為「楚辭」與「日本漢文小說」。撰有〈劉向與《楚辭》關係再探〉、〈屈原之孤獨情結及其文學表現——試從漢人「擬騷」之作談起〉、〈屈原、陶潛「狂狷」論〉等單篇論文。

提　要

　　陳本禮《屈辭精義》是產生於古代《楚辭》學「大盛期」之清代的重要《楚辭》注本之一。作者陳本禮身處於「樸學風潮」盛行之乾、嘉時期，卻採取「文脈大義」之探索為主的治學取向，其書提出之觀點為何，並呈現哪些特色，與其聯結之時代精神與意義又為何，確實值得深入探究。惜時至今日，學界並未見針對此書之專門論述，僅有些許概述式之提要。因此，本論文基於現存研究成果之不足，進一步深入研探，以期能彰其人、揚其書、顯其說。

　　本論文第一章首先回顧研究動機與研究成果，正因至今學者並未對是書進行具體且全面地考究，僅見些許短篇之提要，故有深入鑽研之必要。第二章為「知人論世」故，先就「《屈辭精義》的成書背景」，加以敘述，主要集中於清代《楚辭》學發展之梗概。其次，針對陳本禮之生平與著述，加以介紹，進而得知作者之文人氣息濃厚，偏好集部箋注之學，更是當時揚州地區著名的藏書家。最後，論及「《屈辭精義》之成書與版本」，正因陳本禮撰述此書，花費四十餘年之光陰，幾經改稿，而其治學路數最終正是邁向「精義」之鉤索。第三章歸納並分析《屈辭精義》之體例，在箋注方面，陳本禮頗好「旁徵博引」，其援引《楚辭》學相關著作達三十九種之多，而其他古籍亦達百種之餘，可謂眩博。另一方面，書中亦不乏「另出己見」之處，足見作者力求突破之精神。第四章基於近代學者之評價，加之筆者個人管見，統整《屈辭精義》之得失，其成就在於「訓詁考證，力求簡要，偶有一得」、「首陳己見，兼採他家，鉤玄提要」、「探析章法，反覆精研，頗集大成」、「鑑賞詩藝，品評入微，時見慧心」四項；而其缺失則在於「創立新解，好奇逞博，論證不足」、「尤重寄託，強之曲解，流於附會」、「以《詩》釋《騷》，沿襲舊誤，難免扞格」三項。最末，針對歷來學者之評論，舉其要者，加以述評，旨在進行對話或稍加修正。尤其，筆者回顧學界對是書之相關批評，其評價不高之原因，略作敘述。由於研究立場之不同，以致《屈辭精義》之相關意義與價值，在以往未受重視。因此，筆者以為《屈辭精義》一書不僅為今人所認定之「文脈大義的集大成者」，其「旁徵博引」並「另出己見」之箋注特色，正是符合古代文化學術研究之「結穴」的時代脈動，而其治學精神，仍是受到有清一代學術風氣之影響。

目

次

第一章　緒　論

第一節　研究動機

　　《楚辭》是繼《詩經》之後，異軍突起，代表著一種新的文學體裁——「騷體詩」（或稱「楚辭體」）之確立。考察先秦文學史，在《詩經》之後數百年間，諸子百家爭鳴，散文代起，直至屈原出、「楚辭」興，詩壇得以重放異采。「騷體詩」之開創者兼集大成者屈原的出現，以其「獨立不遷」之人品與「驚采絕豔」之詩品，正式揭開作家文學時代之序幕，並促使中國文學正式進入「感性自覺」之階段，〔註1〕堪稱中國詩歌史上第一顆熠熠巨星。早在劉勰《文心雕龍》中即有〈辨騷〉一篇專門論述，謂「固知《楚辭》者，體慢於三代，而風雅於戰國，乃雅頌之博徒，而詞賦之英傑也」，指導後人學習「酌奇而不失其眞，翫華而不墜其實」〔註2〕的創作典範，並以〈辨騷〉與〈原道〉、〈徵聖〉、〈宗經〉、〈正緯〉並列爲「文原論」（或稱「樞紐論」）；或

〔註1〕有學者認爲屈原以其創作實踐與作品成就，建立了文學的主體意識和審美導向，可謂取得「文學的突破」，參閱馮俊杰：〈文化哲學與屈原的文學突破〉，《山西師大學報》（社科版）第 19 卷第 3 期（1992 年 7 月），頁 1～9。

〔註2〕〔南朝梁〕劉勰著、范文瀾註：《文心雕龍註》（北京：人民文學出版社，2006 年 1 月），上冊，頁 47、48。

鍾嶸《詩品》以「推源溯流」法，[註3]將漢代以降之詩人作統整繫聯，分爲〈國風〉、〈小雅〉、《楚辭》三系，並加以品第，確立五言詩之三大派別，足見《楚辭》之地位與影響，實不容小覷，堪稱爲中國「文章之祖」（劉師培《論文雜記》語）。

又如王國維（1877～1927）先生讚道：

> 三代以下詩人，無過於屈子、淵明、子美、子瞻；此四子者，苟無文學之天才，其人亦自足千古，故無高尚偉大之人格，而有高尚偉大之文學者，殆未之有也。[註4]

王氏以文學批評家之角度，判定屈原、陶淵明、杜甫、蘇東坡四位詩人，是中國詩史上最偉大之詩人。其中又特別標舉其皆具「高尚偉大之人格」，乃是成就「高尚偉大之文學」的要素。

確實如此，《楚辭》不僅突出地表現屈原的人格力量，亦突出地表現屈原的創造力量，[註5]猶如劉勰所謂「不有屈原，豈見〈離騷〉？」（《文心·辨騷》）之意。當然，也可換句話說「不有〈離騷〉，豈見屈原？」，正因《楚辭》之流傳，使屈子之精神，得以永垂不朽。詩人屈原曾自吟：「余獨好脩以爲常」、「恐脩名之不立」（〈離騷〉），而〔清〕蔣驥（1674～1741）即評曰：

> 蓋通篇（〈離騷〉）以好脩爲綱領，以從彭咸爲結穴，自篇首至眾芳蕪穢，序其以好脩而獲罪也。自眾皆競進至前聖所厚，序獲罪而不改其脩也。[註6]

〔註3〕 「推源溯流」法爲中國古代文學批評之重要傳統，其產生於六朝，並成熟於鍾嶸《詩品》，相關資料參見胡建次：〈中國古代詩歌源流批評的承傳〉，《三峽大學學報》（人社版）第27卷第6期（2005年11月），頁40～44；張伯偉：〈中國古代文學批評史上「推源溯流」法的成立及其類型〉，《鍾嶸詩品研究》（南京：南京大學出版社，1999年6月），頁343～360；張伯偉：《中國古代文學批評方法研究》（北京：中華書局，2002年5月），頁104～193。

〔註4〕 王國維：《王觀堂先生全集》（臺北：文華出版公司，1968年3月），冊五，〈文學小言〉，頁1843。

〔註5〕 金開誠：《屈原辭研究》（南京：江蘇古籍出版社，1992年6月），頁254。

〔註6〕 〔清〕蔣驥：《山帶閣註楚辭》（臺北：宏業書局，1972年11月），

又蘇雪林（1897～1999）先生亦以爲：

> 筆者則謂屈原以「修」之一字，凡學問、德行、忠君愛國
> 之心，守死善道之志，靡不總括；而其愛美好潔之特殊德
> 操，亦總括在內，故「修」字者實屈原以自指其完美之人
> 格者也。〔註7〕

正是因以「好脩」作爲其一生立命之根本，即使「眾女嫉余之蛾眉兮，
謠諑謂余以善淫」、「世幽昧以眩曜兮，孰云察余之善惡」（〈離騷〉），
卻都未曾動搖詩人追求人格美善之決心與意志，可說具有孔子所欣賞
的「狂狷」性格，猶如〔清〕劉熙載（1813～1881）所云：「屈靈均、
陶淵明，皆狂狷之資也」。〔註8〕

　　雖說屈子標舉「我俗之異」、「眾醉獨醒」，且因「豈其有他故兮，
莫好脩之害也」（〈離騷〉），招惹黨人之嫉妒，更遭君王之貶謫，落得
行吟澤畔，終究「既莫足與爲美政兮，吾將從彭咸之所居」（〈離騷〉），
於是效法前脩，選擇投江自沉。詩人在政治上雖未能一展抱負，但以
其「博聞彊志」、「嫺於辭令」（司馬遷〈屈原列傳〉語）之創作才能，
將一腔之熱血、滿腹之憂愁、不平之悲憤，字字血淚，化爲詩篇，記
錄其悲劇性的一生，進而引發後代無限文人之推崇與共鳴。誠如王逸
所言「凡百君子，莫不慕其清高，嘉其文采，哀其不遇，而愍其志焉」，
〔註9〕此由後世「擬騷」、「弔屈」之創作，歷久不衰，可見一斑。

　　不僅如此，除了在文學創作方面，《楚辭》成爲重要之典範；在
學術研究方面，自漢代起，陸續有不少學者爲屈原作品進行箋注，或

〔註7〕　蘇雪林：《楚騷新詁》（臺北：合記圖書出版社，1995 年 1 月），頁
　　　　 103。

〔註8〕　〔清〕劉熙載：《藝概》（臺北：頂淵文化事業公司，2004 年 3 月），
　　　　 頁 93。又有關屈原具有「狂狷之資」議題之研究，可參拙著〈屈原、
　　　　 陶潛「狂狷」論〉，《東方人文學誌》第 7 卷第 4 期（2008 年 12 月），
　　　　 頁 43～65。

〔註9〕　〔宋〕洪興祖撰、白化文等點校：《楚辭補注》（重印修訂本）（北京：
　　　　 中華書局，2002 年 10 月），頁 3。

加以品評、詮釋，甚至造就中國詩學史上的第一次論爭，〔註10〕「楚辭學」於焉興起！特殊的是，顏崑陽認為在漢代「楚辭學」中所確立之「情志批評」，即在詮釋隱涵於作品言內甚至言外的作者情志之餘，有時更「反照自身」，以揭明批評者一己情志之傾向，形成一種「互為主體」而訴諸「通感」的闡釋活動。〔註11〕因此，影響所及，致使後代「『楚辭學』不僅是一種學問的鑽研，並且是文人思想感情的表現與發洩。這一點，是後世任何一位詩人都無法與之齊肩的」，〔註12〕此論點實可作為今人在研究古代《楚辭》學時，重要之參考基準。

　　話說自 1978 年饒宗頤提議建立「楚辭學」，1986 年薛威霆、王季深又提倡建立「屈原學」，〔註13〕如今「楚辭學」（或屈原學）早已是古典文學研究中之一大重點學科，學術成果碩果纍纍，汗牛充棟。然而，細究近代「楚辭學」之研究發展，基本上仍是聚焦於《楚辭》作者與作品之考究與校釋，較少涉及《楚辭》研究史與騷體文學發展之範圍，直至近二十年來，方陸續出版相關專門著作。尤其，古代《楚辭》學之發展，自漢代至清末，長達千餘年之久，其中歷經了「以章句訓釋為特徵的漢唐階段，以義理探求為特徵的宋元階段，以各逞新說為特徵的明清階段」〔註14〕等三個階段，更出現了不少極具代表性之《楚辭》注本。其中，清代作為古代《楚辭》學之鼎盛期，加之與當代時間接近，因而多數研究成果得以流傳，但若以二十世紀以來學

〔註10〕孫家富：《先秦兩漢詩學》（長沙：湖南人民出版社，2000 年 11 月）將漢代圍繞著屈原作品之爭論，名為「中國詩學史上的第一次論爭」，並且預示著政教詩學向審美詩學的轉變，見頁 76。

〔註11〕詳參顏崑陽：〈漢代「楚辭學」在中國文學批評史上的意義〉一文，《第二屆中國詩學會議論文集》（彰化：國立彰化師範大學國文學系編印，1994 年 5 月），頁 203～247。

〔註12〕廖棟樑：《古代楚辭學史論》（臺北：私立輔仁大學中文所博士論文，1997 年），頁 9。

〔註13〕周建忠：〈楚辭與楚辭學〉，《雲夢學刊》第 25 卷第 1 期（2004 年 1 月），頁 6。

〔註14〕周建忠：〈楚辭與楚辭學〉，頁 6。

界對「古代《楚辭》學」之探究，實又屬歷代中較爲欠缺的時期。如姜亮夫（1902～1995）編著《楚辭書目五種》中著錄之清代《楚辭》研究專著，即有百餘種之多。不過，面對如此龐大之學術遺產，據筆者至今檢索所及，就學位論文而言，綜論清代《楚辭》學史者僅有一本，〔註 15〕另針對「專家」研究者，僅及王夫之（1619～1692）《楚辭通釋》、蔣驥《山帶閣注楚辭》、戴震（1724～1777）《屈原賦注》、劉熙載等四家，〔註 16〕且幾乎是本世紀以來之研究成果，如此與百餘種之清代《楚辭》研究著作，相較之下，專門針對清代《楚辭》專著進行探討者，可說是寥寥可數，不成比例。

　　上述四家中，王夫之、蔣驥、戴震三人向來被推爲清代治《騷》之佼佼者，〔註 17〕因此受到一定程度之重視，然其餘如錢澄之（1612～1693）《屈詁》、林雲銘（1628～1697）《楚辭燈》、屈復（1668～1745）《楚辭新註》（又名《楚辭新集註》）、陳本禮（1739～1818）《屈辭精義》、王闓運（1833～1916）《楚辭釋》、馬其昶（1855～1929）《屈賦微》等，〔註 18〕諸家頗具個人特色並有獨到見解之作，則尚待學界進一步之開

〔註 15〕〔韓〕林潤宣：《清代楚辭學史論》（北京：北京大學博士論文，1997年）。

〔註 16〕林姍：《王船山楚辭通釋研究》（福州：福建師範大學碩士論文，2008年）、蕭夏煖：《蔣驥山帶閣注楚辭研究》（臺北：私立輔仁大學中文所碩士論文，1997年）、肖治強：《山帶閣注楚辭探析》（貴州：貴州大學碩士論文，2007年）、廖淑玲：《蔣驥山帶閣注楚辭研究》（福州：福建師範大學碩士論文，2008年）、徐道彬：《戴震與屈原賦注》（武漢：湖北大學碩士論文，2001年）、施仲貞：《劉熙載楚辭學研究》（南京：南京師範大學碩士論文，2008年）。

〔註 17〕今有學者以爲在清代研究《楚辭》的著述中，蔣驥《山帶閣注楚辭》可與王夫之《楚辭通釋》、戴震《屈原賦注》鼎足而三，取得最爲突出之成績，參見郭新和：〈蔣驥《山帶閣注楚辭》的治學方法〉，《河南師範大學學報》（哲社版）第 23 卷第 1 期（1996 年），頁 15；張磊：〈古代楚辭學重要論著及版本述評〉，《大學圖書館學報》2001 年第 2 期，頁 80。

〔註 18〕按：本論文所論及之楚辭學者，於首次出現時，均標示生卒年，而未註明者，即爲生卒年不明。相關資料均參考自李誠，熊良智主編：《楚辭評論集覽》、周建忠，湯漳平主編：《楚辭學通典》、易重廉：

拓。在此，《屈辭精義》一書被今人譽爲「文脈大義」一派之集大成者，
〔註19〕相較於王夫之「抱亡國之痛，發憤著書，作《楚辭通釋》。孤心
彷彿，宜較諸家爲精」，〔註20〕藉注屈以寄託其愛國精神、遺民情感；
蔣驥「採摭羣書，都六百四十餘種，以《楚辭》一書而論，自王氏《章
句》以外，取晁、洪、朱、黃、毛、陸、周，以逮清初十餘家，非率爾
苟且之作」，〔註21〕可謂旁徵博引，治學謹嚴；戴震「以餘力爲屈原賦
二十五篇作注，微言奧指，具見疏抉，其本顯者不復贅焉。指博而辭約，
義創而理確」，〔註22〕是以其深厚的考據學工夫注屈，並將屈賦推尊爲
「經之亞」。陳本禮身處於「樸學」風氣鼎盛之乾、嘉時期，作者對於
「樸學」治《騷》之態度爲何，所提出的具體觀點與內涵又爲何，而個
人特色何在，乃至於爲何提出如此詮釋，且是書與時代背景之關聯又何
在等問題，皆格外引起筆者之注目與興趣。再者，以「陳本禮《屈辭精
義》」爲題之單篇論文，今僅見姜亮夫〈屈辭精義〉與林潤宣〈論陳本
禮的《屈辭精義》〉二篇，〔註23〕又或相關著作之「提要」，內容甚爲簡
略，顯示此一著作有待深入探究之必要。因此，本論文即以「陳本禮《屈
辭精義》研究」爲題，蒐羅相關材料，詳加研探，希冀能彰顯其人、其
書、其說，以呈現更爲具體且深刻之內容，進而評述《屈辭精義》之時
代意義與價值。

《中國楚辭學史》、陳煒舜：《明代楚辭學研究》等四部著作，另有
崔富章纂輯，吳宏一、陳煒舜校補：〈清代楚辭類著述版本目錄〉一
文，吳宏一主編：《清代詩話知見錄》（臺北：中央研究院中國文哲
研究所，2002年2月），頁731～745。
〔註19〕易重廉：《中國楚辭學史》（長沙：湖南出版社，1991年5月），頁569。
〔註20〕傅熊湘《離騷章義・自序》語，引自姜亮夫編著：《楚辭書目五種》
（上海：上海古籍出版社，1993年2月），頁255。
〔註21〕姜亮夫編著：《楚辭書目五種》，頁161。
〔註22〕〔清〕盧文弨：〈屈原賦注序〉語，引自〔清〕戴震著，褚斌杰、吳
賢哲校點：《屈原賦校注》（北京：中華書局，1999年12月），頁3。
〔註23〕姜亮夫：〈屈辭精義〉，《中州學刊》1990年第3期，頁91；〔韓〕林
潤宣：〈論陳本禮的《屈辭精義》〉，《遼寧大學學報》（哲社版）第28
卷第6期（2000年11月），頁23～25。

第二節　研究概況

　　除了上述相關「清代《楚辭》注本」之研究成果，與近人著述之「古代《楚辭》學」之專著與論文，〔註24〕皆有助於吾人瞭解清代《楚辭》研究之梗概，與不同學者間注《騷》之觀點與特色。在此，首先針對「陳本禮《屈辭精義》」一書有所評介者，據筆者查閱所及，而按其著述時間之先後，介紹如下。

一、姜亮夫《楚辭書目五種》等

　　姜亮夫先生堪稱近代以來，對《屈辭精義》進行具體研究之開創者，功不可沒。因《屈辭精義》成書於嘉慶年間，已屆清代中葉，加上並未收入《四庫全書》中，故是書雖已刊行，但實不易尋獲前人之論評。所幸姜亮夫曾藏有《離騷精義》之部分手稿，並與陶秋英合作，經過一番校訂、繹讀與研探，出版《陳本禮離騷精義原稿留眞》一書，由於這些珍貴文獻之助，使吾人更能瞭解陳本禮撰述《屈辭精義》之相關歷程。整體而言，姜亮夫對《屈辭精義》之研究，特別著重陳本禮改稿之過程，進而由此前後差異，加以分析陳氏治《騷》理念之變化，更完整地突顯《屈辭精義》之箋釋特色。關於姜氏之研究成果，

〔註24〕如王延海：《楚辭釋論》（大連：大連出版社，1997年4月）曾將清人對屈原論評之重要觀點，概括爲「屈賦忠孝爲宗論」、「莊、屈比較研究」、「〈離騷〉禱杌說」、「屈賦情眞說」四大面向，見頁307～318；或毛慶：〈略論明清之際屈學研究思想之嬗變與發展——兼及對楚辭學史的貢獻〉一文，《武漢水利電力大學學報》第19卷第5期（1999年9月），針對明末清初屈學研究的突出貢獻，歸結於「寄托」、「感悟」、「創新」、「訂誤」四個方面，而此四點影響有清一代甚遠，見頁65～70；又毛慶：〈論清代楚辭研究中的「直覺感悟法」〉一文，《文藝研究》2007年第4期，揭示清人以「直覺感悟」法研究《楚辭》，進而成爲一種較具系統的研究方法，亦是別具特色，見頁70～77；另如李金善：〈楚辭學史的濫觴——《四庫全書總目》之楚辭論〉一文，《河北大學學報》（哲社版）第24卷第1期（1999年3月），針對《四庫全書總目》的「楚辭論」，進行梳理與省思，並指明四庫館臣在部分觀點上的偏頗，見頁54～57。誠然，其他尚有許多研究成果，皆對探究陳本禮治《騷》與清代《楚辭》學之關係，有所裨益，在此僅略舉一二，不復贅云。

主要見於《陳本禮離騷精義原稿留眞》、《楚辭學論文集》、《楚辭書目五種》等三部著作，〔註25〕其他尚有期刊論文或隻言片語，但內容較爲簡略。

其中，能較爲全面且簡要地評述《屈辭精義》者，當屬《楚辭書目五種》，〔註26〕並著錄於書中「第一部、《楚辭》書目提要」之「第一、輯注類」。首先，對作者與著作有所簡介，總結地認爲此書「大抵新解極多，恐亦未必當于屈子之用心」。其次，提及古代文獻之著錄，如見《清續通考》與「光緒《江都縣志》著錄，名『楚辭精義』」。再者，敘述相關版本，共有「清嘉慶十七年壬申裛露軒刊本」、「陳氏讀騷樓刊《陳氏叢書瓠室四種》本」、「民國十三年上海出版公司影印《離騷精義原稿留眞》本」四種，並於此節文末附有《離騷精義原稿留眞》改稿方法之說明。再者，收錄《屈辭精義》之序跋與〈凡例〉。最後，又附有《離騷精義原稿留眞》之出版說明與〈陳本禮屈辭精義手稿本跋〉之節錄，〔註27〕可謂蓋括《離騷精義原稿留眞》一書之精華所在。

二、饒宗頤《楚辭書錄》

饒宗頤編有《楚辭書錄》一書，是書爲當代最早出版之《楚辭》書目專著，頗具開創之功，更影響隨後出版之姜亮夫《楚辭書目五種》。其於「知見《楚辭》書目第一」中，即有著錄「《屈辭精義》六卷」，署名爲「清江都陳本禮嘉會撰」。相關內容以版本爲主，提及「嘉慶十七年（壬申）裛露軒刊本」、「陳氏讀騷樓刊《陳氏叢書瓠室四種》本」、「《離騷精義原稿留眞》」三種，另又交代作者生平，並以「是編

〔註25〕按：《楚辭書目五種》最早於 1961 年由中華書局上海編輯所出版，而饒宗頤《楚辭書錄》則於 1956 年由香港蘇記書莊出版，雖饒書早於姜書，但因姜氏所編著《陳本禮離騷精義原稿留眞》早在 1955 年 9 月出版，故筆者先提及姜氏。

〔註26〕姜亮夫編著：《楚辭書目五種》，頁 206～223。

〔註27〕按：此〈跋〉文後又收錄於姜氏所著《楚辭學論文集》，並有所更名，即姜亮夫：〈陳本禮離騷精義三次修改手稿本研究〉，《楚辭學論文集》（上海：上海古籍出版社，1984 年 12 月），見頁 423～444。

光緒《江都志》著錄名《楚辭精義》」，而針對此書之特色，則僅說明其「大旨在發明微言大義」，與將〈離騷〉一文分爲經、敘兩部分，內容極爲簡略。〔註28〕

三、洪湛侯等《楚辭要籍解題》

洪湛侯等《楚辭要籍解題》一書，首先交代作者陳本禮之生平與著述，其次介紹《屈辭精義》一書之內容次序與箋注體例，較前人所言，較爲深入。再者，針對是書之特色，分項舉例並稍作說明，如以「此書旨在闡揚屈辭之精義」、「陳氏對屈賦的『比興』手法理解得比較深透，探微闡幽，也大都從比義出發」、「陳氏具有詩歌創作的實踐經驗，其解《楚辭》，對作品的篇章結構等藝術手法，更多會心之處」、「陳氏的藝術鑒賞能力比較高」、「在詞義解釋和文字訓詁方面，此書也有可取之處」等；也提及此書之缺點，如「將〈離騷〉分爲序文與經文，強作解人」、「忽略史實，卻重視奇聞異說，有些注釋，洗盡一切故實、史實不言，而盡量引錄雜說，未免有好奇逞博之病」、「錯解文義」等，末附版本之介紹。從洪氏之提要來看，不難察覺其吸收姜氏研究成果之處，但對本書之優缺點，已有一定程度之評述，內容頗爲扼要。〔註29〕

四、易重廉《中國楚辭學史》

本書第十二章即爲「陳本禮的楚辭研究」，第一節是「陳本禮的生平和著作」，對作者的生平與此書之體例，有簡要之介紹；第二節爲「《屈辭精義》的成書經過和思想傾向」，此節乃易氏參考姜氏之相關研究成果，加以分點敘述，其中較爲特殊者，乃提出「楚辭學文脈大義一派的集大成代表，陳氏可以當之」。最後，第三節爲「《屈辭精義》的成就」，首先指出「闡釋屈原作品的文脈大義，是《屈辭精義》

〔註28〕參見饒宗頤：《楚辭書錄》（《饒宗頤二十世紀學術文集》卷十一）（臺北：新文豐出版公司，2003 年 10 月），頁 248。

〔註29〕詳參洪湛侯等：《楚辭要籍解題》（武漢：湖北人民出版社，1984 年11 月），頁 193～199。

最突出的成就」，並說明陳氏「充分發揮《詩》比興的比的作用」，加以闡釋文章的「奧義」。再者，又強調陳氏能從文學家的角度讀《楚辭》，或提出些許《屈辭精義》中不甚妥當之觀點與詮釋。〔註30〕

五、朱碧蓮《楚辭論學叢稿》

朱碧蓮曾撰〈《楚辭》舊注管窺〉一文，收錄於《楚辭論學叢稿》中。〈《楚辭》舊注管窺〉此文，主要針對王逸《楚辭章句》、洪興祖《楚辭補注》、朱熹《楚辭集注》、陳第《屈宋古音義》、王夫之《楚辭通釋》、蔣驥《山帶閣注楚辭》、陳本禮《屈辭精義》等七部著作，加以述評。尤其，朱氏能注意到前人較少論及之《屈宋古音義》與《屈辭精義》二書，實屬難能可貴。有關「陳本禮《屈辭精義》」之部分，首先亦是交代作者生平與著述，接著說明此書之編排體例，自成一家，而較之於《楚辭要籍解題》，不僅介紹其篇目次第，更進行評斷，認為「其編排時考慮未周」。再者，強調此書尤引人注目者乃「作者著述態度之嚴肅認真」。更由於朱氏身為女性，因而強調陳氏參引女性注《騷》家一事，並推崇陳本禮對《楚辭》文獻學之貢獻。此外，朱氏亦對《屈辭精義》之得失，有所說明，優點如「作者於〈離騷〉用力特勤，對參諸家之說，敢於辨正是非，不妄信，亦不盲從，而是以『披沙揀金』的精神，取眾家之長，發人所未發，抒個人之見」，並稱讚陳氏有「極高之文學修養和藝術鑑賞能力，故對屈辭的藝術特徵有自己的獨特感受，對其言外之旨多有會心」；缺點則是「不少牽強附會之見」，如為屈作分序與經文之舉，或對〈九歌〉內容之理解，「全以比興視之，處處與詩人個人身世遭遇結合在一起，遂使〈九歌〉全詩失去了藝術的完整性與形象性」。大抵而言，朱氏對《屈辭精義》之評價，與洪氏相較，可謂大同小異。〔註31〕

〔註30〕詳參易重廉：《中國楚辭學史》，頁 565～574。

〔註31〕詳參朱碧蓮：《楚辭論學叢稿》（臺北：文史哲出版社，2000 年 6 月），頁 240～245。按：此書原名《楚辭論稿》，原於 1993 年 1 月由三聯書店上海分店出版，後於 2000 年 6 月由文史哲出版社在臺發行，方

六、李中華、朱炳祥《楚辭學史》

本書第七章「清代的《楚辭》研究」之第八節爲「龔景瀚《離騷箋》與陳本禮《屈辭精義》」，內容首先介紹《屈辭精義》一書之編撰，可謂花費了陳氏畢生的心血，而相關論評，即如「在某些方面，他的確能揭示屈原作品的內在寓意」、「陳氏對《楚辭》藝術的分析也不乏精彩之筆」。其次，說明陳氏將〈天問〉爲題圖說發展得更加完備，或是以陳氏自視甚高，但實則是書並未達成相當高的成就。最後，針對陳氏以《詩》解《騷》、以經解《騷》的方法，與龔景瀚《離騷箋》同，以致其錯誤如出一轍。〔註32〕

七、林潤宣《清代楚辭學史論》

林潤宣爲韓國學者，曾於遼寧大學就讀碩士班，又於北京大學就讀博士班，現任韓國關東大學教授。《清代楚辭學史論》之第六章爲「陳本禮的楚辭研究」，本章第一節爲「陳本禮的生平和《屈辭精義》」，第二節爲「陳本禮注釋《楚辭》的緣由」，第三節則是「陳本禮楚辭研究的特點和成就」。其中，主張陳本禮的楚辭研究，乃是「以闡發微言大義爲目的」、「以剖析比義的運用爲主要方法」，而以「著重分析文章脈絡」、「探討屈辭的藝術特色」爲其獨到之處。總而言之，林氏對《屈辭精義》之研究與評價，大致上亦是涵括前人提要之相關要點，加以敘述。〔註33〕

八、崔富章總主編《楚辭學文庫》

由崔富章主編之《楚辭學文庫》，其中第三卷之《楚辭著作提要》

才改名。

〔註32〕詳參李中華、朱炳祥：《楚辭學史》（武漢：武漢出版社，1996 年 10月），頁 247～252。

〔註33〕〔韓〕林潤宣：《清代楚辭學史論》（北京：北京大學中文系博士論文，1997 年），頁 63～71。按：學者林潤宣又撰有〈論陳本禮的《屈辭精義》〉一文，而就筆者對照此文與其學位論文，得知〈論陳本禮的《屈辭精義》〉乃是由其學位論文中加以節取而成，故今僅列一種，加以介紹。

與第四卷之《楚辭學通典》，均有專文評述「陳本禮《屈辭精義》」，但二書之內容，又以《楚辭著作提要》中署名由毛慶所撰之提要，內容較為充實，故在此僅針對毛氏之評介，加以摘要。毛氏一文，因頗舉書中原文加以印證，堪稱筆者至今所見有關「陳本禮《屈辭精義》」之提要中，最為詳盡者。如參考姜亮夫先生之研究成果，從「訓詁」、「史實引用」、「文義闡發」等方面，一一舉出稿本與今本之異，藉以說明陳氏治《騷》思路之轉變。再者，針對是書之自序、〈署例〉、箋注體例等，皆有介紹。關於《屈辭精義》之特色，則首先以為有「屈賦『奧義』之闡發」，正因「陳氏重詩歌章法，重精微之義，故見解常能獨到，而成一家之言」；其次為「探求創作心理，剖析篇章結構，鑒賞作品藝術」，像是在篇章結構的剖析上，「常能中其肯綮，令人會心」。然而，毛氏以為該書雖以闡發大義為主，但在名物訓詁方面，仍有可取之處。最後，提及此書之不足與錯誤，如部分分析因采用「以《詩》證《騷》」法，所得結論有誤；或是在結構脈絡的分析上，亦有大誤；又在具體詩句的訓解上，也難免有所附會等。〔註34〕

九、陳煒舜《楚辭練要》及其他

陳煒舜《楚辭練要》一書之第七章為「歷代楚辭學著作舉隅」，其中有短文提及陳本禮之《屈辭精義》。內容介紹作者生平著述與《屈辭精義》之篇目，並敘述「全書分段箋註，箋講大義，頗能理清屈作文氣，註為訓詁，博採眾說。此外尚有眉批，亦以就論章法為主」。更舉其〈離騷〉「覽察草木其猶未得兮」一章之箋語，認為「不僅疏通文理，亦能發明弦外之音」，且以為「是書雖稱精詳，亦有不足之處」，缺失即出在謂〈離騷〉有序，直言「此論未免以後規前，強作解事」，的確指出問題核心之所在。〔註35〕

〔註34〕潘嘯龍、毛慶：《楚辭著作提要》（武漢：湖北教育出版社，2003 年 5 月），頁 198～205；周建忠、湯漳平：《楚辭學通典》（武漢：湖北教育出版社，2003 年 5 月），頁 388～389。

〔註35〕參見陳煒舜編著：《楚辭練要》（宜蘭：佛光人文社會學院，2006 年

其他尚有霍松林主編之《辭賦大辭典》與戴錫琦、鍾興永主編之《屈原學集成》二書。〔註36〕前書於「辭賦典籍」中的「研究專著」類，有針對《屈辭精義》之短文提要，作者為周建忠；後書於「屈原學本體研究」中有「歷朝屈原學學者綜述」，當中亦論及陳本禮，作者為易重廉。又有吳宏一主編《清代詩話考述》中，附有崔富章、陳煒舜編〈清代楚辭學考述〉之章節，並有由崔富章主筆之「《屈辭精義》考述」一文。〔註37〕文中分「版本館藏」、「作者小傳」、「成書年代及寫作動機」、「內容提要」、「參考資料」等五部分，唯文中多引原典作為介紹，評述文字極少。以上三書，或因於其他論著中，有更為詳盡之評介，或因內容較為簡略，不復贅述。

大抵而言，總結上述學者之評論，《屈辭精義》一書之特色，主要集中在「闡發微言大義」、「剖析篇章結構」、「鑑賞作品藝術」三方面，可說是著力甚深，屢有獨到之見。而是書主要之缺失，則出現在「以《詩》證《騷》」法，或將〈離騷〉分為序文與正文兩部分，與闡釋詩句時偶有附會之處等。然而，如此評價是否允當，以及陳氏為何提出如此詮釋，事實上仍須進一步之考察。筆者即基於學者所提供之線索，進行探析，又力求不受前人立場之拘束，深入地理解並闡釋作者之用心與目的。

第三節　研究範圍與方法

本論文以陳本禮《屈辭精義》一書作為研究對象，並為求較為全面地考察陳本禮箋注文學作品的理念與方法，因此也需連帶地參考其相關著作，作為印證或說明。再者，所依據之版本，採以今習見之「廣

7月），頁109。
〔註36〕霍松林主編：《辭賦大辭典》（南京：江蘇古籍出版社，1996年5月），頁441；戴錫琦、鍾興永主編：《屈原學集成》（北京：中央編譯出版社，2007年6月），頁392～394。
〔註37〕吳宏一主編：《清代詩話考述》（臺北：中央研究院中國文哲研究所，2006年12月），下冊，頁1587～1589。

文書局本」為主,但因各版本間在「眉批」部分上,數量略有落差,
〔註38〕故又以「《楚辭彙編》本」、「《續修四庫全書》本」為輔,相互
對照,適時地進行補充。

　　研究必然講求方法,「楚辭學」的歷史已有二千餘年,而「楚辭
學」研究亦隨著歷史發展,不斷地推陳出新、與時俱進。基於此,研
究「古代楚辭學」,自然要縱觀古今,結合宏觀與微觀的角度,針對
研究對象,進行深入探析,方能為《屈辭精義》一書,在悠久的「楚
辭學史」中,尋找其定位與意義。所以,筆者主要採取幾種方法,處
理本課題,其為:

一、文本分析法

　　即針對《屈辭精義》一書,進行句讀,全面地理解原典。本論文
之最終目的既然是為了評價此書,自然得先理解陳本禮對《楚辭》各
篇之具體注解內容為何,進而掌握作者觀點。

二、歸納法

　　在瞭解作者治《騷》的個別觀點與論述後,更得進行歸納、統整,
進一步總結出《屈辭精義》一書之治學立場與特色。

三、統計法

　　陳本禮並非《楚辭》的第一位注家,而在悠遠漫長的「楚辭學史」
裏,諸家輩出,各有千秋,成績斐然。因此,作者在具體箋注詩句時,
其參引前人之處,便是考察陳氏承繼前賢學術遺產之明顯依據,故藉
由統計《屈辭精義》中參引前賢之次數,更有助於呈現並分析作者的
治學路數。

四、歷史研究法

　　任何人均生活在一定的時空背景之下,連帶地也受到文化背景的
影響,而其著作自然也感染著時代氣氛。於是,站在「知人論世」的
立場,筆者要盡力搜尋研究對象之相關文獻,企圖解釋作者著述此書

〔註38〕按:關於「《屈辭精義》之版本」問題,詳見本論文第二章之第三節。

之動機與經過。有此基礎之認知，方能進一步作爲理解、詮釋、分析、評價此書的重要依據。

五、比較研究法

爲了重新省思《屈辭精義》在「楚辭學史」之定位，自然要顧及宏觀的考察，將其書與同時代的《楚辭》著作，究其異同。此外，當然也要根據具體的議題，考索陳氏的見解，與前人之間，有何因革損益，進而比較出作者的獨到之處。如此一來，陳本禮《屈辭精義》的特色與成就，即可昭然若揭。

基於上述幾種研究方法，而本論文各章的具體研究步驟如下：

第一章爲「緒論」。首先敘及「研究動機」，指出當今學界對清代《楚辭》注本之研究，仍嫌薄弱，「陳本禮《屈辭精義》」即是一例。再者，論及「研究回顧」，針對近代學者研究此書之成果，一一介紹。最後，即「研究範圍與方法」，就本論文之研究方法與步驟，簡要說明。

第二章爲「陳本禮與《屈辭精義》之成書」。由於任何學術著作，均不可能憑空杜撰，必然受前人研究成果與當代學術風氣之影響。爲究其淵源，因而先就「清代學術風氣與《楚辭》研究背景」，作一概述。再者，因陳本禮一生布衣，聲名未彰，故列「陳本禮之生平與著述」，盡可能就所見之文獻，多加爬梳，以求得知作者生平與治學之梗概。再者，據姜亮夫先生之考證，作者撰述是書，亦幾經改稿，因而末列「《屈辭精義》之成書與版本」，針對《屈辭精義》之成書動機、命名與經過等問題，加以研探。

第三章爲「《屈辭精義》之體例」。主要介紹此書之箋注體例，分爲「篇目次第之例」、「箋注編纂之例」、「徵引典籍之例」三部分，並配合統計，呈現陳氏箋注之沿革與特點，進而分析作者之著述理念。

第四章爲「《屈辭精義》之得失與評價」。先是「《屈辭精義》之成就」、次爲「《屈辭精義》之缺失」，分別針對此書之優缺點，一一說明，其中詳細舉例，加以闡釋。最末「《屈辭精義》著作之意義與價值」，先就近代學者之評價，並據筆者考察所得，加以補述、修正；

而後總結前人評價，並配合個人心得，參照當代的學術風氣，重新省思《屈辭精義》之時代意義與價值。

第五章爲「結論」。總結上述幾章之重點，並附帶提及相關研究侷限與展望。

總而言之，筆者立足於讀者兼研究者之身分，仔細閱讀原典，又運用統計、歸納、分析等方法，加以整理出陳本禮注《騷》之主要觀點與特色，且置於《楚辭》研究的歷史脈絡中，說明其沿襲前人處何在，另出己見處何在，更進一步研判作者如此詮釋的原因所在，進而對《屈辭精義》一書作出較爲具體且全面性的評介，以重估其在《楚辭》學史上之重要地位。

第二章 陳本禮與《屈辭精義》之成書

　　有清一代，是中國最後一個君主專制之時代，且作爲古代學術發展之「結穴」，其文化成就，比之歷朝各代，可謂毫不遜色。誠如〔清〕皮錫瑞（1850～1908）曾自豪地以爲「經學自兩漢後，越千餘年，至國朝而復盛。兩漢經學所以盛者，由其上能尊崇經學、稽古右文故也。國朝稽古右文，超軼前代」，〔註1〕此番言論，至今觀之，仍爲中的之見。對身處於「尊尚經學」、「稽古右文」時代裏的陳本禮而言，自然受到一定程度之影響。

　　因此，本章即著力於外緣研究，首先介紹「清代學術風氣與《楚辭》研究背景」，著重於《楚辭》研究發展與時代脈動之關聯，蓋任何學術著作，絕對無法擺脫當代之學術思潮與風氣之影響，而第一節論述範圍限定於清初至陳本禮所處之乾嘉時期，企圖勾勒出《屈辭精義》成書的學術背景概況。第二節著重於探討陳本禮之生平與著述，進而梳理作者治學之取向與方法。第三節敘述《屈辭精義》之成書與版本，目的在對《屈辭精義》一書之著述動機與成書歷程，有較爲具體、清晰之理解。

〔註1〕　〔清〕皮錫瑞：《增註經學歷史》（臺北：藝文印書館，2004 年 3 月），
　　　　　頁 323。

第一節　清代學術風氣與《楚辭》研究背景

　　從歷史觀之，自滿清入關，中原易主，經歷康、乾盛世，而後轉衰，且隨著甲午戰爭爆發，外強逼壓，局勢動盪，動亂頻仍，最終由國父孫中山（1866～1925）先生等號召之革命成功，清帝遜位。「清代」這樣一個處於新、舊時代交替的時期裏，學術風氣幾度變遷，從清初重視「經世致用」，由顧炎武（1613～1682）倡導「舍經學無理學」、「經學即理學」之說，亟欲掃除晚明以來「空談心性，束書不觀」之陋習，強調「愚以爲讀九經自考文始，考文自知音始，以至於諸子百家之書，亦莫不然」（註2）（〈答李子德書〉），主張反求義理於古經；待至乾、嘉之際，由惠棟（1697～1758）、戴震爲首之吳派、皖派學者埋首整理國故、考證經史，引領「實事求是」、「無徵不信」之考據學臻於鼎盛；乃至爾後時局轉變，外強叩關，國門復開，西學又入，而今文公羊學派之代興，至康有爲（1858～1927）「援西入儒」，著《新學僞經考》、《孔子改制考》，倡言「變法改制」，可說展現出學術研究蓬勃發展、百花盛開之局面。

　　近人梁啓超（1873～1929）曾云：「凡『思』非皆能成『潮』；能成『潮』者，則其『思』必有相當之價值，而又適合於其時代之要求者也。凡『時代』非皆有『思潮』；有思潮之時代，必文化昂進之時代也。其在我國，自秦以後，確能成爲時代思潮者，則漢之經學，隋唐之佛學，宋及明之理學，清之考證學，四者而已。」（註3）因此，「考據學」作爲中國學術發展之重要里程碑，能與先秦諸子學、兩漢經學、隋唐佛學、宋明理學分庭抗禮，且由明代中期發軔，至清代發展成熟，（註4）自然有其因緣，（註5）既然是「思」而成「潮」者，自然也具

〔註2〕　〔清〕顧炎武：《顧亭林詩文集》（臺北：臺灣中華書局，1982 年 4
　　　　月），卷四，頁5。
〔註3〕　梁啓超撰、朱維錚導讀：《清代學術概論》（上海：上海古籍出版社，
　　　　1998 年 1 月），頁 1。
〔註4〕　林慶彰：〈實證精神的尋求——明清考據學的發展〉，劉岱總主編：《中
　　　　國文化新論‧學術篇‧浩瀚的學海》（臺北：聯經出版事業公司，1981

備能呼應時代要求之價值。然而，有關「清代考據學」之興盛與其特色，學界已頗有深入研究，在此僅擇其與本論文研究主題相關者，並搭配清代《楚辭》研究情形，加以介紹，以免流於大而無當之失。

一、樸學風潮與《楚辭》研究

　　若在以往的觀念中，「乾嘉考據學」與清初學術最大之差異，即在「經世致用」思想的失落。〔註6〕雖然此種觀點未必全面、公允，但仍在一定程度上，突顯清初學者與乾嘉諸儒之間，隨著時代氛圍的轉變，在整體的治學心態上，已有所調整。相對地，清代《楚辭》研究，亦是與時代學術思潮的進展，息息相關。明亡以後，不少遺民藉由研究《楚辭》，寄寓其故國之思、亡國之恨，並藉屈子「存君興國」而不得之志，撫慰其內心之悲痛，如李陳玉《楚詞箋註》、錢澄之《屈詁》、王夫之《楚辭通釋》、周拱辰《離騷草木史》等著作皆是。〔註7〕

　　　　年12月）一文中，即指出「考據真正成為一種風氣，是明代中期以後的事；直至清中葉乃演成一種全面性的運動」，見頁296。
〔註5〕　丁旭輝：〈清代考據學興起的原因與背景研究的時代意思〉，《國立中央圖書館臺灣分館館刊》第10卷第3期（2004年9月）一文，即統整並羅列為「清廷的專制高壓與反滿說」、「社會經濟、康乾盛世與統治者的支持說」、「理學反動、八股反動與經世致用說」、「自然科學發展的衝擊」、「承襲宋明考證學之成績」、「學術思想內在脈絡的自然發展」等六種舊說，與「整理國故」、「儒釋之辨」、「家學說」等三種新見，一一介紹其代表學者之論點，頗為簡要，見頁109～120。
〔註6〕　今有不少學者致力於扭轉此一陳見，認為仍有乾嘉諸儒注重學術研究與社會問題之聯繫，如學者漆永祥、郭康松、周積明、黃愛平、張麗珠等人，另可參見周積明、雷平：〈清代經世思潮研究述評〉，《漢學研究通訊》第25卷第1期（2006年2月），頁1～10。
〔註7〕　如〔清〕李陳玉《楚詞箋註・自敘》即云：「向令屈子遭時遇主，則其文章，全發舒於絲綸謀議之地，後世烏從而知之？惟其有才而無命，有學而無時也。是以長留後世之悲歌，而亦無所見其不幸焉！嗚呼！使余而亦為訓詁之文者，豈非時命之累，更數千年尚相波及也哉」；或《四庫全書總目》評錢澄之《莊屈合詁》時有云：「蓋澄之丁明末造，發憤著書，以〈離騷〉寓其幽憂，而以《莊子》寓其解脫。不欲明言，託於翼經焉耳」；又〔清〕王夫之著《楚辭通釋》，於卷末附己作〈九昭〉，且〈九昭序〉中明言「有明王夫之，生於屈子之鄉，而遭閔戢志，

然而，隨著清代政權鞏固，統治者採取高壓、懷柔之兩手策略，既大興文字獄，箝制反清思想；又恢復科舉考試，藉以攏絡士人，加上社會經濟邁向安定、富庶，在諸多因素之帶動下，學術風氣也漸漸由「通經致用」轉入「訓詁考據」。

以清代考據學發展之態勢而言，乾嘉時期則可謂清代考據學之「全盛期」，而作者陳本禮即身處其中。談及「乾嘉漢學」，歷來多標舉吳派、皖派，兩派相較之下，吳派信奉「凡古必眞，凡漢皆好」，高舉漢學旗幟，使漢學定於一尊；而皖派則強調「實事求是」、「無徵不信」，充分運用歸納的治學方法，且敢於挑戰舊說。〔註8〕不論如何，「乾嘉考據學」之興盛，引領一股考證經典之風氣，其本以經學爲中心，進而延伸至相關古代文獻之研究，近人梁啓超即以爲乾嘉學風，與近世科學的研究方法極爲相近，並命名爲「科學的古典學派」，舉出乾嘉諸儒從事的工作，概有「經書的箋釋」、「史料之搜補鑒別」、「辨僞書」、「輯佚書」、「校勘」、「文字訓詁」、「音韻」、「算學」、「地理」、「金石」、「方志之編纂」、「類書之編纂」、「叢書之校刻」等十三項，〔註9〕範圍甚廣，可謂無所不包。

有過於屈者」；又或〔清〕周拱辰《離騷草木史・叙》中有「予生不逢時，沉幽侘傺，加之嚴慈繼背，風木爲慘。又草莽孤臣，請纓無路，不勝血灑何地之感。……竊觀《騷》中山川人物草木禽魚，一名一物，皆三閭之碧血枯淚，附物而著其靈」之言，均可爲證。以上文獻見〔清〕李陳玉：《楚詞箋註》（《續修四庫全書・集部・楚辭類》第 1302 冊）（上海：上海古籍出版社，2002 年 3 月），頁 3；〔清〕永瑢等：《四庫全書總目》（北京：中華書局，2003 年 8 月），上冊，頁 1139；〔清〕王夫之：《楚辭通釋》（臺北：廣文書局，1979 年 5 月），頁 174；〔清〕周拱辰：《離騷草木史》（《續修四庫全書・集部・楚辭類》第 1302 冊）（上海：上海古籍出版社，2002 年 3 年），頁 75。

〔註8〕 如馬宗霍：《中國經學史》（臺北：臺灣商務印書館，1966 年 9 月）以爲「惠氏意在扶植微學，故以掇拾爲主，不復加以裁斷也」，相較之下，戴震「凡治一學立一說，必參互考驗，曲證旁通，以辨物正名爲基，以同條共貫爲緯」，是故「惠學好博而尊聞，信古過篤；戴學綜形名，條理密瑮，能斷以己之律令也」，見頁 145～148。

〔註9〕 梁啓超：《中國近三百年學術史》（北京：東方出版社，1996 年 3 月），

至於清代《楚辭》研究，自顧炎武《日知錄》、毛奇齡（1623～1716）《天問補註》始，漸有不少學者以「考據學」方法治《騷》，樸學色彩逐漸濃厚。其中，名列「清代《楚辭》三大注本」之中的蔣驥《山帶閣注楚辭》、戴震《屈原賦注》二書，即是遵循務實求眞的學術原則，不論是對屈原之身世、作品之時地、名物之訓詁等方面，均有詳實之考證與研判。除了注本外，另有不少樸學家在治經之餘，兼考《楚辭》，雖僅是讀書札記或專題研究，卻也彌足珍貴，如王念孫（1744～1832）《讀書雜誌・餘編下》有相關考證筆記，或俞樾（1821～1907）《春在堂全書・俞樓雜纂》中收錄有《讀楚辭》、《楚辭人名考》各一卷。又伴隨著古音學研究之興盛，《楚辭》音韻研究亦成爲重要佐證之一，如王念孫著有《毛詩群經楚辭古韻譜》，分古韻爲二十一部；江有誥（？～1851）則撰《楚辭韻讀》，分析屈、宋等人作品之用韻，加以歸納，共得十八部，均體現樸學風潮對清代《楚辭》研究影響之深遠。

再者，爲「知人論世」故，必須附帶一提的是，作者陳本禮所處地域之文化背景。陳本禮爲清江都人，在區域上隸屬於揚州（按：清代揚州府，領高郵、泰州二州與江都、甘泉、儀徵、興化、寶應、東臺六縣），〔註10〕此地區稱得上是中國重要的歷史文化名城，加上水運之便、漁鹽之利，早在唐代，便已發展爲「富甲天下」的商業城市，如此經濟繁榮、人文薈萃之處，在清代文化發展史上，亦占有舉足輕重之地位。即如上文所述，論及「乾嘉學術」多提起吳、皖兩派，但近年來隨著清代學術研究之深化，「揚州學派」的重要性，愈顯矚目。「揚州學派」是亦吳派、皖派之後，作爲乾嘉漢學的分支，主要以揚州爲活動地區，並以王念孫、汪中（1745～1794）、焦循（1763～1820）、阮元（1764～1849）等爲代表人物的學術流派。〔註11〕如張舜徽（1911

頁 28、29。

〔註10〕參見朱沛蓮：《江蘇省及六十四縣市志略》（臺北：國史館，1987 年 6 月），頁 274。

〔註11〕有關「揚州學派」之研究，早在近人梁啓超《中國近三百年學術史》曾提及「吳派」、「皖派」、「揚州一派」、「浙東一派」，又支偉成《清

～1992）特別表彰「揚州學派」在清代學術界中之重要地位，即以爲「吳學最專，徽學最精，揚州之學最通。無吳、皖之專精，則清學不能盛；無揚州之通學，則清學不能大」，並分析此學派之治學態度有六，即：「對待學術，採取『求同存異』的態度」、「運用變化、發展的觀點分析事物」、「推廣了求知的領域」、「突破了傳注的重圍」、「不從事聲氣標榜」、「肯承認自己短處」。〔註12〕大抵而言，「乾嘉漢學」之發展，經歷了不同階段，而吳派、皖派、揚州學派即爲先後之代表，「以惠棟爲首的吳派學者在漢學發軔之初，主要致力於漢儒經說的發掘、鉤稽和表彰，以恢復、弘揚漢學爲己任；以戴震爲首的皖派學者在漢學發展階段，則以尋求聖人之道爲目標，他們大力倡導實事求是的學風，以走出漢學泥古、佞漢的誤區，使漢學獲得更爲廣闊的發展空間；而以阮元爲代表的揚派學者在堅持漢學治學宗旨，推闡實事求是學風的同時，已然洞觀學術源流，評騭前人是非，試圖總結一代學術，尋找一條超越漢宋，會通古今的途徑」，〔註13〕足見揚州學派作爲清代學術史中承先啓後之關鍵地位。

　　誠然，「揚州學派」之所以能夠興起，自然與揚州地區歷來文化之鼎盛與相關外在條件之配合有關，猶如〔清〕江都薛壽（1812～1872）〈讀畫舫錄書後〉曾記云：「吾鄉素稱沃壤。國朝以來，翠華六幸。江淮繁富，爲天下冠。士有負宏才碩學者，不遠千里百里，往來於其間。鉅商大族，每以賓客爭至爲寵榮。兼有師儒之愛才，提唱風雅。以故人文彙萃，甲於他郡」。〔註14〕基於此，陳本禮即身處於地靈人

　　　代樸學大師列傳》既承認有「揚州學派」，但在立傳時又歸入皖派，
　　　皆未針對「揚州學派」有深入探討，而比較明確且具體地將「揚州
　　　學派」視爲一獨立研究對象者，當屬學者張舜徽，曾著有《清代揚
　　　州學記》、《清儒學記》，二書中皆有論及。
〔註12〕張舜徽：《清代揚州學記・顧亭林學記》（武漢：華中師範大學出版
　　　社，2005年12月），頁6～16。
〔註13〕黃愛平：〈清代漢學流派析論〉，祁龍威、林慶彰主編：《清代揚州學
　　　術研究》（臺北：臺灣學生書局，2001年4月），上冊，頁47。
〔註14〕〔清〕薛壽：《學詁齋文集》（《叢書集成續編》第196冊）（臺北：

傑之揚州，雖說他並非「揚州學派」中人，[註15] 但或多或少，仍受到「樸學風潮」、「揚州學風」之薰陶，必然有其個人的接受態度，因而提出此觀察角度，也可作爲研究陳本禮《屈辭精義》與時代風氣互動之參照。

二、樸學以外之《楚辭》研究

清代雖以「考據學」爲主流，但除此之外，自康熙以來，君王倡導程朱理學以鞏固其統治基礎，致使理學高居廟堂，仍具有一定影響力，因而出現不少理學名臣治《騷》，展現不同於考據學者的研究特色。有學者以爲「這些理學醇儒在解說《楚辭》時，注意疏通作品大義，在闡說中則著重發揮性理道理的觀念，提倡清白廉潔的節操。在他們的筆下，屈原的形象被聖賢化，屈原的行爲被倫理化，屈原的精神被悄悄揉進了性理的成份」，[註16] 即謂理學家在箋注時，形式上多採前人舊注，內容上偏重對文章主旨、作品結構，加以解說，且更多著墨於屈子人格思想與精神之闡發。其甚者如〔清〕林仲懿《讀騷管見》即謂「〈離騷〉以執中爲宗派，以主敬爲根柢。自敘學問本領，陳述帝王心法、治法，都與四子書相表裏，諒非誦法孔子不及此」，[註17] 竟將〈離騷〉比附《四書》，以屈原爲聖人之徒，使屈子儼然成爲理學代

新文豐出版公司，1989 年 7 月），卷下，頁 65。

〔註15〕今有學者徐立望：《嘉道之際揚州常州區域文化比較研究》（杭州：浙江大學出版社，2007 年 8 月），認爲張舜徽等人研究之揚州士人，並未囊括全部揚州學派成員，主張以「揚州學派」作爲揚州地區文化發展的代名詞，重新排定揚州學術之譜系，其中即以陳本禮之子逢衡爲第三代中人，見頁 34～47。另近於徐氏之見，針對「揚州學派之界定」有所省思者，參見王俊義：〈關於揚州學派的幾個問題〉一文，祁龍威、林慶彰主編：《清代揚州學術研究》（上冊），頁 99～105。若再與張慧劍：《明清江蘇文人年表》（上海：上海古籍出版社，2008 年 1 月）一書所列陳本禮父子之活動事蹟參看，可知陳氏父子，與「揚州學派」中人，多少有所交遊。

〔註16〕李中華，朱炳祥：《楚辭學史》，頁 187。

〔註17〕〔清〕林仲懿：《離騷中正一卷・讀騷管見一卷》（《四庫全書存目叢書・集部》第 2 冊）（臺南：莊嚴文化事業公司，1997 年 6 月），頁 301。

言人，乃強就古人爲己用，並不符合客觀現實。然而，早在司馬遷〈屈原列傳〉中謂「竭忠盡智，以事其君」、「睠顧楚國，繫心懷王」、「其存君興國而欲反覆之，一篇之中，三致志焉」，卻也奠定後人對屈原形象之理解，必然存在著忠君愛國之面向。循此，至清代，在宋人「忠君愛國」說上之進一步發展，則由劉獻廷（1648～1695）提出所謂「若屈子者，盡忠即所以盡孝，盡孝亦即所以盡忠，名則二，而實則一也。是故〈離騷〉一經，以忠孝爲宗也」〔註18〕之言，此即爲清代著名之「屈原以忠孝爲宗」說，〔註19〕更對屈原形象之建構，提供了不同以往的新詮釋，而上述之情形，皆可視爲《楚辭》「義理」研究之拓展。

　　除此之外，《楚辭》「詞章」方面之研究，亦是清代《楚辭》學發展之另一重點，正如易重廉指出「樸學的極盛，客觀上也帶來了繁瑣主義和牽強附會等弊端，這些弊端當然要爲一些學者所不滿，因此，樸學盛行的同時，也出現了偏重文脈大義的一派」，〔註20〕如屈復《楚辭新集註》、張德純（1664～1732）《離騷節解》、王邦采《離騷彙訂》、魯筆（？～1747）《楚辭達》等書。誠然，確實有學者因不滿於章句訓詁之瑣碎，而改采分析作品章法、點明藝術技巧、破解詩句寓意的路數，而此種「詞章」方面之研究，早在宋代便已逐漸興起，但限於「仁者見仁，智者見智」，學者們各有領會，以致於觀點也不盡相同，誠如《四庫提要》點出所謂「註家由東漢至宋，遞相補苴，無大異詞。

〔註18〕　〔清〕劉獻廷《離騷經講錄・離騷總論》語，引自李誠、熊良智：《楚辭評論集覽》，頁368。
〔註19〕　有關此議題，可參見王延海：〈清代屈原研究散論〉，《遼寧大學學報》1994年第5期，頁83～88；王延海：〈試論屈賦「忠孝爲宗」說〉，《中國楚辭學》（第五輯）（北京：學苑出版社，2004年7月）頁320～325。又追其本源，以「忠孝」評屈子之觀點，早在明末便有學者論及，如黃文煥於〈離騷〉：「名余曰正則兮，字余曰靈均」句下注：「顧名思義，當生之日，便是盡粹之辰。使爲臣不忠，辱其名矣，辱其考矣！此又不得不竭忠之前因也。遠以元宗，近以慰考。忠也，即所以爲孝也。忠孝兩失，而欲緗顏以立於人間可乎哉？」見〔明〕黃文煥：《楚辭聽直》（《四庫全書存目叢書・集部》第1冊），頁416。
〔註20〕　易重廉：《中國楚辭學史》，頁454。

迨於近世，始多別解，割裂補綴，言人人殊」〔註21〕之現象。再者，甚至由明代中期開始風行之評點學，更促使《楚辭》評點專著之問世，如陳深《批點本楚辭章句》、蔣之翹《七十二家評楚辭》、沈雲翔《楚辭評林》等等，〔註22〕而此種尋章摘句的文學批評形式，直至清代，仍被不少注家所採用，實對讀者掌握作品要義、賞析藝術特色，有其裨益。

　　由此可見，清代作爲中國古代學術文化之「結穴」，因而清代《楚辭》研究亦呈現「考據」、「義理」、「詞章」三方面的多元發展與合流，〔註23〕且爲古代《楚辭》學史寫下璀燦的終局。相對地，陳本禮《屈辭精義》一書，既是產生於「乾嘉考據學」盛行之際，且又正值古典文化學術「結穴」之時期，其人受時代風氣之影響多少，而其書於當代之意義、價值爲何，即是本論文藉由回顧「清代學術風氣與《楚辭》研究背景」後，亟欲追問之問題所在。

第二節　陳本禮之生平與著述

一、作者生平

　　陳本禮，字嘉會，號素村，自號邗江逸老。清江都（今江蘇省江都縣）人，生於乾隆四年己未（1739），卒於嘉慶二十三年戊寅（1818），

〔註21〕〔清〕永瑢等：《四庫全書總目》，下冊，頁 1267。

〔註22〕據陳煒舜：《明代楚辭學研究》（香港：香港中文大學中國語文及文學學部哲學博士論文，2003 年）一書之考察，其所知見之明代《楚辭》評點著作，即有二十種之多，見頁 221。

〔註23〕各家《楚辭》注本之間，對於「考據」、「義理」、「詞章」之研究，有時是走向極端，如〔清〕方苞《離騷正義》僅串講大義，全然不及名物訓詁；有時是有所偏重，如〔清〕屈復《楚辭新集註》既能注重作品文脈，但在字詞訓詁上，又能採合舊注，並以新意疏之；有時則頗能兼顧三者，如〔清〕蔣驥《山帶閣注楚辭》。換言之，實難以一刀劃分，而此種合流之研究傾向，可說是清代《楚辭》研究作爲古代《楚辭》學史之全盛期的必然現象。

享年八十。有關陳本禮之生平事蹟，據筆者查考所得，相關文獻記載甚少，似僅於方志有傳，〔註24〕而其中較詳者，當屬光緒九年（1883）刊行之《江都縣續志》，其傳載云：

> 陳本禮，字嘉會，號素村。幼好學詩文，吐棄一切。家多藏書，有別業名邠室，收儲宏富，與玲瓏山館馬氏，石研齋秦氏埒。勤於考訂，丹黃不釋手，或得宋本精槧，尤珍襲藏之。著有《屈辭精義》、《漢樂府三歌註》、《協律鈎元》、《急就探奇》，名《邠室四種》。又著有《焦氏易林考正》、《揚雄太元靈曜》。曾立詩社於城南角里莊地，即古通化里，唐清平坊也。一時名流多所酬唱，本禮編爲《南村鼓吹集》。〔註25〕

又有〔清〕金長福〈陳徵君傳〉中亦提及：

> 揚州藏書之家，向推馬氏玲瓏山館，藏書八萬餘卷，其有與馬氏匹敵者，惟邠室最知名於時。……父本禮以布衣淹貫群籍，著述等身，名溢大江南北，達官通儒多折節定交，懸榻留賓，投轄禮士，綽有古人風概。〔註26〕

從上述文獻可知，作者陳本禮雖布衣一生，但好學詩文，更與鄉人結社，編爲《南村鼓吹集》，於揚州當地頗有名聲。其次，性慷慨，喜交友，「懸榻留賓，投轄禮士，綽有古人風概」。再者，嗜收藏古籍善本，家中藏書宏富，與小玲瓏山館之馬曰琯（1688～1755）〔註27〕、

〔註24〕據筆者之查考，陳本禮之生平史料，主要見於方志者爲英傑修、晏端書等纂，並於同治十三年（1874）刊行之《續纂揚州府志》與謝延庚等修、劉壽增纂並於光緒九年（1883）刊行之《江都縣續志》，另又有陳逢衡之友金長福所撰〈陳徵君傳〉中，亦略有提及。

〔註25〕〔清〕謝延庚等修、劉壽增纂：《江都縣續志》（《中國方志叢書》華中地方·第 26 號）（臺北：成文出版社，1970 年），頁 1136、1137。

〔註26〕〔清〕金長福：〈陳徵君傳〉，閔爾昌錄：《碑傳集補》（周殿富輯：《清代傳記叢刊》第 123 冊）（臺北：明文書局，1985 年 5 月），頁 91、92。

〔註27〕馬曰琯之生卒年，古代文獻中記載不一，今依明光：〈清代揚州「二馬」家世考〉，《揚州大學學報》（人社版）第 11 卷第 2 期（2007 年 3 月）一文之考證，見頁 123～128。

石研齋之秦恩復（1760～1843）等齊名，三人均爲當時揚州之著名藏書家。正由於陳本禮在藏書之餘，更是「勤於考訂，丹黃不釋手」，好學不倦，深思精研，故能多所著述。

　　而今可知陳本禮之交友活動情形，僅有嘉慶十一年（1806），曾與阮元、王豫等人，將〔明〕楊繼盛（1516～1555）之墨寶送至焦山仰止軒一事。〔註28〕又陳本禮與邑人焦循相識，並曾將一己收藏之范荃（1633～1705？）《石湖集》，贈與焦循，而今中國國家圖書館即藏有《石湖集》十二卷（焦循鈔本）。〔註29〕再者，論及陳本禮之家世，「先世由西鄉陳家集遷郡城南之角里莊」，〔註30〕有子名逢衡，名聲較乃父尤爲顯著，史料記載亦較詳細。陳逢衡（1778～1855），字履長，一字穆堂，幼時入塾讀書，頗爲聰慧，補諸生。道光元年（1821）受舉賢良方正之士，但力辭不就，「平居著書，戛戛獨造，力避恆蹊，能爲今人所不能爲，及古人已爲而未竟其爲者，苦心研思，遲之數年或數十年而後卒」，〔註31〕著有《竹書紀年集證》、《逸周書補注》、《穆天子傳注》、《山海經纂說》、《博物志考證》等書。逢衡好爲詩歌，「音節高邁，每屈其座人。中年移居城內鄭氏園亭，易名思園。開讀騷樓，招致東南文學之士，飲酒賦詩，戶外之屨恆滿」，〔註32〕著有《讀騷

<hr>

〔註28〕據張慧劍《明清江蘇文人年表》書中所列陳本禮之交遊事蹟，僅此一條，而此事亦載於阮元《揅經室三集》與《焦山志》中。阮元〈焦山仰止軒記〉一文末稱「同奉主至焦山者，甘泉陳本禮、黃金、余之弟亨、子常生」，而甘泉縣乃雍正九年（1731），由江都縣析出，又〔清〕李斗《揚州畫舫錄》亦載云：「江都、甘泉二縣同附郭。舊城西半壁，新城南半壁，爲江都治；舊城東半壁，新城北半壁，爲甘泉治」，故可知阮文中之「甘泉陳本禮」，與本文所論「江都之陳本禮」應爲同一人。

〔註29〕此則資料參考自柯愈春：《清人詩文集總目提要》（北京：北京古籍出版社，2001年），上冊，頁240。

〔註30〕〔清〕汪鋆：〈太玄闡祕序〉，《大玄闡祕》（劉世珩輯《聚學軒叢書》第21冊）（臺北：藝文印書館，1970年），頁1。

〔註31〕〔清〕金長福：〈陳徵君傳〉，閔爾昌錄：《碑傳集補》（周殿富輯：《清代傳記叢刊》第123冊），頁91。

〔註32〕〔清〕金長福：〈陳徵君傳〉，閔爾昌錄：《碑傳集補》（周殿富輯：《清

樓詩初集》、《讀騷樓詩二集》、《讀騷樓詩三集》，而晚年曾館於黃奭（1809～1853），「並董刊《漢學堂經解》，凡二百餘卷，昕夕校讎，丹黃並下」，〔註33〕上述種種行徑，可謂甚得乃父之風。

　　大抵而言，陳本禮、陳逢衡父子二人，一生未曾仕宦，均熱衷於作詩、交友、藏書，博覽群書，勤於著述，可謂身兼著作家、藏書家、刻書家三種身分，且相較之下，父本禮致力於集部之學，而子逢衡則較偏重於史部之學。

二、作者著述

　　上文曾略為提及陳本禮之著述，在此，即以筆者查考相關方志、正史、書目等所見之著錄情形，並且依據四部分類，加以介紹如下，進而呈現陳本禮一生治學之梗概。

（一）《急就探奇》一卷

　　此書為「經部小學類」之「字書之屬」。《急就章》本為西漢史游作，乃童蒙識字之書，但陳氏不以為然而進行箋注。著錄於謝延庚等修、劉壽增纂《江都縣續志》（1883）一書，另〔清〕耿文光（1833～1908）《萬卷精華樓藏書記》則著錄為「《急就篇注》一卷」，而《清史稿‧藝文志》則著錄為「《急就篇統箋》一卷、《急就姓氏考》一卷」。雖說《清史稿》所著錄之書名，與他書異，但皆為今所見《急就探奇》一書之具體內容，僅著錄形式有別。〔註34〕

（二）《太玄闡祕》十卷

　　此書為「子部術數類」之「數學之屬」。謝延庚等修、劉壽增纂

　　　代傳記叢刊》第 123 冊），頁 91。
〔註33〕〔清〕金長福：〈陳徵君傳〉，閔爾昌錄：《碑傳集補》（周殿富輯：《清代傳記叢刊》第 123 冊），頁 92。
〔註34〕依筆者查閱王德毅主編：《叢書集成三編》（臺北：新文豐出版公司，1997 年 3 月）第 100 冊所收影印〔清〕陳本禮《急就探奇》（裏露軒藏板）之原刻本，書中目錄即包括：〈自序〉、〈綱目摘畧〉、〈急就章〉、〈姓氏考原〉、〈舊序〉等五個部分。

《江都縣續志》著錄爲「《揚雄太玄靈曜》」，而《清史稿‧藝文志》則著錄爲「《太玄闡祕》十卷」。

（三）《焦氏易林考正》十六卷

此書爲「子部術數類」之「占卜之屬」，最早著錄於王逢源、李寶泰同輯《江都縣續志》（1813）一書，另於英傑修、晏端書等纂《續纂揚州府志》（1874）與謝延庚等修、劉壽增纂《江都縣續志》二書亦有著錄，唯今存佚情形不詳。

（四）《屈辭精義》六卷

此書爲「集部楚辭類」，而王逢源、李寶泰同輯《江都縣續志》著錄爲「《騷經精義》六卷」，另英傑修、晏端書等纂《續纂揚州府志》、謝延庚等修、劉壽增纂《江都縣續志》與耿文光《萬卷精華樓藏書記》三書，皆著錄爲「《屈辭精義》」。

（五）《協律鉤玄》四卷、《外集》一卷

此書爲「集部別集類」，乃陳氏箋注李賀詩之作，其命名則出於李賀曾任協律郎。王逢源、李寶泰同輯《江都縣續志》著錄爲「《協律鉤玄》四卷」，而英傑修、晏端書等纂《續纂揚州府志》則著錄爲「《協律鉤玄》若干卷」，另耿文光《萬卷精華樓藏書記》則著錄爲「《李長吉歌詩箋注》四卷、《外集》一卷」，又《清史稿‧藝文志》則著錄爲「《協律鉤玄注》四卷」。〔註35〕

（六）《漢樂府三歌箋注》三卷

此書爲「集部總集類」，乃陳氏針對漢樂府〈唐山夫人歌〉、〈鐃歌〉、〈郊祀歌〉三種進行箋注，著錄於王逢源、李寶泰同輯《江都縣續志》，另英傑修、晏端書等纂《續纂揚州府志》與謝延庚等修、劉壽增纂《江都縣續志》則著錄爲「《漢樂府三歌注》」，而據孫殿起《販書偶記》、《清

〔註35〕按：方志中所著錄之《揚雄太元靈曜》、《協律鉤元》二書，均因避清聖祖玄燁之諱，而改爲「元」字，故今恢復原名。

史稿·藝文志》之著錄，是書又名爲「《漢詩統箋》」。〔註36〕

（七）《南村鼓吹集》

此書相傳爲陳本禮所編之詩集，著錄於英傑修、晏端書等纂《續纂揚州府志》，唯其實際卷數與存佚情形皆不詳。

（八）《全漢詩》廿卷

此書僅著錄於王逢源、李寶泰同輯《江都縣續志》，爾後編纂之方志皆未載，視其書名，應爲編纂之作，而存佚情形未詳。〔註37〕

〔註36〕按：《漢樂府三歌箋注》與《急就探奇》，實可合稱爲「《漢詩統箋》」，乃因二書於正文起題皆有「漢詩統箋」之字樣。陳本禮《急就探奇》篇首引《後漢書·宦者列傳》：「元帝之世，史游爲黃門令，勤心納忠，有所補益」句末「箋」云：「古人詩賦，體無定格，以此韻語述人物，寓諷諫，變相如〈長門〉（按：原文缺「門」字）、楊子雲〈羽獵〉之體爲詩，前列三言短句，後用七字長調，末以四言作收，誠創格也」，可知因《急就篇》有押韻，被作者視爲詩之一種。見〔清〕陳本禮：《急就探奇》（王德毅主編：《叢書集成三編》第 100 冊）（臺北：新文豐出版公司，1997 年），頁 165。

〔註37〕筆者曾檢索相關網路資源，如：「國家圖書館館藏查詢系統」（http://aleweb.ncl.edu.tw/F?RN=792229531）、「中研院圖書館館藏目錄」（http://las.sinica.edu.tw:1085/*cht）、「中國國家圖書館中國古籍善本書目聯合導航系統」（http://202.96.31.45/shanBenDir.do?method=goToIndex）等，於 2008 年 11 月 10 日查詢。另又查閱柯愈春：《清人詩文集總目提要》一書，均未著錄陳本禮之《南村鼓吹集》、《焦氏易林考正》、《全漢詩》等著作，故其存佚與否，暫且存疑。再者，於「中國國家圖書館中國古籍善本書目聯合導航系統」中，另查有以「陳本禮」爲名之相關古籍，計有：

1、陳本禮錄之〔清〕陳非本集注、何焯批校《續補舉業必讀詩經》四卷（清康熙雲姿堂刻本）

2、陳本禮校之〔明〕曾益注、〔清〕顧予咸補注，顧嗣立續注之《溫飛卿詩集》七卷、《別集》一卷、《集外詩》一卷（清康熙三十六年長洲顧氏秀野草堂刻本）

3、陳本禮錄之〔清〕姚佺箋、陳憬，丘象隨辯注、何焯校之《李長吉昌谷集句解定本》四卷（清初丘象隨西軒刻本）

4、陳本禮並錄諸家批〔清〕吳瞻泰輯《陶詩匯注》四卷首一卷末一卷與〔清〕吳菘《論陶》一卷（清康熙四十四年程鑑刻本）

5、陳本禮校之〔清〕朱鶴齡箋注《李義山詩集》三卷（清懷德堂刻本）

（九）《瓠室詩鈔》

此書未見載於方志，乃《江浙藏書家史略》之「陳本禮」條載云：

> 字嘉惠，號素村，清代江蘇人。監生。素村居關南通化里，
> 今名爪籬灣，築瓠室，藏書數十萬卷，秘本尤多。世以比
> 范氏天一閣、毛氏汲古閣、馬氏玲瓏山館、阮氏文選樓云。
> 著《瓠室詩鈔》。〔註38〕

此書所載與方志稍有不同，如明確指出陳本禮爲「監生」，字「嘉惠」，
而其藏書樓「瓠室」，可與〔明〕范欽（1506～1585）天一閣與明末
清初毛晉（1599～1659）汲古閣、馬曰琯玲瓏山館、阮元文選樓等齊
名。尤其，更提及《瓠室詩鈔》一書，而其存佚情形亦不詳。

關於陳本禮著作之流傳，其中《瓠室四種》之《協律鉤玄》於嘉
慶十三年（1808）、《漢詩統箋》與《急就探奇》於嘉慶十五年（1810）、
《屈辭精義》於嘉慶十七年（1812），均由作者在生前，以封面題有
「裛露軒藏板」而刊行，故此四本著作較易尋見。今有江蘇廣陵古籍
刻印社於 1987 年出版《江蘇陳氏四種》七冊，所收內容即《瓠室四
種》，並據裛露軒刻本重印。〔註39〕相較於《瓠室四種》，其餘兩本學
術著作《太玄闡祕》與《焦氏易林考正》，則未於生前刊印，其中《太
玄闡祕》一書後來得以刊行，亦經歷一番波折。〔清〕汪鋆〈太玄闡
祕序〉記曰：「書成於嘉慶二十二年，先生七十九矣。另紙存李申耆
（兆洛）先生一序，次年先生卒，未及刻。其子逢衡保愛先人手澤，
舟車南北，未嘗蹔離。迨穆堂既老且貧，又無子，舉以付匯川黃生，
冀黃可以刻之也」，〔註40〕惜未能如願，稿本甚至輾轉流落於市，後

上述著作，極可能是本文所論之陳本禮所珍藏或校勘過的典籍。惟
因此類古籍原刻本藏於中國大陸各地，在條件受限下，筆者僅能姑
且羅列，以待日後進一步之考究。

〔註38〕 吳晗：《江浙藏書家史略》（北京：中華書局，1981 年 1 月），頁 187。
〔註39〕 今有江蘇之廣陵古籍刻印社於 1987 年曾影印原刊本，出版《江蘇陳氏
四種》，此套叢書第一、二冊收《協律鉤玄》，第三冊收《急就探奇》，
第四至六冊收《屈辭精義》，第七冊收《漢樂府三歌箋註》，共七冊。
〔註40〕 〔清〕汪鋆：〈太玄闡祕序〉，《太玄闡祕》，頁 1。

於光緒四年（1878）三月方由汪鏜購得，最終被收入清末民初劉世珩（1875～1937）所輯《聚學軒叢書》而刊行。

　　此外，從陳本禮之著述來看，著作性質多爲「注釋類」，且又側重於集部之學，尤其對前人詩歌作品多所研究，如此學術傾向，當與作者詩人之身分有關。不過，從陳本禮精研之古籍而言，除了《屈辭精義》一書，較爲人所知外，又因作者所處年代較晚，其著作均未收入《四庫全書》，相較起來，在清代學術史上聲名不彰。關於陳本禮著述這些著作之動機，作者曾自云：

　　　　《闡祕》之注，非余阿其所好，蓋以表幽忠也。余於漢室
　　　　孤臣得三人焉，史游之《急就章》也，焦贛之《易林》也，
　　　　子雲之《太玄》也。《急就》諷元帝，《易林》悲世亂、《太
　　　　玄》刺權姦，詞雖不同旨，然其苦心忠於王室則一也。自
　　　　漢迄今，歲幾二千，曾無一人爲之抉其隱，而摘其伏也。……
　　　　故余於《急就》則探其奇，於《易林》則正其訛，今又爲
　　　　《太玄》著其靈，俾三子之亮節幽衷，朗照中天，可以質
　　　　諸鬼神而無疑百世。（〈例言〉第十二則）〔註41〕

陳本禮特舉漢室孤臣史游、焦贛、揚雄三人，推崇他們具有「亮節幽衷」並「苦心忠於王室」，且認定其書之作，「詞雖不同旨，然其苦心忠於王室則一也」，皆深具政治意涵。在此，先不論其理解正確與否，但本禮著述之目的，即在「抉隱摘伏」，使前人之「亮節幽衷」，得以昭顯於後世。

　　其實，若從專書研究之角度觀之，其《太玄闡祕》、《協律鉤玄》、《漢詩統箋》三書，因非古人注書之顯學，誠是不可多得之學術成果，故尚待今人進一步之考究與發掘。從陳本禮「勤於考訂，丹黃不釋手」，與其子陳逢衡「苦心研思，遲之數年或數十年而後卒」，即可見父子二人於學術研究之窮研，與對文化事業之耕耘。今有學者即稱陳本禮、陳逢衡父子「藏書十萬餘卷，好詩文，治經史，精於校勘、考

〔註41〕〔清〕陳本禮：《太玄闡祕》，〈例言〉，頁4。

訂，所刻書八種一百一十三卷，多是父子二人學術著作，校刻俱精，時稱『陳版』，〔註42〕因而本禮一生雖有著述，惜未求功名，名聲亦未彰，但在清代學術史上，應有其一定之意義與貢獻存在。

第三節　《屈辭精義》之成書與版本

　　從上文提及陳本禮所撰《瓠室四種》之刊行時間來看，當時作者已居古稀之年，而之所以成書於晚年，實乃「勤於考訂」、思索再三而成編。陳本禮雖非清代聲望卓著之學者，但以一藏書家兼詩人之身分，對於學術文化之研究，孜孜不倦，焚膏繼晷，而《屈辭精義》便是在其「稿凡五易」之反覆修訂下，方才面世。在此，本節即先從陳本禮著述動機談起，即以《屈辭精義》書中之序跋與其他著述情形，合而觀之，加以論述。其次，針對今存《屈辭精義》一書之原始文獻，援引前賢相關之考證，簡要地說明其成書經過。最後，介紹《屈辭精義》一書之版本流傳。

一、著述動機

（一）慕屈子之忠節

　　屈子雖「博聞彊志，明於治亂，嫺於辭令。入則與王圖議國事，以出號令；出則接遇賓客，應對諸侯。王甚任之」，但後因小人從中作梗，「信而見疑，忠而被謗」，遭致被疏、被放之地步，而其一生「竭忠盡智，以事其君」，「睠顧楚國」（〈屈原列傳〉）之款款忠悃，早已深深烙印在世人心中。是故，後世治《騷》者，莫不受其忠節之感召，

〔註42〕王澄編著：《揚州刻書考》（揚州：廣陵書社，2003 年 8 月），頁 55。按：今流傳有「江都陳氏叢書」八種」，計有：《協律鉤玄》四卷《外集》一卷、《漢詩統箋》四卷（即包括《漢樂府三歌箋注》三卷、《急就探奇》一卷）、《屈辭精義》六卷（以上四種爲陳本禮作）。《竹書紀年集證》五十卷、《逸周書補注》二十二卷《首》一卷《末》一卷、《讀騷樓詩初集》四卷《二集》四卷、《穆天子傳注補正》六卷《首》一卷、《山海經彙說》八卷。（以上四種爲陳逢衡作）。

因而埋首書案，並加上個人一己之情感，融鑄出一本本《楚辭》學著作，陳本禮亦不例外。本禮一生對孤臣「苦心忠於王室」之丹誠，特別景仰，而對屈子更是推崇不已，其云：

> 顧造物生人，同資化育，何孤臣孽子，天必厄其所遇，戾其所爲，窘之迫之，置之於莫可如何之地？蓋欲磨礱其大節，苦礪其貞操，俾其精誠所結，在天爲星辰，在地爲河嶽，夫然後知天之所以成之者至矣。若屈子者，豈不可謂天之成之者歟？忠不見信，冤莫能白，其發而爲《騷》，亦惟自寫孤忠，泣遊魂於江上耳！〔註43〕

作者此問，令人聯想到孟子所謂「故天將降大任於斯人也，必先苦其心志，勞其筋骨，餓其體膚，空乏其身，行拂亂其所爲，所以動心忍性，曾益其所不能」（《孟子・告子下》）之言論，並以爲人之所以成爲「孤臣孽子」，正是上天所賦予的考驗，使其陷於莫可奈何之地，磨礪其節操，若能通過此一關卡，則其精誠必化爲星辰、河嶽，永垂不朽，而屈子正是如此。即因屈子「忠不見信，冤莫能白」，故「自寫孤忠」，成就令人傳頌千古之詩篇，誠可謂字字血淚、扣人心弦。

（二）探屈辭之精義

自宋代洪興祖（1070～1135）《楚辭補注》、朱熹（1130～1200）《楚辭集注》問世以後，治《騷》風氣因受宋學影響而有所轉變，即著重於《楚辭》「義理」之探究，更有由「義理」擴及「詞章」之傾向。〔註44〕

〔註43〕〔清〕陳本禮：《屈辭精義》（臺北：廣文書局，1971 年 12 月再版），〈序〉，頁 1。

〔註44〕洪興祖《楚辭補注》一書，蓋補王逸《章句》之未詳者，既廣校諸本，考訂異文，又於名物訓詁，特爲詳實，歷來被推爲《楚辭》諸注中之善本，而其於闡發「義理」之處，亦頗爲關注。如針對前人「露才揚己」、「顯暴君過」之言，曾力辯「屈原，楚同姓也。爲人臣者，三諫不從則去之。同姓無可去之義，有死而已」，以斥班固、顏之推等人論識之淺薄。又朱熹《楚辭集注》之著述動機，其一是因不滿王、洪二家「至其大義，則又皆未嘗沈潛反覆、嗟歎咏歌，以尋其文詞指意之所出，而遽欲取喻立說，旁引曲證，以強附於其事之已然，是以或以迂滯而遠於性情，或以迫切而害於義理，使原

誠如學者所言朱子之貢獻在於「一是對《楚辭》由點線結構的解釋發展
爲網狀層面結構的解釋，即將全部《楚辭》作爲一個整體，從其相互聯
結、滲透中求得統一的屈原思想與作品的完整義蘊。二是對《楚辭》作
時代層面結構的解釋，即將《楚辭》放到特定的歷史範圍內，從這個時
代的整個思潮的多向結構中，深一層揭示《楚辭》的內涵」，〔註45〕而
此種著重義理探索之方法，啓迪後人甚多。身處於清代乾、嘉盛世之陳
本禮，面對歷代前賢之研究成果，亦有其不滿，曾批評云：

> 幸漢孝武愛《騷》，命淮南作傳，而義以明；龍門作史，而
> 旨益顯，此亦千載一時之知遇也。迨王叔師《章句》出，
> 而《騷》反晦，唐、宋諸儒不能闖其藩籬，踵其悠謬，愈
> 襲愈晦，使後之讀者望洋向若，莫之適從。嗟乎！此豈讀
> 《騷》者之過？不善讀《騷》者之過也！〔註46〕

又於〈離騷〉之「發明」以爲：

> 千古以來善說《騷》者，惟淮南與龍門二人而已，餘如子
> 雲〈反騷〉、孟堅〈序騷〉，直門外漢。他若叔師《章句》、
> 劉勰〈辨騷〉（原文誤作「辯」）、柳州〈天對〉，固毋庸瑣
> 瑣矣。〔註47〕

或有云：

之所爲壹鬱而不得申於當年者，又晦昧而不見白於後世」，更主張「原
之爲書，其辭旨雖或流於跌宕怪神、怨懟激發而不可以爲訓，然皆
生於繾綣惻怛、不能自已之至意」（《楚辭集注・目錄》），極力推崇
屈原忠君愛國之精神，促使屈原形象逐步邁向正統化。此外，更強
調治《騷》者「固當句爲之釋，然亦但能見其句中訓故字義而已，
至於一章之內，上下相承，首尾相應之大指，自當通全章而論之，
乃得其意」（〈楚辭辯證上・離騷經〉），即關注到作品層次之聯貫，
且首開以「賦」、「比」、「興」之手法分析屈作，足見宋人已能突破
前人章句訓詁之學，而對《楚辭》「義理」、「辭章」方面之研究，有
所開拓。以上原文引自〔宋〕洪興祖撰、白化文等點校：《楚辭補注》
（重印修訂本），頁50；〔宋〕朱熹：《楚辭集注》（臺北：文津出版
社，1987年10月），頁3、174。
〔註45〕李中華、朱炳祥：《楚辭學史》，頁312、313。
〔註46〕〔清〕陳本禮：《屈辭精義》，〈序〉，頁1。
〔註47〕〔清〕陳本禮：《屈辭精義》，卷一，頁1。

> 前儒註釋紛紛，無不人自以爲握靈蛇之珠，家自以爲獲華
> 山之璧，然求其旨趣合拍，機神洞達，識既不足以透徹精
> 微，而學又不足以鉤深致遠，故總無當於作者之心。餘若
> 諸家，則膚辭剩語，冗蔓滿紙。〔註48〕

甚至直言：

> 前人論《騷》，如黃文煥之〈十八聽〉、蔣涷塍之〈餘論〉、
> 林西仲之〈說例〉、魯雁門之〈讀法〉，非不娓娓動聽，然
> 語多穿鑿，未臻上乘，非眞三昧。（〈畧例〉第十則）〔註49〕

在此，陳本禮於前人僅推崇淮南王劉安與太史公司馬遷，以此二人爲
屈子「千載一時之知遇」，而批評自王逸《章句》作，「而《騷》反晦」，
連帶地唐、宋諸儒亦沿習其弊，「踵其悠謬，愈襲愈晦」。雖然諸家都
自以爲「握靈蛇之珠」、「獲華山之璧」，但事實上卻是「無當於作者之
心」，「語多穿鑿，未臻上乘」，實乃「不善讀《騷》者之過也」。如此
論評，似將東漢以降，諸家治《騷》之成果，如洪興祖《楚辭補注》、
朱熹《楚辭集注》、黃文煥《楚辭聽直》、蔣驥《山帶閣注楚辭》、林雲
銘《楚辭燈》、魯筆《楚辭達》等書，一概否定，其言看似狂妄。然而，
由於在清代因投入《楚辭》研究之學者眾多，盛況空前，諸說紛擾，
自成其是，其中難免有藉「批評前人，拉抬聲勢」之意，〔註50〕但卻

〔註48〕〔清〕陳本禮：《屈辭精義》，〈跋〉，頁1。
〔註49〕〔清〕陳本禮：《屈辭精義》，〈略例〉，頁5。
〔註50〕如林雲銘於《楚辭燈·序》即批評「二千年中讀《騷》者，悉困於舊
話迷陣，如長夜坐暗室，茫無所覩」，皆因歷來治《騷》者「大約惑於
舊話之傳訛，隨聲附和，而好奇之士，又往往憑臆穿鑿，削趾適履，
甚至有胸中感憤，借題抒洩，造出辣句鈎章，武斷賣弄，懵然不知本
題之層折、行文之步驟」，是故「顏之曰『燈』，庶屈子之文，可以獨
照無遺。後有朱冀著《離騷辯》，於〈小引〉中言「特以舊註之背
謬，林子（雲銘）業已摘之於前，而林說之背謬，不減於舊註者，計
其最甚，蓋有二端，予又焉能人云亦云，而不辯正之後乎」，即不滿前
人之註，尤力攻林氏之說。繼而王邦采《離騷彙訂》更有「林氏西仲
自謂可燭照無遺，而讀之如聞夢囈。天閑氏（朱冀）力闢之，皆當。
惜其拘牽臆鑿諸病，更甚于前人，而才情橫溢，又足以文其背謬，迷
人心目。其誤後學，尤非淺淺，因俱用直筆標于旁而詳加辯正焉」之

也足以反映出清代《楚辭》研究現況的活躍與多元。

　　基於此，陳本禮方於〈跋〉文中記述「不惜午夜籌鐙，探賾索隱，務期大暢厥旨，恍若親炙於屈子之靈而受其耳提面命之教也。故每於展讀之際，覺屈子神光猶剡剡紙上」，〔註51〕可見為了注《騷》，作者的確下了一番苦工，甚至以注《騷》而彷彿心接千載以上之屈子，且敬仰於屈子之「孤忠」。因而為了發明屈子著文之本旨、屈子作品之深義，是故「獵取諸家粹語，亦惟披沙揀金，不敢怖其河漢，亦不敢言其矯強，一言之合，必慎所擇取，冀其廣播士林，不肯令昔人一片心血埋没千古也」，〔註52〕單看其中「不肯令昔人一片心血埋没千古也」一句，可知作者雖有狂妄之言，但事實上在著書過程中，其態度仍是相當慎重，而廣搜諸家見解並合之己意，其意圖即在於「探屈辭之精義」。

（三）感時世之盛衰

　　歷來治《騷》者，其中一大部分，乃是既注《騷》，又藉「屈原之酒杯，澆胸中塊壘」，其著述動機亦與作者身世或身處之時代背景有關。此種現象，多見於奸佞當道、君王昏闇，又或內憂外患、中原板蕩之際，不論是洪興祖《楚辭補注》、朱熹《楚辭集注》，或是明末清初之際，如黃文煥《楚辭聽直》、錢澄之《屈詁》、周拱辰《離騷草木史》、王夫之《楚辭通釋》等書之作，均具有鮮明之時代背景因素。〔註53〕陳本禮身經乾隆、嘉慶兩朝，可說處於「太平盛世」，故比之

云云，莫不自持己見，自以為乃真識《騷》者矣。以上引文見〔清〕林雲銘：《楚辭燈》（臺北：廣文書局，1994 年 2 月），〈序〉，頁 4、1、5；〔清〕朱冀《離騷辯》（《楚辭彙編》第 9 冊）（臺北：新文豐出版公司，1986 年 3 月），頁 13、14；〔清〕王邦采：《離騷彙訂（不分卷）・屈子雜文箋略（六卷）》（《四庫未收書輯刊》伍輯・拾陸冊）（北京：北京出版社，2000 年 1 月），頁 103、104。

〔註51〕〔清〕陳本禮：《屈辭精義》，〈跋〉，頁 1、2。

〔註52〕〔清〕陳本禮：《屈辭精義》，〈跋〉，頁 2。

〔註53〕如洪興祖撰寫《楚辭補注》之因由，據李溫良：《洪興祖楚辭補注研究》（臺南：國立成功大學中文所碩士論文，1993 年）之研判，即有「慕屈子之忠節」、「痛朝政之不修」、「感己身之遭貶」、「補前賢之不足」

前賢，固然沒有天崩地裂般的亡國之痛，亦少了明顯抨擊亂世的意味。不過，這不並代表陳本禮之所以撰寫《屈辭精義》，完全是出於個人之喜好與心得，或僅爲學術而注《騷》。事實上，作者在〈序〉中曾感嘆「不知其微辭奧旨，實能動天地而感鬼神。惜當時及門如宋、景輩，諱楚之忌，不敢明發其鑄辭本意，以致微文愈隱，幽怨莫宣」，即以宋玉、景差等人，雖師學屈辭，卻「不敢明發其鑄辭本意」，以致「微辭奧旨」未能彰顯，而其意則近於太史公所謂「屈原既死之後，楚有宋玉、唐勒、景差之徒者，皆好辭而以賦見稱；然皆祖屈原之從容辭令，終莫敢直諫」(〈屈原列傳〉)。

由此可見，陳本禮對屈辭之理解，特別標舉篇中「寓意」，強調古人皆是有感於時世、朝政而「發憤著書」，而其注書，正是爲了發明古人在原先著述時，不便明言的「諷諫」本旨。即如認定揚雄是「覃深精思，草爲《太玄》，欲以辟邪佞、警權姦，而寒篡賊之膽也。是時莽燄正熾，故特艱深其辭、曲諱其義，以避禍也」；〔註54〕而李賀之部分詩作，亦是「感切當時，目擊心傷，不敢暴揚國政，總託于尋常咏物寫景，不使人易窺其意旨之所在」；〔註55〕史游作《急就篇》

四大因素，見頁 84～93。又朱熹之所以著《集注》，歷來有因「趙汝愚罷相」一事之說，但實可視爲導火線之一，而其著述動機應是多元的，詳參林維純：〈略論朱熹注《楚辭》〉，《文學遺產》1982 年第 3 期，頁 100～109；〔韓〕朴永煥〈《楚辭集註》的撰述動機論〉，《中國楚辭學》(第七輯)(北京：學苑出版社，2005 年 7 月)，頁 179～202；李永明：〈朱熹《楚辭集注》成書考論〉，《西南交通大學學報》(社科版)第 9 卷第 2 期(2008 年 4 月)，頁 49～55；易重廉：《中國楚辭學史》，頁 294～298。再如錢澄之、周拱辰、王夫之三人，則因處於改朝換代之際，故以注《騷》，深寓故國之思。其中，又以黃文煥之例最具特色，其於書中〈凡例〉明言「固余所冀王明之用汲，悲充位之骨鯁，自抒其無韻之騷，非但註屈而已」，用意即既闡釋屈辭又自我救贖，寄託其含冤入獄之概嘆。見〔明〕黃文煥《楚辭聽直》(《四庫全書存目叢書·集部》第 1 冊)(臺南：莊嚴文化事業公司，1997 年 6 月)，頁 414。

〔註54〕〔清〕陳本禮：《太玄闡祕》，〈例言〉，頁 1。

〔註55〕〔清〕陳本禮：《唐李賀協律鉤元》(《香港中文大學罕傳善本叢書初編》)(香港：香港中文大學出版社，1973 年 10 月)，上冊，〈自序〉，頁 1。

則因「時游與恭、顯同仕黃門，目睹其姦，欲諫不能，隱默不可，故憤著斯篇，亦猶『家父作誦，以究王訩』之義」，〔註56〕皆意在鉤索古人之身世、境遇與其著作之關聯。

　　今有亓婷婷在評述陳本禮注解李賀詩之觀點時，即認為「陳本禮身當這樣的時局，想必看到許多衰亡的先兆，讀他讀到李賀作品，眼中所見，俱是心中隱憂，所以對〈李憑箜篌引〉，有了與眾不同的注解」。〔註57〕在此，筆者亦表示贊同，雖然作者在《屈辭精義》中並未明言，但若從其以「余於漢室孤臣得三人焉」之云云，進而著書以闡明屈原的微言大義來看，加上其著述皆成於政局走向衰微之嘉慶朝，內心想必是有所感觸的。

（四）立一家之新見

　　陳本禮著書，總是自信要「探究奧義」，而自認為乃前人未曾道者，正如於《太玄闡祕》之〈自序〉言其不滿「玄文語皆刺莽，後儒不能知人論世，輒欲苛責其不死，使一腔忠憤，付諸覆盆」，而自許其書「徵諸史冊，準乎〈洪範〉，參之《大易》，考正其難讀之字，折衷諸家之說，庶二千年來未白之幽衷，一旦豁然天壤，諒亦士君子所樂觀而心許也」。當然，《屈辭精義》一書，亦不例外，嘗自云：「雖不敢自命註《騷》，然於《騷》之命脈，竊有窺於一管，不揣固陋，略為詮釋，庶盧山面目得以一洗塵昏於二千年後，不致沉埋於霾雲宿霧中」〔註58〕，更曾作詩自我勉勵曰：「瓣香終歲手無停，譜卉紉蘭學註經。倘得名山藏不朽，精誠長託楚騷靈」。正因作者「有窺於一管」，故注《騷》以期使千古塵昏，撥雲見日，實亦以一家之言，以求不朽，更待後世之知音，而不致埋没於滾滾歷史長河之中。

　　又陳本禮所撰〈古塚記〉一文，則可作為旁證。文中記述乾隆己

〔註56〕〔清〕陳本禮：《急就探奇》，〈急就篇自序〉，頁159。
〔註57〕亓婷婷：〈談陳本禮注釋之〈李憑箜篌引〉〉，《國文天地》第17卷第8期（2002年1月），頁42。
〔註58〕陳本禮：《屈辭精義》，〈序〉，頁2。

丑上巳後三日，即乾隆三十四年（1769）農曆三月初六，當地人開土荒原，得一古塚，墓塚主人名爲劉初嗣，生於唐玄宗開元二年（714），卒於德宗貞元元年（785），作者本禮記述此事，並於文中嘆曰：

> 甄志所載，雖無豐功偉節，中有泰山、梁木等語，似亦當
> 時哲儒而隱于蓬蒿者。……君雖未登仕版，而與李、杜、
> 韓、柳諸大家並世，儒術著聲其選述，想必可觀，惜湮沒
> 弗彰，後世莫得知也。嗟乎！自君沒世後，迄今千有餘年，
> 子孫有無不可考，墓石尚完好不朽，庸非君之幸與？〔註59〕

在此，劉君一生「未登仕版」，更遑論「豐功偉節」，且其著作已「湮沒弗彰」，今賴其墓石尚存，使後人得以略知一二。實陳本禮身分與劉君相當，又同處於「由盛轉衰」之時代裡，在此以劉君爲「當時哲儒而隱于蓬蒿」，並表明劉君雖爲「哲儒」，卻隱於草莽之中，頗有暗示作者自身心境的意味。〔註60〕誠如孔子早有言「君子疾沒世而名不稱焉」（《論語·衛靈公》），而《左傳》謂有「三不朽」之說，若本禮欲名傳後世，既是一介布衣，亦僅有憑鑽研學問，埋首著書，「立一家之言」，方能達成其宿願矣！

二、成書經過

古來治《騷》者，不乏懷才不遇、窮愁潦倒、憤世嫉俗者，他們亦仿效由屈原發端之「發憤抒情」，並由太史公承繼之「發憤著書」的傳統，將一生心力，投入注《騷》之工作，之所以皓首窮經而不懈，即如魯瑞菁所指出「借〈騷〉言志，則在兩漢大一統專制政權穩固建立以後，兩千年來，無數不遇其志的騷人墨客，皆得以從屈原樹立的心志典範中，借〈騷〉言志，借〈騷〉明志，既以屈〈騷〉自況，又以屈〈騷〉

〔註59〕〔清〕王逢源、李寶泰同輯：《江都縣續志》（《中國方志叢書》華中地方·第394號）（臺北：成文出版社，1983年3月），頁401、402。

〔註60〕按：陳本禮之子逢衡，於道光元年（1821）受舉賢良方正之士，但力辭不就。又《屈辭精義》書中所附〔清〕張曾〈江上讀騷圖歌〉稱「陳君何爲亦讀《騷》，年少風神慕輕舉」，則陳本禮以布衣終生，或許與其性格有關，而其子逢衡可能亦受家風之影響。

自覺」，〔註61〕作者陳本禮未嘗不是如此，如於〈序〉中自云：

> 予幼即嗜《騷》，苦無善本，曾寫〈江上讀騷小影〉。戊子夏，承丹徒石颿山人，不惜蒲團午夜，苦吟三日夕，爲賦〈讀騷長歌〉，邇來四十四年矣。今春雪呵硯，不憚眼昏筆拙，復檢舊讀，研其精義，正其謵誤，探賾索隱。〔註62〕

又曾記曰：

> 是書草創於春夏，裁汰於秋冬。稿凡五易，實掃盡前人一切厄言蔓語，獨開生面，差以自喜。然冰硯雪窗，黎明即起，篝鐙而止。擁爐自寫，指爲之腫，目爲之眩，所賴以禦寒者，晨惟苦茗數碗、薑菹一片而已。〔註63〕

從上文中，我們看到一位皓首窮經且朝夕不倦的學者形象。作者陳本禮「幼即嗜《騷》」，至晚年在「眼昏筆拙」之下，仍然頂著天寒地凍、「冰硯雪窗」，早起著述，直至深夜，因而「指爲之腫，目爲之眩」，雖僅賴苦茗、薑菹以禦寒，仍汲汲於鑽研《騷》之精義，指正前人謵誤，且不以此爲苦。目的就是爲了「掃盡前人一切厄言蔓語，獨開生面」，而其用心用意，實在令人動容。

　　從今本《屈辭精義》一書中附有之〈序〉、〈自識〉、〈跋〉三篇文章，即可推知作者陳本禮著書過程之梗概。〈序〉作於嘉慶辛未長至日，即嘉慶十六年（1811）夏至日，時年七十有三；〈自識〉作於嘉慶辛未除夕，即同年農曆十二月三十一日；〈跋〉作於嘉慶壬申夏五端陽，即嘉慶十七年（1812）農曆五月五日。若再配合上文提及「邇來四十四年矣」、「檢復舊讀」之言，可知作者幼時嗜《騷》，長年來頗有心得，應留有讀書札記、手稿一類之資料。幾經多年精研，直至嘉慶十六年（1811），是其第五稿定本之動筆，「創於春夏，裁汰於秋冬」、「客歲奮志斯役，潛心一載」，而於隔年（1812）又「復加訂正，

〔註61〕魯瑞菁：《諷諫抒情與神話儀式——楚辭文心論》（臺北：里仁書局，2002年9月），頁52。

〔註62〕〔清〕陳本禮：《屈辭精義》，〈序〉，頁1、2。

〔註63〕〔清〕陳本禮：《屈辭精義》，〈自識〉，頁1。

由春迄夏」，方才付梓面世。

　　然而，這僅是從今本《屈辭精義》中所能窺見之情況，而作者自言「稿凡五易」之實情，則難以得知。慶幸的是，姜亮夫先生曾藏有陳本禮《屈辭精義》之手稿，而僅存〈離騷〉一篇，原全書之第一卷，而本卷之最末頁亦已散佚。加之因歲月悠久且原稿經幾修改，部分字跡，頗難辨識，後經姜亮夫與陶秋英二人之整理與研究，將成果於1955年由上海出版公司出版，題爲《陳本禮離騷精義原稿留眞》，終令世人更能明瞭《屈辭精義》成書之經過，與陳本禮之著述態度。今可見《陳本禮離騷精義原稿留眞》一書，首附〈出版說明〉與〈陳本禮離騷精義原稿留眞總目〉，而其詳細內容可分爲四大部分：

　　其一：〈離騷精義原稿留眞〉，即陳氏原稿之影印本。

　　其二：〈離騷精義原稿綜合校記〉，此文爲陶秋英校、姜亮夫訂。文中仔細針對陳本禮批改之稿本，將原稿中勾、畫、圈、點之跡，一一說明，且據姜氏之研究，推知此稿本至少已修改三次，而與今本頗有差異，可見「稿凡五易」，絕非誇大之辭，其中蘊藏作者研屈多年來之心得。

　　其三：〈離騷精義原稿繹讀〉，即呈現修訂過程中之稿本原貌，凡於原稿中難以辨識之處，皆詳細考究，據上下文義，加以理清。

　　其四：〈陳本禮離騷精義手稿本跋〉，首先介紹陳本禮之生平與著述，而後藉由比對手稿與今本及當中修訂之線索，具體說明陳氏之治學態度與方法，末亦提及二人整理此稿本之方法與結果。

因此，書末所附之跋文，對於瞭解《屈辭精義》一書之修訂歷程，最爲重要，今筆者將前人之研究成果，加以摘要並略加補述如下。

　　首先，關於「書名」之訂定。姜亮夫先生曾指出「《楚辭精義》六卷，是光緒《江都志》舊名。裛露軒刊本，及此稿本，皆名《屈辭精義》。此稿大題爲『離騷精義』，原更『離騷』二字爲『屈辭』，「應

是陳氏最後定名」。〔註64〕姜氏以《楚辭精義》爲舊名,《屈辭精義》
方爲最後定名,且饒宗頤《楚辭書錄》亦記「是編光緒《江都志》著
錄名《楚辭精義》」,〔註65〕但據筆者查考《中國方志叢書》,於光緒
年間刻刊者,唯光緒九年（1883）《江都縣續志》,其著錄爲「《屈辭
精義》」,而乾隆八年刊（1758）、光緒七年（1881）重刊之《江都縣
志》並未及載陳本禮其人其書。反倒是嘉慶十八年（1813）刊行之《江
都縣續志》則著錄「《騷經精義》」,迥異他書,與上述名稱頗有出入,
故筆者疑爲姜、饒二氏所記有誤。又陳本禮之所以最後定名爲「屈辭
精義」,乃因其書僅爲屈原作品箋注,而有此命名。

　　在此,必須附帶一提的是,就「楚辭」一詞的意義,視其歷史發
展而言,實身兼三義,所能指涉的範圍頗廣,即兼有「作品」、「文體」、
「書名」三個層面。然隨著朝代更迭,「楚辭」之意涵,也經歷由原
本較爲廣義的「楚人之辭」,接著走向較爲狹義的專門指稱屈、宋,
及漢人擬騷作品之集結的過程。（按：最後甚至走向專指「屈原集」
之義,詳見下文。）

　　「楚辭」一名,首見於《史記·酷吏列傳·張湯傳》,其中有云：
　　　始長史朱買臣,會稽人也。讀《春秋》,莊（嚴）助使人言買
　　　臣,買臣以楚辭與助俱幸,侍中,爲太中大夫,用事。〔註66〕
關於朱買臣因誦讀「楚辭」而受賞識之事,另在《漢書·朱買臣傳》
亦有記載云：
　　　會邑子嚴助貴幸,薦買臣。召見,説《春秋》,言楚詞,帝
　　　甚説之,拜買臣爲中大夫,與嚴助俱侍中。〔註67〕
由此可見,「楚辭」一名早在西漢初期時便已流傳,但如何去理解「楚

〔註64〕陶秋英、姜亮夫校繹：《陳本禮離騷精義原稿留真》（上海：上海出
　　　　版公司,1955年9月）,頁73。

〔註65〕饒宗頤：《楚辭書錄》（《饒宗頤二十世紀學術文集》卷十一）,頁248。

〔註66〕楊家駱主編：《新校本史記三家注并附編二種》（臺北：鼎文書局,
　　　　1979年2月）,頁3143。

〔註67〕楊家駱主編：《新校本漢書并附編二種》（臺北：鼎文書局,1979年
　　　　2月）,頁2791。

辭」在《史記》中之意義爲何？且今有李大明以上文中「楚辭」與《春秋》對舉，故推定「楚辭」早在文、景之世，便已成書，即以此處「楚辭」爲書名。〔註68〕然而，可以確定的是，「楚辭」一詞在歷史發展中，既可稱屈原、宋玉等人的作品，亦可指產生於戰國時代楚國的新詩體，或更作爲代表由劉向編定的《楚辭》一書，〔註69〕但應以前兩者之義較早出現。

　　不過，自明代以降，注《楚辭》者不少其書僅收注者所認定之屈作，且僅爲屈作作注解，這自然是與屈作乃《楚辭》一書之主角，與屈原爲「楚辭體」（或稱「騷體詩」）之開創者、集大成者有關。因此，不少注本間所收屈作之情形不一，甚至連作品之排序與篇章之分合，亦與注家對屈作之考證與觀點，息息相關。在此須指出《屈辭精義》一書之命名，在歷來「楚辭學」著作中，極爲特殊。實自漢代以來，漢人即視屈原作品爲「賦」，加之〈離騷〉爲屈原之代表作，爾後多以「屈賦」或「屈騷」指稱屈作。〔註70〕又因《楚辭》一書中以屈作居多，其重要性最高，故古來即有將《楚辭》概括爲屈原所作之云云。〔註71〕連帶地

〔註68〕李大明：《漢楚辭學史》（增訂本）（北京：華齡出版社、中國社會科學出版社，2004 年 10 月），頁 66～69。

〔註69〕古來均認定《楚辭》爲劉向所編，直至近代以來，部分學者有所懷疑，其中尤以湯炳正先生爲代表。湯氏據古本《楚辭釋文》之篇目次第與今本《楚辭》比對，論證古本《楚辭釋文》之篇目次第，實爲漢代古本《楚辭》之原貌，更反映《楚辭》一書之成書過程，並主張劉向僅是眾多編輯者之一，且非最重要的纂輯者，見湯炳正：〈《楚辭》成書之探索〉，《屈賦新探》（臺北：貫雅文化事業公司，1991 年 2 月），頁 83～106。針對湯氏之見，又劉向與《楚辭》之關係到底爲何？近代學者質疑之論據何在？筆者曾撰文加以歸納並重新省思，參見拙著：〈劉向與《楚辭》關係再探〉，《東方人文學誌》第 5 卷第 4 期（2006 年 12 月），頁 9～31。

〔註70〕最早《漢志·詩賦略》即著錄「屈原賦二十五篇」，而爾後以「屈賦」題名之《楚辭》注本者，如〔清〕戴震《屈原賦注》、〔清〕馬其昶《屈賦微》；又有以「屈騷」題名者，如〔清〕夏大霖《屈騷心印》、〔清〕胡文英《屈騷指掌》；二種指稱，至今仍沿用不廢。

〔註71〕如《隋書·經籍志》謂「《楚辭》者，屈原之所作也」；〔宋〕陳師道《後山詩話》錄有「子厚謂屈氏《楚辭》，知〈離騷〉乃效〈頌〉，其次效

有名之爲「《楚辭》注本」者，取捨較嚴，書中僅收注家所認定之屈作，而自明代周用（1476～1547）《楚詞註略》始，此例漸盛，如汪瑗《楚辭集解》、張京元《刪注楚辭》、來欽之《楚辭述注》、黃文煥《楚辭聽直》、林雲銘《楚辭燈》、蔣驥《山帶閣注楚辭》等皆是，致使《楚辭》變爲一部《屈原集》。〔註72〕然而，惟獨陳本禮將其著作題爲「屈辭」，古所罕見，惜作者於書中未嘗言其原由，故難以斷定陳氏是否具有「文體正名」之觀念，因而有此命名。〔註73〕

　　再者，關於手稿本之內容分析。依姜亮夫先生據其所藏之稿本，加以分析，認定此決非「初稿」，而是由「初稿」抄正的「定本」，並以此爲「第三稿」。又據作者〈序〉中之言與書中所附〔清〕張曾〈江上讀騷圖歌〉稱「陳君讀《騷》得《騷》骨，偉辭自鑄氣清淑。君今三十立修名，集芙蓉裳餐秋菊」，推論「陳氏壯歲於《騷》，必已有撰著無疑。不然偉詞自鑄是無的放矢」。〔註74〕換言之，陳本禮之友張曾既然作詩稱陳君讀《騷》頗有心得並「自鑄偉辭」，且作者曾自言此事「邇來四十四年矣」，則陳氏長年以來，必有相關研《騷》筆記，

　　〈雅〉，最後效〈風〉」之言：〔清〕章學誠《文史通義・文集》亦以爲「夫《楚辭》，屈原一家之書也」等皆是。以上引自司馬遷等：《楚辭評論資料選》（臺北：長安出版社，1988 年 9 月），頁 30、77、189。

〔註72〕〔明〕周用《楚詞註略》首開名爲《楚辭》注本僅收屈作之風，是書收錄全據朱熹《楚辭集注》，即〈離騷〉、〈九歌〉、〈天問〉、〈九章〉、〈遠遊〉、〈卜居〉、〈漁父〉等二十五篇。又本文所述「周用《楚詞註略》」之內容與觀點，皆參考姜亮夫編著：《楚辭書目五種》，頁 67～69；陳煒舜：〈周用《楚詞註略》探析〉，《東海中文學報》第 17 期（2005 年 7 月），頁 1～30。

〔註73〕在古代《楚辭》眾多注本中，以「屈辭」爲名者，除陳氏一書外，另僅有稍早徐煥龍之《屈辭洗髓》，惜是書序文中，亦未言其命名原由。再若以當代學人指出漢人「辭賦並稱」、「辭賦不分」之情況，更有主張「楚辭」原名「辭」，乃當地特有之詩體，而既稱之爲「辭」，即有別於《詩》，至漢代始冠以「楚」字者。詳見羅漫：〈「楚辭」得名新議〉，《江海學刊》1991 年第 5 期，頁 162～163；金開誠：《屈原辭研究》，頁 1～5；黃鳳顯：《屈體研究》（長沙：湖南人民出版社，2002 年 6 月第 2 版），頁 4～6。如此一來，則陳氏之見似與今人暗合。

〔註74〕陶秋英，姜亮夫校繹：《陳本禮離騷精義原稿留眞》，頁 74。

方能反覆修訂，而稿本僅是「稿凡五易」中的一個過程記錄。

其次，關於作者修改之手法。大抵如：初稿時每章下皆計章數，於第一次修改時，便已刪除；稿本所附〈目錄〉，與今本出入頗大，次序更動甚多；今本之〈序〉，亦略有改寫；初稿時引各家說法皆以姓氏爲之，而第二次改稿後，則易爲書名；初稿時多引事實典故，改稿時多刪去；初稿時仍重章句訓詁，但改稿大都刪去；陳氏原於第二稿時，別有〈楚辭叶音〉一卷，附於書末，後則散入書中；改稿時，特別注重「文脈」之提點與「比」之作用，詳細分析篇章結構與詩句深義。

最後，從上述相關之更動中，不難得知最爲關鍵者，乃作者治學態度之轉變，即由「字詞解釋」轉而偏重「微言大義」之探索，故今人即以《屈辭精義》一書爲「文脈大義」一系解《騷》之集大成者。而今《屈辭精義》之所以能搜羅諸見，並另立新說，針對屈辭中之「微言大義」、「文章脈絡」多所闡發，均是作者歷經四十餘年之光陰，慘澹經營、沈潛再三，洗鍊而出的心血結晶。

三、版　本

《屈辭精義》一書早在陳本禮生前即已刊刻，且今尚未有重新排版印行之版本，茲以筆者所考爲據，並依出版之時代先後，整理如下。〔註75〕

（一）嘉慶十七年壬申裛露軒刊本（家刻本）

據姜亮夫先生所舊藏之「裛露軒刊本」，扉頁中間題「屈辭精義」，右上題「江都陳素邨手牋」，左下題「裛露軒藏版」。書中內容首爲作者之〈序〉，並附京江石驪山人張曾〈江上讀騷圖歌〉，次爲〈署例〉共十七則，次錄《史記‧屈原列傳》，再錄〔唐〕沈亞之〈屈原外傳〉。接著爲〈參引諸家〉，共三十七種著作。次陳氏之〈自識〉並題有七

〔註75〕按：《屈辭精義》相關版本之書影，另可參閱〈附錄〉之（附圖一）
　　　　至（附圖六）。

絕四首，再次爲〈目錄〉，末附作者之〈跋〉，全書共六卷。本書第一卷首行起題「屈辭精義卷之一」，〔註76〕次行題「江都陳本禮箋訂」、「男逢衡校讀」，再次行爲篇名標題「離騷」。版面每半頁八行，每行二十一字。箋註低兩格，「箋」下分雙行，每行小字二十七字。標題及參引諸家說，皆用墨圍陰文。左右雙欄，有行線，小墨口，雙魚尾，魚尾下刻篇名及頁數。大抵而言，「裛露軒刊本」應爲《屈辭精義》最早的版本，爾後各版本皆源於此，而略有調整。

（二）嘉慶年間刻本

此版本可見於國家圖書館，據資料僅知爲嘉慶年間之刊本。書中次序與姜氏所見之「裛露軒刊本」不同，其卷首爲〈序〉並〈江上讀騷圖歌〉、〈目錄〉、〈畧例〉、〈參引諸家〉、〈屈原列傳〉、〈屈原外傳〉，而卷末附〈自識〉並七絕四首、〈跋〉。全書共四冊，第一冊爲卷一，第二冊爲卷二，第三冊爲卷三、四，第四冊爲卷五、六，原書版框長一八六毫米、寬一三一毫米。再者，同據嘉慶刻本影印之「《續修四庫全書》本」扉頁附有「裛露軒藏版」之圖樣，而國家圖書館所藏「嘉慶年間刻本」則無，疑爲佚失扉頁。

（三）陳氏讀騷樓刊《陳氏叢書・瓠室四種》本

此版本爲姜亮夫《楚辭書目五種》所著錄，但姜氏並未介紹此版本之內容。

（四）一九二四年上海席氏掃葉山房影印裛露軒本（坊刻本、石印本）

全書共四冊，第一冊爲卷一，第二冊爲卷二、三，第三冊爲卷四，第四冊爲卷五、六，原書版框長一六一毫米、寬一〇六毫米。扉頁亦附有「裛露軒藏版」之圖樣，後又有「掃葉山房」之牌記，並題有「民國十三年石印」、「總發行所上海北市棋盤街掃葉山房」等字樣（詳〈附

〔註76〕按：《屈辭精義》卷首所附〈目錄〉皆題「卷某」，而至書中實際內容又題「卷之某」，是其書中體例不一之處。

錄〉之圖二），書中排序同於「裛露軒刊本」。

（五）一九五五年上海出版公司《離騷精義原稿留真》本

扉頁題「陳本禮離騷精義原稿留眞」，內頁先有題書名「離騷精義」、「琴硯齋珍藏」等字樣（詳〈附錄〉之圖三），後附「出版說明」與「陳本禮離騷精義原稿留眞總目」。留眞原稿共四十九頁，但印刷不精，僅存其彷彿。全稿除塗改鉤圈處外，大體楷書，烏絲欄。每半頁九行，每行二十五字。引用他書處，皆入眉註，與今本之同在正行者，大異。註文序跋與今本亦頗多出入。〔註77〕

（六）一九六四年臺北廣文書局本

此版本之排序序與「嘉慶年間刊本」近，其爲〈序〉並〈江上讀騷圖歌〉、〈目錄〉、〈參引諸家〉、〈畧例〉、〈屈原列傳〉、〈屈原外傳〉，末附〈自識〉並七絕四首與〈跋〉，其中唯〈參引諸家〉與〈畧例〉之先後顛倒。

（七）一九八六年臺北新文豐《楚辭彙編》本（此版本次序與廣文書局本同）

《屈辭精義》於部分篇章有作者之「眉批」，而「《楚辭彙編》本」與「廣文書局本」之不同，即在「眉批」次數之落差。如〈離騷〉「忽反顧以遊目兮」章之「眉批」，「《楚辭彙編》本」有而「廣文書局本」無，又〈大招〉「青春受謝」章之「眉批」，「《楚辭彙編》本」少「開首四」、「寓頃襄」等字。

（八）一九八七年江蘇廣陵古籍刻印社本

其中，《江都陳氏四種》之第四冊爲《屈辭精義》之卷一，第五冊爲卷二、三，第六冊爲卷四、五、六。全書之次序同於「嘉慶年間刻本」，原書版框長一八二毫米、寬一二八毫米。

〔註77〕上一小節資料乃筆者依學者姜亮夫之研究成果，加以摘要，並另據查考所得，稍作補充而成，見姜亮夫編著：《楚辭書目五種》，頁206～209。

（九）二〇〇二年上海古籍出版社《續修四庫全書》本〔據〔清〕嘉慶刻本影印，原書版框高一八三毫米、寬二六〇毫米〕

「《續修四庫全書》本」，亦與「《楚辭彙編》本」、「廣文書局本」之「眉批」次數不合。如〈離騷〉「吾令豐隆椉雲兮」章（按：《屈辭精義》「椉」字作「襃」字）與〈招魂〉「人有所極，同心賦些」章之「眉批」，獨「《續修四庫全書》本」有。〔註78〕

由上述之整理與比較，大抵可以推知，《屈辭精義》在卷首各項之次序上，不太統一，約有「裛露軒刊本」、「嘉慶年間刻本」、「廣文書局本」三種方式，且同一方式之不同版本，在「眉批」的數量上，也略有不同。再者，就筆者眼見之「嘉慶年間刻本」、「掃葉山房本」、「廣陵古籍刻印社本」三種古籍刻本，在分冊上頗有落差，但書中字體與行款則一致。其次，三種方式中的「廣文書局本」與「嘉慶年間刻本」之排序極為接近，而與「裛露軒刊本」差異較大。此外，「廣文書局本」、「《楚辭彙編》本」、「上海掃葉山房本」於〈跋〉末鈐有作者「陳本禮印」、「素邨」之方印，而「嘉慶年間刻本」與「江蘇廣陵古籍刻印社本」則無，但據「嘉慶刻本」影印之「《續修四庫全書》本」卻有。或據〔清〕耿文光《萬卷精華樓藏書記》中著錄之《屈辭精義》為「裛露軒本」，就其提要中所介紹之內容次序，卻是同於「嘉慶年間刻本」，便存在著不少矛盾。總而言之，《屈辭精義》最早之版本為「裛露軒刊本」，其他皆源自於此，至於在內容或次序方面，可能是再版時，經過人為調整，方有如此差異。

整體觀之，作者陳本禮其文人氣息濃厚，且偏好集部之學，故著述《屈辭精義》一書，主要是從文學角度切入，著力於闡發作品之奧

〔註78〕陳氏於「吾令豐隆椉雲兮」章批云：「此因前詒未遂，於是熟籌親信，再求幣聘之，方解佩纕以結言，令蹇修以為理，則更儀文兼致矣」，另於〈招魂〉「人有所極，同心賦些」章則批曰：「同心作賦，固為雅事。然淫詞豔曲，秖可供士女一時之戲謔耳」。

旨與精義，而非專以「考據學」之方法治《騷》，這也呈現出清代《楚辭》研究之另一面向。其次，就作者其個人著述動機而言，極力挖掘詩人感時幽憤之情，進而發揮古人「發憤著書」之說，聯結陳本禮本人所處之時代背景，則似乎存在著弦外之音。陳本禮雖非後人認定清代治《騷》之佼佼者，但就其成書經過，「稿凡五易」，不畏酷寒，幾經修訂，足見作者精益求精、沉潛多年之苦心，確實令人欽佩。因此，從《屈辭精義》一書之改稿，不難得知作者治學態度之轉變，即是自捨棄名物訓詁之繁瑣，走向文脈大義之探求，而如此轉向，必然有其因緣，而此疑問更是本文接下來必須探索之關鍵所在。

第三章　《屈辭精義》之體例

　　「古代楚辭學」自漢代發軔以來，幾經發展、興衰，至清代，可說是「百家爭鳴」，研究風格多元，既是作爲「結穴」，亦是最爲輝煌的時期。不論是以游國恩（1899～1978）先生以爲古代注《楚辭》者有「訓詁」、「義理」、「考據」、「音韻」四派；〔註1〕或姜亮夫將古代「楚辭」研究成果統整爲「書目」、「圖譜」、「紹騷」、「札記」四大部分，其中「書目」一大類下，又分爲「輯注」、「音義」、「論評」、「考證」四小類，著錄《楚辭》學專門著作；〔註2〕又張來芳分爲「考據」、「輯佚」、「韻讀」、「訓詁」、「詞章」、「義理」六類，〔註3〕另廖棟樑歸納爲「輯注」（又稱義理類）、「音義」（又稱釋文家）、「考證」、「評論」、「擬騷」五類，〔註4〕實則上述相關成果，均在清代有所呈現與發展，其中又以「考據」、「音韻」兩派，與「圖譜」、「札記」兩類，取得了超邁前代之成就。

　　因此，身處於乾、嘉之世的陳本禮在著述《屈辭精義》一書時，

〔註1〕　游國恩：《楚辭概論》（臺北：臺灣商務印書館，1999 年 10 月），頁 216。
〔註2〕　姜亮夫編著：《楚辭書目五種》，〈總目〉，頁 1～18。
〔註3〕　張來芳：〈現代楚辭學鳥瞰──《楚辭學史》之五〉，《贛南師範學院學報》1988 年第 4 期，因未見原文，轉引自黃建榮：〈漢至明代的《楚辭》注本概說〉，《九江師專學報》（哲社版）2004 年第 1 期，頁 57。
〔註4〕　廖棟樑：《古代楚辭學史論》，頁 6、7。

面對前人浩如煙海之研究成果，必定有所選汰，正所謂「前脩未密，後出轉精」，這自然也關係到作者之著述理念與態度。因此，本章主要介紹《屈辭精義》一書之體例，並分為三端：一曰篇目次第之例；二曰箋注編纂之例；三曰徵引典籍之例。其中「箋注編纂之例」，又細分為「訓詁注釋之例」與「分析批評之例」兩大內容；「徵引典籍之例」則細分為「徵引《楚辭》學相關著作者」、「徵引其他古籍者」、「徵引《楚辭》原典者」三大類，以上均分別舉例，後加以歸納、分析，以期對此書有更深一層的瞭解，並進而探究存於體例背後的作者理念與個人特色。

第一節　篇目次第之例

　　《屈辭精義》一書共六卷，尚得包括附於卷首之〈序〉並〈江上讀騷圖歌〉、〈目錄〉、〈參引諸家〉、〈略例〉、〈屈原列傳〉、〈屈原外傳〉，與附於卷末之〈自識〉並四首七絕與〈跋〉。

　　在此，因王逸《楚辭章句》為楚辭學史上第一部《楚辭》之全注本，是故此書中之編目最古，今將王逸以為屬於屈作部分之〈目錄〉，臚列如下：

〈離騷經〉第一
〈九歌〉第二
　〈東皇太一〉、〈雲中君〉、〈湘君〉、〈湘夫人〉、〈大司命〉、
　〈少司命〉、〈東君〉、〈河伯〉、〈山鬼〉、〈國殤〉、〈禮魂〉，
　共十一篇。
〈天問〉第三
　〈九章〉第四：〈惜誦〉、〈涉江〉、〈哀郢〉、〈抽思〉、〈懷沙〉、
　〈思美人〉、〈惜往日〉、〈橘頌〉、〈悲回風〉，共九篇。
〈遠遊〉第五
〈卜居〉第六
〈漁父〉第七
〈大招〉第十

　　（按：王逸曰：「〈大招〉者，屈原之所作也。或曰景差，
　　疑不能明也。」）

依王逸《楚辭章句》中判定爲屈作者，若再加上〈大招〉，則共有二
十六篇，對照於最早《漢志・詩賦略》所著錄之「屈原賦二十五篇」，
便有落差，進而埋下後人論爭二〈招〉是否爲屈作之種子。

　　《屈辭精義》一書「稿凡五易」，而書中篇目之次序，亦曾有所
調整，據《陳本禮離騷精義原稿留眞》所附〈目錄〉原爲：

　　　卷一　　〈屈子列傳〉司馬遷、〈外傳〉沈亞之、〈敍〉王逸、
　　　　　　　〈離騷〉上下
　　　卷二　　〈天問〉上下
　　　卷三　　〈大招〉、〈招魂〉
　　　卷五　　〈東皇太一〉〈雲中君〉、〈湘君〉、〈湘夫人〉、〈大司
　　　　　　　命〉、〈少司命〉、〈東君〉、〈河伯〉、〈山鬼〉、〈國殤〉、
　　　　　　　〈禮魂〉
　　　卷四　　〈九章〉：〈惜誦〉一、〈涉江〉五、〈哀郢〉四、〈抽
　　　　　　　思〉二、〈懷沙〉八、〈思美人〉三、〈惜往日〉七、
　　　　　　　〈橘頌〉九、〈悲回風〉六
　　　卷六　　〈遠遊〉、〈卜居〉、〈漁父〉、〈招魂〉、〈大招〉楚辭
　　　　　　　叶音〔註5〕

而今本〈目錄〉之次序則爲：

　　　卷一　　〈屈子列傳〉司馬遷、〈外傳〉沈亞之、〈離騷〉。（按：
　　　　　　　〈目錄〉中誤將〈屈子列傳〉、〈外傳〉併入卷一，
　　　　　　　實應獨立於六卷之外。）
　　　卷二　　〈天問〉
　　　卷三　　〈招魂〉、〈大招〉
　　　卷四　　〈九章〉：〈惜誦〉、〈思美人〉、〈涉江〉、〈惜往日〉、
　　　　　　　〈抽思〉、〈哀郢〉、〈悲回風〉、〈懷沙〉、〈橘頌〉。
　　　卷五　　〈九歌〉：〈東皇太一〉、〈雲中君〉、〈湘君〉、〈湘夫

〔註5〕　按：筆者所列乃陳本禮改稿〈目錄〉後之成果，因其中幾經更動，
　　　　故呈現較爲凌亂。

人〉、〈大司命〉、〈少司命〉、〈東君〉、〈河伯〉、〈山
鬼〉、〈國殤〉、〈禮魂〉
卷六　〈遠遊〉、〈卜居〉、〈漁父〉

即以「第三稿」與「今本」之〈目錄〉作比較，大抵雷同，唯將卷三
之〈招魂〉調至〈大招〉之前，又於〈九章〉諸篇之次序，有所更動。

首先，針對此書凡六卷之排序，作者曾解釋道：

篇目編次自劉向哀集〈離騷〉、〈九歌〉、〈天問〉、〈九章〉、
〈遠遊〉、〈卜居〉、〈漁父〉外，列入〈九辯〉、〈惜誓〉、〈招
隱士〉、〈七諫〉、〈哀時命〉、〈九懷〉、〈九歎〉，共十六篇，
為總集之祖。唐、宋以來，未之有易。至明黃文煥始專取
屈子二十五篇之文，益以〈招魂〉、〈大招〉，為屈子一家言，
迨後林西仲、蔣涑塍皆祖其說，然於篇目前後移易，則各
成其是。余惟漢儒去古未遠，當以太史公所讀古本為定。
太史曰：「余讀〈離騷〉、〈天問〉、〈招魂〉、〈哀郢〉，悲其
志。」蓋〈離騷〉，乃《騷》之總名，自應首列。〈天問〉
次之，〈二招〉又次之。〈哀郢〉乃〈九章〉篇名，則〈九
章〉宜繼〈二招〉後。〈九歌〉為巫覡祀神之樂章，〈遠遊〉
則莊生世外逍遙語，皆《騷》之逸響。而以〈卜居〉、〈漁
父〉終焉者，《騷》之變體也。（〈署例〉第二則）

陳本禮指出劉向所集《楚辭》十六卷，流傳甚久，至明代黃文煥《楚
辭聽直》出，始專取屈子作品為之注解，且判定〈二招〉為屈作而增
益，更得到後人林雲銘、蔣驥等人之認同，差別僅在篇目前後之調動。
〔註6〕因此，作者面對前人「各成其是」，則採取「信古」之態度，而

〔註6〕按：陳氏之見實有誤，最早專取屈作為之注解者，乃〔明〕周用《楚
詞註略》，但因是書鮮為人知，故後人多標舉黃文煥《楚辭聽直》。
正因黃文煥《楚辭聽直‧凡例》中主張「以其詞之與原無涉者」、「或
詞為原作，而其意其法，未能與原並驅」、「詞在涉、不涉之間，意
與法在欲並、未能並之際，勦襲句多，曲折味少」三大理由，裁汰
屈原以外作品。其次，又引〔宋〕晁補之「詞義高古，非原莫能及」
之言，加以斷定〈大招〉非屈原莫能作；並藉太史公之言，以為「又
似亦原之自作，則存〈招魂〉亦併存原耳。即〈招魂〉從來屬玉，〈大
招〉未必非差，而其詞專為原拈其意與法，足以原並，則固足存矣」，

以司馬遷於〈屈原列傳〉末之贊語爲準，加以排序並補充說明，致使
迥異前人之見。

　　至於陳本禮爲何會提出如此新奇之見，此或可從其性格中看出端
倪。因卷前之〈序〉後錄有張曾〈江上讀騷圖歌〉，其中即稱「廣陵
陳君好奇古，恨不與古爲儔侶」，可見作者本性「好奇古」，且具有詩
人身分。其研究傾向亦集中在箋注前人文學作品，致力於「發前人所
未發」、「言前人所未竟者」，而非專治經、史之學者。所以，針對前
人注《騷》成果，作者最爲推崇劉安、司馬遷二人，故取太史公論贊
之言爲據，進而排序《屈辭精義》一書，但實際上是「信古太過」，
不足爲據。〔註7〕

　　再者，有關〈離騷〉稱「經」之問題。王逸《章句》首列「〈離
騷經〉第一」，並於〈離騷經前敍〉云：「離，別也。騷，愁也。經，
徑也。言己放逐離別，中心愁思，猶依道徑，以風諫君也」，可知王
氏將「經」字納入訓釋之範圍，足以反映作爲訓詁學家之王逸，針對
此「經」字，有其與後世不同之理解與解讀。然而，隨著時過境遷、
朝代更迭，至洪興祖《楚辭補注》出，即加以補正曰：「古人引〈離
騷〉未有言『經』者，蓋後世之士祖述之詞，尊之爲經耳，非屈原意
也」，視洪氏之釋義，則以爲〈離騷〉之所以冠上「經」字，乃後人
「尊之爲經」。雖說早在宋代洪興祖便指出「稱經」之誤，但事實上，
後世注《騷》仍不乏以「經」名〈離騷〉者，〔註8〕而陳本禮《屈辭

　　　　此後〈招魂〉、〈大招〉此〈二招〉，是否爲屈原所作，引發有清一代
　　　　學者之熱烈回響。上述原文見〔明〕黃文煥：《楚辭聽直》（《四庫全
　　　　書存目叢書・集部》第 1 冊），頁 413、414。
〔註7〕　按：今有學者考辨《屈辭精義》之篇目次第，以爲陳氏之言僅屬臆
　　　　測，其中疏失甚多，論述頗爲詳盡，參見李大明：〈《屈辭精義・略
　　　　例》謂「古本」篇次問題考辨〉一文，《楚辭文獻學史論考》（成都：
　　　　巴蜀書社，1997 年 6 月），頁 396～411。
〔註8〕　如朱熹《集注》以所收屈作二十五篇爲「離騷」，其中〈目錄〉首列
　　　　「〈離騷經〉第一」，仍習王逸之舊例。爾後仍有注本以「經」命名
　　　　者，如〔明〕趙南星《離騷經訂註》、〔明〕劉永澄《離騷經纂註》、

精義》亦主張還名其舊，並未以「經」名〈離騷〉，其理由與洪興祖
近，但更深入地論道：

> 〈騷〉之稱「經」，見王叔師序曰：「孝武使淮南王安作《離
> 騷經章句》」，則「經」字乃漢儒所加，而後人指為僭經。
> 又《漢書》傳曰：「初安入朝，獻所作內篇，上愛秘之，使
> 為《離騷傳》」，則是淮南奉詔作傳，當另有傳文，非僅以
> 〈天問〉以下諸篇，名之為「傳」也。自傳文放佚，舊目
> 未刪，後儒不考其由，輒為訾議。幸太史公〈屈原列傳〉
> 尚載有「〈國風〉好色而不淫」五十二字，猶是《離騷傳》
> 中語也，可以窺見一斑。（〈畧例〉第一則）

在此，陳氏推論〈離騷〉稱「經」之由來，直指為漢儒所加，〔註9〕
並以《楚辭章句》中〈離騷經〉以外之屈作，一本以下皆有「傳」字，

〔清〕劉獻廷《離騷經講錄》、〔清〕李光地《離騷經註》、〔清〕方
粲如《離騷經解略》等皆是。

〔註9〕在此，陳本禮並未明言是哪位漢儒所增，但圍繞著「〈離騷〉稱『經』」
之相關討論，稱得上是《楚辭》學史中的重要議題。因而至今仍有
不少學者，針對「〈離騷〉稱『經』始於何人何時」，有所考究，歷
來即有「屈原自名」、「宋玉、景差之輩」、「漢初劉安之前」、「劉安」、
「劉向」、「揚雄」、「東漢初期」、「王逸」、「王逸其後不知名之人」
等諸說，並且涉及「〈離騷〉稱『經』之背景與意義」等相關論述。
參見王德華：〈《離騷》稱「經」考辨〉，《浙江師大學報》（社科版）
2000年第1期，頁28～32；周萆鳳：〈屈原作品稱經的文化背景〉，
《廣西師範大學學報》（哲社版）第43卷第3期（2007年6月），頁
70～73；熊良智：《楚辭文化研究》（成都：巴蜀書社，2002年10月），
頁178～194；李大明：《漢楚辭學史》（增訂本），頁254～260；董
運庭：《楚辭與屈原辭再考辨》（北京：中國社會科學出版社，2005
年10月），頁77～87；吳旻旻：《漢代楚辭學研究──知識主體的心
靈鏡像》（嘉義：國立中正大學中文所碩士論文，1997年），頁114。
其中，又以魯瑞菁：〈「〈離騷〉稱經」與漢代章句學〉一文之統整，
頗為詳盡，見《靜宜人文社會學報》第1卷第2期（2007年2月），
頁1～29。另較為特殊者，更有關注清代至今以來，學界中探討〈離
騷〉稱經」之相關論述，進行一番接受歷史之省思，並強調王逸於
「《楚辭》注釋傳統」影響力之深遠，見張勤瑩：《「以史入騷」與草
木世界──吳仁傑離騷草木疏之研究》（宜蘭：私立佛光人文社會學
院歷史所碩士論文，2006年），頁121～126。

歸咎於「後儒不考其由，輒爲訾議」。作者即是主張稱「經」者，實非屈子本意，實亦不必以「經」視屈作，抑或以〈離騷〉爲「經」，而以其他作品爲「傳」，且此種見解實可視爲明、清以來之主流意見。〔註10〕

此外，針對〈九章〉諸作之排序，而《屈辭精義》顯然頗爲更動舊例，甚至於以上文「第三稿」與「今本」之間，仍有差異。關於此，作者自言：

> 〈九章〉之文，應分懷、襄兩世之作，〈惜誦〉、〈抽思〉、〈思美人〉作於懷王時，〈哀郢〉以下，則頃襄時作也。〈橘頌〉乃三閭早年咏物之什，以橘自喻，且體涉於〈頌〉，與〈九章〉之文不類，應附於末。舊次未分，且有謂〈橘頌〉乃原放於江南時作，未可爲據。（〈署例〉第五則）

〈九章〉非一時一地之作，早爲前人所提出，〔註11〕且隨著學者對〈九

〔註10〕按：學界向來以爲〈離騷〉之所以稱「經」，應與漢代經學之發達有關。即所謂漢代向來重辭賦之學，自宜宗《騷》、尊《騷》，加之經學成爲官方意識型態，進而藉由比附經典，企圖抬高辭賦之地位，故特以「經」名之矣。然而，今人又有主張〈離騷〉稱「經」，乃漢儒注釋體例，其用「經」字亦可指總結性的篇章，且因〈離騷〉一篇確有概括屈辭之氣象，而如此以「經」字稱〈離騷〉，亦有其合理之處。見姜亮夫：《楚辭今繹講錄》（昆明：雲南人民出版社，1999 年 11 月），頁 65、66。

〔註11〕有關〈九章〉之研究，最早王逸《楚辭章句》言「〈九章〉者，屈原之作也。屈原放於江南之壄，思君念國，憂心罔極，故復作〈九章〉」，則〈九章〉似全作於被放江南時，然至朱熹《楚辭集注》以爲「屈原既放，思君念國，隨事感觸，輒形於聲。後人輯之，得其九章，合爲一卷，非必出於一時之言也」，又於〈楚辭辯證下・九章〉中更以〈惜誦〉、〈涉江〉、〈哀郢〉諸篇「皆無一語以及自沈之事」而斷作於初放時，而〈懷沙〉則「雖有彭咸、江魚、死不可讓之說，然猶未有決然之計也」，繼而〈抽思〉以下，死期漸迫，至〈惜往日〉、〈悲回風〉，則其身已臨沅、湘之淵，而命在晷刻矣」，藉著分析作品之內容與情意，結合作者生平，以推論其創作時地。自此而起，後世學者多針對〈九章〉諸篇之創作時地，多所考證，眾說紛紜，而大致上均認定非一時一地之作。上引原文見〔宋〕洪興祖撰、白化文等點校：《楚辭補注》（重印修訂本），頁 120；〔宋〕朱熹：《楚辭集注》，頁 73、197。

章〉創作時地考究之深入，後人或從王逸之舊例，而自述考訂之結果
於書中；又或不循舊例，依照己見，重新排序之。〔註12〕因此，作者
承繼前賢之言，強調「應分懷、襄兩世之作」，其中將〈橘頌〉附於
末，則是基於〈橘頌〉之體製與〈九章〉不類，並認定〈橘頌〉爲屈
原早年之作，而非放於江南時所作。

　　雖然，作者未於書中說明其〈九章〉排序之依據。不過，依筆者
之觀察，特別的是今本書中〈九章〉之實際先後順序，又與卷首所附
之〈目錄〉不同，其次序爲：〈惜誦〉、〈抽思〉、〈思美人〉、〈涉江〉、〈哀
郢〉、〈悲回風〉、〈惜往日〉、〈懷沙〉、〈橘頌〉，則此次序又近於原先改
稿後之〈目錄〉，差別僅在〈哀郢〉反而在〈涉江〉之後。〔註13〕雖說
不明陳氏爲何對〈九章〉之次序，有此數變，但基本上可以得知今本
書中〈九章〉之實際先後順序，確實依循作者於〈畧例〉中所言，除
〈橘頌〉外，將〈九章〉諸作概分爲懷、襄兩世，其中又略以寫作時
間之先後，加以排序。最後，《屈辭精義》一書，異於王逸《楚辭章句》
以來將〈九歌〉、〈九章〉各篇篇題置於篇末之例，而於篇首即明列「篇
題」，至於會有如此調整，目的即在觸目即見，省去檢閱之勞。

第二節　箋注編纂之例

　　《屈辭精義》一書扉頁右上題「江都陳素邨手牋」，於六卷各卷

〔註12〕仍存舊例者，如〔明〕李陳玉《楚詞箋註》、〔清〕王夫之《楚辭通釋》、
　　　〔清〕蔣驥《山帶閣注楚辭》、〔清〕屈復《楚辭新集註》；頗改舊例者，
　　　如〔明〕黃文煥《楚辭聽直》、〔清〕林雲銘《楚辭燈》。然而，有更甚
　　　者，是將〈九章〉內刪除〈懷沙〉，加入〈遠遊〉，刪去各篇原題，而
　　　以「第一章」、「第二章」等爲題，總更名爲〈哀郢九章〉，自行刪湊古
　　　書篇章，以就己意，即〔清〕劉夢鵬《屈子章句》一書。

〔註13〕按：《屈辭精義》於〈涉江〉篇首，即引蔣驥「〈涉江〉、〈哀郢〉皆
　　　頃襄時放於江南所作，然〈哀郢〉發郢而至陵陽，皆自西徂東；〈涉
　　　江〉從鄂渚入漵浦，乃自東北往西南，當在既放陵陽之後，舊解合
　　　之誤矣」之注，但從今本書中〈九章〉之實際先後順序來看，可知
　　　作者最終並未依蔣氏之見，反而將〈哀郢〉置於〈涉江〉之後。

首頁，亦有銜題「江都陳本禮箋訂」，可見作者自命為「箋」，是承繼古人經書注疏傳統而為之，且因本禮身處作為傳統學術「結穴」之有清一代，又頗吸收各家《楚辭》注本之長，進而形成自己獨特的注釋體例。針對「《楚辭》注釋傳統」之省思，早在〔明〕黃文煥即有言：

> 評《楚辭》者不註，註《楚辭》者不評。評與註，分為二家。余於評稱「品」，於註稱「箋」，合發之，以非合不足盡《楚辭》之奧也。品拈大綮，使人易於醒眼；箋按曲折，使人詳於迴腸。「品」之中，亦有似「箋」者，然係截出要緊之句，不依本段之次序也。至於「箋」中，字費敲推，語經煅煉，就原之低佪反覆者，又再增低佪反覆焉。〔註14〕

黃氏不滿前人注《楚辭》，或評者不註，或註者不評，故首開「評」（「品」）、「註」（「箋」）結合之風，以為唯有如此，方足以盡「《楚辭》之奧」。其中，以「品」謂「品拈大綮，使人易於醒眼」；「箋」為「箋按曲折，使人詳於迴腸」，視其解釋實異於前人對「箋」、「註」之界定，且其重點皆非專究名物訓詁，而在於作品脈絡之拈出與詩意曲折之推敲。再者，若就《楚辭聽直》之體例，乃先「品」後「箋」，足以代表作者對於《楚辭》「義理」、「詞章」之重視，已與前賢有所差異。

不僅黃文煥有此見解，與其同時代之李陳玉，亦另有言：

> 「箋」、「疏」、「傳」、「註」，分四家，世儒混而一之。「箋」之為言綫也，不多之謂也。讀者之悟，與作者之意，相遇於幽玄恍惚之地，一綫孤引，竟欲忘言，其文反略於作者，而以作者為我註腳，此為上上人語也。「註」則句櫛字比，求先故，推義類，入泥入水，現學究身說法，此為下下人語也。不屑屑於逐句逐字之櫛比，止擇其要，時為疏導，如水去滯，如草去穢，每一章節，不過數處，此為中人語也。取作者之意，傳而出之，識窺岷源，學如大海，本末始終，鉅細精麤，靡不該攝條貫，謂之「傳」，此包上中下

〔註14〕〔明〕黃文煥：《楚辭聽直》，〈凡例〉，頁414。

人而爲語者也。〔註15〕

更有云：

> 屈子千古奇才，加以純忠至孝之言，出於性情者，非尋常
> 可及，而以訓詁之見地通之，宜其蔽也。且夫《騷》本詩
> 類，詩人之意，鏡花水月，豈可作實事實解會？惟應以微
> 言導之，則四家之中「箋」，所宜有事也。〔註16〕

這篇〈自叙〉乃李氏回顧以往注釋體例，一一分別其義並有所論評，如
認定「箋」應求簡要，以「一綫孤引」，溝通作者之意與讀者之悟，甚
至要求注家「竟欲忘言」、「以作者爲我註腳」，而非受限於作者之文字；
或以「註」爲學究現身，依字逐句解釋，失於拘泥；又謂「疏」不如「註」
之繁瑣，「止擇其要」，加以疏通，至言不煩；或謂「傳」則「取作者之
意，傳而出之」，並使「鉅細精麤」，各得其宜，而其目的不外乎是在說
明題名「箋註」之原由，乃兼採最上者之「箋」與最下者之「註」。其
次，作者認爲「《騷》本詩類，詩人之意，鏡花水月」，在文學作品本來
就具有虛構性、想像性之前提下，而「以訓詁之見地通之」，豈可皆以
「實事」、「實解」視之，尤其屈原乃「千古奇才」，其筆墨更是「非尋
常可及」，故特別推崇「箋」對於解《騷》之功用。在此，先不論李氏
對「箋」、「註」、「疏」、「傳」等優劣之看法是否完全正確，但作者對「箋」
之理解，確實獨樹一幟，〔註17〕其中以「箋」使「其文反略於作者，而

〔註15〕〔清〕李陳玉：《楚詞箋註》，〈自叙〉，頁1。

〔註16〕〔清〕李陳玉：《楚詞箋註》，〈自叙〉，頁2。

〔註17〕如〔漢〕許慎《說文》：「箋，表識書也。從竹，戔聲」；〔唐〕孔穎
達《毛詩正義》疏云：「鄭於諸經皆謂之『注』，此言『箋』者，呂
忱《字林》云：『箋者，表也，識也。』鄭以毛學審備，遵暢厥旨，
所以表明毛意，記識其事，故特稱爲『箋』」；或《四庫全書總目》
曰：「鄭氏《六藝論》云：『注詩宗毛爲主，毛義若隱略則更表明，
如有不同，即下己意，使可識別。』然則康成特因毛《傳》而表識
其傍，如今人之簽記，積而成袟，故謂之『箋』，無庸別曲說也」。
上述引文見〔漢〕許慎撰、〔清〕段玉裁注：《說文解字注》（臺北：
天工書局，1998年8月），頁191；〔漢〕毛公傳、〔唐〕孔穎達等正
義：《毛詩正義》（臺北：新文豐出版公司，2001年6月），上冊，頁
33；永瑢等：《四庫全書總目》，上冊，頁120。

以作者爲我註脚」般的創造性詮釋，一反前人以注書作爲作者註脚或讀者參閱之觀念，顯然是帶有陸、王一系之心學色彩。

在黃、李二人導其源後，爾後學者注《楚辭》，大多能兼顧「評」、「注」兩大層次，促使《楚辭》研究更趨於全面。在此，陳本禮曾明明白白道出：「拙註倣『箋』，仿鄭康成註《毛詩》例，各有發明，以發前人未發之義，其中間有未盡及文外之意，附註於後，以便讀者參觀。」(〈畧例〉第十六則) 即可知，作者自命爲「箋」，乃仿鄭玄《毛詩箋》之體例，意在探求「前人未發之義」與作品的「文外之意」，但若將二者加以比對，則《屈辭精義》與鄭《箋》並不全然相同。因「箋」之始，實由漢儒鄭玄（127～200）發之，而鄭氏作「箋」，大抵祖述《毛傳》而加以補充、發明，或略有訂正，但陳本禮則並未承繼某一注家之餘緒，而陳氏眞正承繼自鄭《箋》者，乃在於漢儒之詮釋取向上，即對作者創作意圖之探尋。〔註18〕

事實上，細究《屈辭精義》之注釋體例，大部分作品篇首皆有「發明」(僅〈卜居〉、〈漁父〉無)，〔註19〕其意如同「題解」，乃作者參考前賢並參以己見之論述，主要涉及各篇之主旨要義、時地考證、藝術分析等問題。其次，〈九章〉、〈九歌〉兩組作品除首篇篇首有「發明」外，又於其他各篇篇首，或有作者之「箋」，或引他說，針對各篇作品略爲點題或品評。不過，較爲特殊者，乃於〈東皇太一〉之「篇題」下特別注云：「舊註祠在楚東，以配東帝」，全書僅見一例。至於注釋格式則採用傳統隨文釋義的方式，其中又可分爲兩大形式：其一

〔註18〕部積意指出漢人在《楚辭》研究中，熱衷於作者意圖的探索，以及人格的評價上，即可看出經學（或漢儒）的影響。連帶地所引起的論爭，也是出於各家對作者意圖判定上的分歧，而作品的好壞，更是取決於作者創作時的意圖爲何。其結果是致使他們在作者意圖、作品意義、作品價值方面，建立一個相對固定的聯繫，實質上也確立批評一個作家或作品的基本要素。參見部積意：《經典的批判——西漢文學思想研究》（北京：東方出版社，2000年1月），頁185～208。

〔註19〕按：其中〈九章〉與〈九歌〉此二組作品，於首篇篇首有「發明」，而後餘篇皆無，唯一例外者爲〈悲回風〉，於篇首多出「發明」一則。

爲「正文夾注」，即爲原文某字詞或某句下，加以注解，主要側重「訓詁注釋」；其二爲「文後箋釋」，即於原文後，以作者自定之段落（又以四句爲一小段較爲常見），進行箋釋。此種以四句爲注之方式，近於朱熹《楚辭集注》。此外，陳氏又針對〈離騷〉、〈天問〉二篇，進行章節分段，並於各個章節分段處，均附有各段大意與文脈之說明（按：〈離騷〉分「節」、〈天問〉分「段」）。「文後箋釋」形式則採獨立引文，或自述己見（即作者之「箋」，當然「箋」中亦有提及他書者），或明引前賢之見（即以書名或人名爲標題，且幾乎見於〈參引諸家〉中，極少例外），主要側重「分析批評」，又或有作者之「正誤」附於末，糾正前人解說之誤，主要針對字詞、故實之訓釋，亦有部分涉及文意之理解與闡釋。〔註20〕

再者，所謂「文後箋釋」部分，亦可細分爲：「箋」、「箋＋他說」、「箋＋正誤」、「箋＋他說＋正誤」、「他說」、「他說＋正誤」等六種樣式。此外，更有少部分篇章，有位於天頭之眉批（僅〈離騷〉、〈天問〉、〈招魂〉、〈大招〉四篇有之），應屬作者自評。〔註21〕由此可見，陳氏沿襲前輩學者注《騷》之風，在注釋體例上，是「評」、「註」兼有，且重於「評」，用意則同於前人所謂「品拈大綮，使人易於醒眼」，更要使「讀者之悟，與作者之意，相遇於幽玄恍惚之地，一綫孤引，竟欲忘言」，而傾向於「義理」、「詞章」之研究。

〔註20〕話雖如此，但觀察書中「正文夾注」與「文後箋釋」之實際內容，則「正文夾注」中亦有分析結構、品評字句者；而「文後箋釋」中亦有說明故實、駁正舊注者，已體現出「評」、「註」合流之現象。

〔註21〕潘嘯龍、毛慶主編：《楚辭著作提要》一書，於「陳本禮《屈辭精義》提要」部分，將是書之箋注體例，分爲「發明」、「箋」、「正誤」、「彙訂」、「選評」，並以「彙訂」爲前人見解之選彙，「選評」爲參引諸家中選出，見頁201。惟《屈辭精義》一書中，獨立於作品原文後引用諸家之見者，均註明「書名」或「人名」之標題，故筆者推測所謂「彙訂」應指以「人名」爲標題之注解或未見於〈參引諸家〉者。然又因〈參引諸家〉中錄有「王貽六（邦采）《離騷彙訂》」一書，故以「彙訂」爲《屈辭精義》箋注體例之一，恐易引人誤解，實非允當。

在此，筆者不以箋注形式來區分，而採以箋注內容為主，將《屈辭精義》書中之相關箋注，分為「訓詁注釋之例」、「分析批評之例」兩大類，並針對兩大類之相關呈現內容與方式，於下文中加以分類並敘述之。

一、訓詁注釋之例

（一）解釋字詞

1、作者自注者，如：

(1)〈離騷〉：「惟草木之零落兮」──陳氏於句末注：「草彫曰零，木隕曰落。」

(2)〈天問〉：「崑崙縣圃，其尻安在？」──陳氏於「縣圃」下注：「縣圃，在崑崙之顛。」

(3)〈惜誦〉：「壹心而不豫兮」──陳氏於「不豫」下注：「不猶豫也。」

(4)〈思美人〉：「思美人兮，擥涕而竚眙。」──陳氏於「擥」下注：「拭。」

(5)〈湘君〉：「沛吾乘兮桂舟」──陳氏於「桂舟」下注：「迎神之舟。」

2、明引他說者，如：

(1)〈離騷〉：「彼堯舜之耿介兮」──陳氏於句末引《發蒙》（即〔清〕陳銀《楚辭發蒙》）：「耿介謂德性，見巍煥氣象。」

(2)〈招魂〉：「雕題黑齒，得人肉以祀，以其骨為醢些。」陳氏──於「雕題」下注：「《山海經》：『雕題在繜水。』南人以丹青湼其額。」又於「黑齒」下引《南土志》：「黑齒在永昌關南，以漆漆其齒。」

按：《山海經・海內南經》：「伯慮國、離耳國、雕題國、北朐國，皆在鬱水南」，則「繜」字有誤，應為「鬱」是。

(3)〈抽思〉:「并日夜而無正」──陳氏於句末注:「《說文》:『正,守一不止。』無正者,無止也。」

按:《說文解字》:「正,是也。从一,一以止。凡正之屬皆从正。」段玉裁注引江沅曰:「一所止之也。如乍之止亡、毌之止姦,皆以一止之。」陳氏所引似與《說文》之意有落差,應爲「守一以止」是。

(4)〈悲回風〉:「眇遠志之所及兮」──陳氏於「遠志」下引《發蒙》:「遠志,即自貺之志。」

按:「自貺」者,貺,賜也,自貺即自我期許也。

(5)〈遠遊〉:「羨韓眾之得一」──陳氏於「得一」下引《老子》:「天得一以清,地得一以寧,神得一以靈。」

按:《老子》:「昔之得一者:天得一以清,地得一以寧,神得一以靈,谷得一以盈,萬物得一以生,侯王得一以爲天下貞,其致之。」(〈第三十九章〉)此處乃陳氏節引《老子》原文爲注。

總按:以上爲「解釋字詞」之例,大抵而言,「正文夾注」中以「解釋字詞」者最多,且即使前人早有作注,亦不引舊注,多作者自行注解,注釋風格簡要,亦可見陳氏並不著力於「章句訓詁」之學。

(二)標注音韻

1、叶韻法,如:

(1)〈離騷〉:「惟庚寅吾以降」──陳氏於「降」下注:「叶洪。」

(2)〈招魂〉:「魂兮歸來哀江南!」──陳氏於「南」字下注:「叶尼金反。」

(3)〈大招〉:「魂乎歸徠!無東無西,無南無北只。」──陳氏於「北」字下注:「叶平,與漢詩〈魚戲〉韻同。」

(4)〈抽思〉：「眾果以我爲患」——陳氏於「患」字下注：
　　「叶胡門反。」

(5)〈山鬼〉：「風颯颯兮木蕭蕭」——陳氏於「患」字下
　　注：「叶搜。」

2、直音法，如：

(1)〈離騷〉：「朝搴阰之木蘭兮」——陳氏於「阰」字下
　　注：「音毗。」

(2)〈招魂〉：「敦脄血拇，逐人駓駓些。」——陳氏於「拇」
　　字下注：「音梅。」

(3)〈惜誦〉：「中悶瞀之忳忳」——陳氏於「瞀」字下注：
　　「音茂。」

(4)〈湘君〉：「桂櫂兮蘭枻」——陳氏於「枻」字下注：「音
　　屑」。

(5)〈大司命〉：「使涷雨兮灑塵」——陳氏陳氏於「涷」
　　字下注：「音東。」

3、讀若法，如：

(1)〈離騷〉：「後悔遁而有他」——陳氏於「他」字下注：
　　「讀佗。」

(2)〈離騷〉：「憑不厭乎求索」——陳氏於「索」字下注：
　　「讀素。」

(3)〈離騷〉：「夕餐秋菊之落英」——陳氏於「英」字下
　　注：「讀央。」

　按：古代注釋，有「讀爲」，有「讀若」。「讀爲」亦言「讀曰」，
　　「讀若」亦言「讀如」，字書僅言其本字本音，故有「讀
　　若」無「讀爲」。據《說文解字》「讀」字下段注曰：「擬
　　其音曰『讀』，凡言『讀如』、『讀若』皆是也」。[註22]
　　可見「讀若」是一種訓詁之術語，亦是前人注釋古書所

用之語句。

據筆者查閱《屈辭精義》一書中「標注音韻」之例，以「叶韻法」者最多，其中又可分爲「叶某」、「叶某某反」兩種形式。其次，「直音法」、「讀若法」則大多用於標注「非韻腳字」之音讀（偶有例外），均爲「音某」、「讀某」之形式，且二者所占比例甚少。最後，作者於「標注音讀」，亦有並用「叶韻法」與「直音法」之例，唯獨「讀若法」不與他法混用。正因屈辭屬韻文，但受限於「時有古今，地有南北，字有更革，音有轉移，亦勢所必至。故以今之音讀古之作，不免乖剌而不入」，〔註23〕而作者即是遵循傳統此種自六朝以來改讀字音，以求諧和之「叶韻法」，來標注韻腳字之音讀。陳本禮曾云：

> 蔣涑滕有〈楚詞說韻〉，苦於太繁；劉雙虹〈楚辭叶音〉，又嫌其太簡。蓋楚都地屬周南時之漢廣，字多楚音，士人汲古漱芳，未有不熟〈二南〉而能讀《楚詞》者。考古音而叶古韻，是在知音者。今各叶句下。若叶韻前文已見，而後有再叶韻者，則止書叶而不書韻，省繁也。（〈畧例〉第十二則）

從作者以蔣驥〈楚詞說韻〉「太繁」，又以「叶韻前文已見，而後有再叶韻者，則止書叶而不書韻」之言來看，可見陳氏不好箋注太繁，且未以「考古音而叶古韻」，僅用「叶韻法」標注音讀。在此，陳本禮忽視〔明〕陳第（1541～1617）《屈宋古音義》以來，學者們對於《楚辭》音韻學所累積之成果，仍然採用傳統錯誤的「叶韻法」，甚爲可惜，當然這也可能與小學非其所長有關。

（三）點明故實

1、作者自注者，如：

(1)〈離騷〉：「羿淫遊以佚畋兮，又好射夫封狐。固亂流其鮮終兮，浞又貪夫厥家。」——陳氏於句末注：「有

〔註23〕〔明〕陳第著、康瑞琮點校：《毛詩古音考‧屈宋古音義》（北京：中華書局，2008年6月），頁10。

窮后羿篡太康位，不恤民事，任用寒浞。浞行媚於內，
施賂於外，羿回將歸，使家臣逄蒙射殺之，取羿妻。」

按：王逸於「浞又貪夫厥家」句下注有云：「言羿因夏衰亂，
代之為政，娛樂畋獵，不恤民事，信任寒浞，使為國相。
浞行媚於內，施賂於外，樹之詐慝而專其權勢。羿畋將
歸，使家臣逄蒙射而殺之，貪取其家，以為己妻」，而此
處乃陳氏述引王逸之注語而成。

（2）〈惜往日〉：「吳信讒而弗味兮，子胥死而後憂。」—
——陳氏於句末注：「越滅吳，夫差臨死，始言無面目
見員。」

總按：以上二例，陳氏均將詩句中之故實，加以簡要說明。

2、明引他說者，如：

（1）〈天問〉：「驚女采薇，鹿何祐？北至回水，萃何喜？」
——陳氏於句末引王逸注：「昔有女子采薇，有所驚
而走，北至回水之上，止而得鹿，家遂昌熾。」

按：王逸於「驚女采薇，鹿何祐？」句下注有云：「言昔者有
女子采薇茱，有所驚而走，因獲得鹿，其家遂昌熾，乃
天祐之」，另於「北至回水，萃何喜？」句下注有曰：「言
女子驚而北走，至於回水之上，止而得鹿，遂有禧喜也」。
陳氏此處併引王逸不同句之注文，恐因與此二問之故
實，古邈難知，最早為王逸所點明，卻又無其他文獻可
佐，是故引用前賢之說。

（2）〈天問〉：「兄有噬犬，弟何欲？易之以百兩，卒無祿？」
——陳氏於句末引王逸注：「兄謂秦景公，弟公子鍼
也。秦伯有噬犬，鍼欲以百兩之車易之，秦伯不聽，
遂逐鍼而奪其祿。」

按：王逸於「兄有噬犬，弟何欲？」句下注云：「兄，謂秦伯
也。噬犬，齧犬也。弟，秦伯弟鍼也。言秦伯有齧犬，

弟鍼欲請之」，而於「易之以百兩，卒無祿」句下則注曰：
「言秦伯不肯與弟鍼犬，鍼以百兩金易之，又不聽，因
逐鍼而奪其爵祿也」。在此，陳氏雖注明引王逸舊注，但
《楚辭章句》原言「鍼以百兩金易之」，而此解說之誤，
於洪興祖《楚辭補注》中已有糾正，但作者卻依洪氏之
見而擅自更改，故此處實非王逸注之原貌。

總按：陳氏注《騷》，以闡發微言大義、剖析文章脈絡爲長，而「點
出故實」者，於是書中並不多見。但若以注釋內容，整體觀之，以〈天
問〉一篇中，不論是「正文夾注」或「文後箋釋」，則較有涉及「點
出故實」者，這自然與〈天問〉向來被視爲難讀，性質龐雜，部分內
容綿邈難知，故作者有必要一一進行梳理所致。

（四）串講句意

1、作者自注者，如：

(1)〈離騷〉：「扈江蘺與辟芷兮，紉秋蘭以爲佩。」——
陳氏於下句末注：「扈、紉見修能之功用。」

(2)〈招魂〉：「士女雜坐，亂而不分些。」——陳氏於下
句末注：「歌舞既畢，恐不盡歡，故復令歌舞之女與
羣臣雜坐，不分次序，爲簙骰之戲以爲樂也。」

(3)〈惜誦〉：「固煩言不可結詒兮，願陳志而無路。」（按：
《屈辭精義》「結」字下多一「而」字）——陳氏於
上句末注：「欲上書自陳，又恐言煩詞冗，有涉於瀆。」
又於下句末注：「進言時既邀寵無門，失意時豈復有
路耶？」

(4)〈抽思〉：「何毒藥之謇謇兮，願蓀美之可完。」（按：
《屈辭精義》「毒藥」作「獨樂斯」）——陳氏於下句
末注：「願君之美德完粹也。」

(5)〈橘頌〉：「紛縕宜修，姱而不醜兮。」——陳氏於下
句末注：「善於修飾，純乎自然，不假人爲也。」

2、明引他說者，如：

(1)〈離騷〉：「昔三后之純粹兮，固眾芳之所在。」──
陳氏於下句末引《騷辯》曰：「三后純粹雖聖德使然，
要在乎信任眾芳。」

按：朱冀《離騷辯》於「固眾芳之所在」句末注：「蓋言三皇
之純粹，雖聖德使然，要其得力處，固皆在乎信任眾芳，
此用倒裝句法也。」陳氏乃節引其注。

(2)〈天問〉：「何勤子屠母，而死分竟地？」──陳氏於
下句末引《發蒙》曰：「死分句猶言至於斯極也。」

(3)〈國殤〉：「出不入兮往不反，平原忽兮路超遠。」──
──陳氏於下句末引《辭鐙》曰：「追言始戰之時，只
知有進無退，不知去國之遠而死於此地也。」

按：此處乃作者明引林雲銘《楚辭燈》之注文。

總按：「串講句意」自王逸《楚辭章句》始即有之，而陳氏對作品之
「訓詁注釋」，除了以「注解字詞」者最多外，其次即是此類。此外，
不論是作者自注或引用他說，皆言簡意賅，而較爲詳細之詮解，則留
待於「文後箋釋」部分。正因「字詞解釋」乃「理解詩句」之基礎，
即先要能掌握詩句大意，方能由此進入「分析批評」之層面。

（五）列舉異文

1、作者自注者，如：

(1)〈離騷〉：「畦留夷與揭車兮，雜杜衡與芳芷。」──
陳氏於「留」字下注：「一作藟。」──於「揭」字
下注：「一作𦸐。」

(2)〈天問〉：「平脅曼膚，何以肥之？」──陳氏於「脅」
字下注：「一作受平。」

(3)〈天問〉：「何親揆發足，周之命以咨嗟？」──陳氏
於「定」字下注：「一作足。」

按：《楚辭補注》句讀為「何親揆發足，周之命以咨嗟」，
而朱熹《楚辭集注》以為「定，一作足，屬上句，非是」，
〔註24〕朱注恐有待商榷，今仍依《楚辭補注》改之。

2、明引他說者，如：

（1）〈天問〉：「黑水元趾，三危安在？」——陳氏於「趾」
字下注：「〈西京賦〉趾作沚。」

按：原文中「黑水元趾」應作「黑水玄趾」，乃因避諱而改之。
又《昭明文選》所收〈西京賦〉作「黑水玄阯」，不知是
否為陳氏誤記？

（2）〈懷沙〉：「陶陶孟夏兮，草木莽莽。」——陳氏於「陶」
字下注：「從《史記》，他本作滔滔。」

（3）〈懷沙〉：「眴兮窈窕，孔靜幽墨。——陳氏於「窕」
字下注：「從《史記》，一作杳杳。」又於「墨」字下
注：「一作默。」

按：《史記》作「眴兮窈窈」，不知是否為陳氏誤記？又「孔
靜幽墨」之「墨」字，亦從《史記》。

總按：「列舉異文」者極少，大抵陳氏所舉異文，多見於《楚辭補注》
一書。其中〈懷沙〉一篇，又頗從《史記》之異文。

（六）校正訛字

1、作者自注者，如：

（1）〈離騷〉：「芬至今猶未沫」——陳氏於「沫」字下注：
「沒也。舊訛沫。」

（2）〈天問〉：「伯強何處，惠氣安在？」——陳氏於「強」
字下注：「陽字之訛。」

2、明引他說者，如：

〔註24〕〔宋〕朱熹：《楚辭集注》，頁66。

（1）〈天問〉：「湯謀易旅，何以厚之？」——陳氏於「湯」
字下注：「朱子云：康字之訛。」

按：朱熹《楚辭集注》曰：「湯，與上句過澆、下句斟尋事不
相涉，疑本康字之誤，謂少康也。」〔註25〕陳氏在此，
列出朱子之見，且於「箋」中亦隨之解說云：「《左傳》：
『夏后相失國，依於二斟，浞使澆殺斟灌以伐斟鄩。滅
夏后相，后緡方娠，逃歸有仍，生少康。長為虞庖正，
有田一成，有眾一旅，能布其德而兆其謀，收二國之燼，
卒滅浞、澆』。『何以厚之』，謂康以一旅之眾，何以厚集
其力，卒能殄滅元凶而祀夏配天？」又其「箋」中所引
《左傳》之記載，竟同於蔣驥《山帶閣注楚辭》之注文，
蓋直接取用而未註明清楚。

（2）〈天問〉：「恒秉季德，焉得夫朴牛？」——陳氏於「朴」
字下注：「按《集韻》與樸同音僕，當是僕字之誤。」

按：又陳氏於此段文後「箋」云：「按此則上章『該』，乃
『啟』之訛；此章『恒』，乃『該』之訛也。朴牛，僕
牛也。」

（3）〈涉江〉：「露申辛夷，死林薄兮。」——陳氏於「申」
字下注：「《蔣註》：『瑞香一名露甲。』申或甲字之
譌。」

按：蔣驥《山帶閣注楚辭》曰：「露申，未詳。或曰，即瑞香
花，亦名露甲。」〔註26〕陳氏引蔣驥之注，謂「申」字
可能訛誤。

總按：「校正訛字」者，於書中亦不多見，其中大抵是參考前賢之成
果而有所訂正，且又集中在〈天問〉一篇。

〔註25〕〔宋〕朱熹：《楚辭集注》，頁62。
〔註26〕〔清〕蔣驥：《山帶閣注楚辭》，頁117。

（七）改訂舊說

　　陳氏於是書「文後箋釋」中所設立之「正誤」，目的即在針對前人舊注之誤者，加以訂正並提出己見，而並非篇篇有之。據筆者之統計，〈離騷〉有八則，〈天問〉有十八則，〈九章〉有三則，〈九歌〉有五則，而〈招魂〉、〈大招〉、〈遠遊〉、〈卜居〉、〈漁父〉等則無，其中又以〈天問〉中之「正誤」最多。再者，其「正誤」多針對王逸注而發，顯然不滿作為第一本《楚辭》全注本之《章句》，頗有正本清源之意味在。以下略舉數例，以見其梗概，如：

　　（1）〈離騷〉：「昔三后之純粹兮，固眾芳之所在。雜申椒與菌桂兮，豈維紉夫蕙茝？」──陳氏於文末「正誤」云：「三后舊誤為三皇，又有譌為〈呂刑〉之三后者。」

　　按：王逸《楚辭章句》注云：「后，君也。謂禹、湯、文王也。」自宋代始，對「三后」所指何人，漸有持異見者。上文所言「誤為三皇」，即以「三后」為黃帝、顓頊、帝嚳也（如黃文煥）；而「譌為〈呂刑〉之三后」，即指伯夷、禹、稷，皆為堯、舜之臣（如蔣驥）。〔註27〕在此，陳氏

〔註27〕如朱熹〈楚辭辯證上・離騷經〉即質疑「三后，若果如舊說，不應其下方言堯、舜，疑謂三皇，或少昊、顓頊、高辛也」；汪瑗《楚辭集解》謂「三后」乃「楚之先君，特不知其何所的指也」，更直言「舊說以三后為禹、湯、文武，而下方言堯、舜，非是」，而「此蓋泛論三后之德，而任賢之意在其中，不必專指也」；黃文煥《楚辭聽直》以為「三后，指三皇也。因述堯、舜之遵道，故遡三皇也」，如此則「曰三后、曰堯舜、曰桀紂，敘次皇、帝、王，遞降世代，層節甚明」；王夫之《楚辭通釋》則並立二說，僅言「舊說以為三王。或鬻熊、熊繹、莊王也」；蔣驥《山帶閣注楚辭》則認為「三后，見〈呂刑〉，謂伯夷、禹、稷也」。上述資料見〔宋〕朱熹：《楚辭集注》，頁176；〔明〕汪瑗撰、董洪利點校：《楚辭集解》，頁40、41；〔明〕黃文煥：《楚辭聽直》，頁417；〔清〕王夫之：《楚辭通釋》，頁4；〔清〕蔣驥：《山帶閣注楚辭》，頁35。其中，又以「三后」為「楚之先王」說，引發後來不少學者之考證，直至今日，仍占有一席之地，而可以學者趙逵夫〈屈氏先世與句亶王熊伯庸──兼論三閭大夫的職掌〉一文為代表，《屈原與他的時代》（北京：人民文學出版社，1996

以王注為是。又原文「豈維紉夫蕙茞」之「夫」，他本多作「夫」，陳本則作「乎」，此似僅〔清〕胡文英《屈騷指掌》與作者同。

（2）〈離騷〉：「曰兩美其必合兮，孰信修而慕之？思九州之博大兮，豈惟是其有女？」——陳氏於文末「正誤」云：「此條舊註誤作靈氛占辭，從《辭達》改正。」

按：《楚辭章句》於「曰兩美其必合兮，孰信修而慕之？」句下注：「靈氛言以忠臣而就明君，兩美必合，楚國誰能信明善惡，脩行忠直，欲相慕及者乎？己宜以時去也。」依王氏之理解，則此為靈氛勸主人公遠逝之詞，但陳氏從魯筆《楚辭達》之說，〔註28〕認定乃屈原問卜之詞，且有「本無修可信，何能望其必合？此原自責之詞」〔註29〕的深意。

（3）〈天問〉：「伯強何處，惠氣安在？」——陳氏於文末「正誤」云：「伯強，王逸訛謂大厲、疫鬼，而周孟侯以《山海經》之禺，強附會之，並以惠氣為風，亦非。」

按：《楚辭章句》云：「伯強，大厲，疫鬼也，所至傷人。」又上文提及之周孟侯（拱辰），著有《天問別注》，是書今未見，但已由陸時雍採入《楚辭疏》中，其有云：「伯強、惠氣，風屬。上指日月星，此專言風也。黃帝《風經》：調暢祥和，天之喜氣也；折揚奔厲，天之怒氣也。《淮南》：隅強，不周風之所生也。」〔註30〕

年8月），見頁1～20。
〔註28〕作者曾引「辭達」曰：「凡兩人俱美，其情自然相合，但恐人心不同，不知孰為美而能信我之美者乎！且即以九州之大，又豈無一適成其為兩美必合之人耶？作兩層疑問，上層難必其有女，下層不必其無女，以盡問卜之誠。」見〔清〕陳本禮：《屈辭精義》，卷一，頁23。
〔註29〕〔清〕陳本禮：《屈辭精義》，卷一，頁22、23。
〔註30〕〔明〕陸時雍：《楚辭疏》（杜松柏主編：《楚辭彙編》第3冊），頁

(4)〈天問〉:「儵忽焉在?」──陳氏於文末「正誤」云:
「儵忽,王逸訛謂電光。」

按:王逸之誤,早為洪興祖指出,《楚辭補注》有曰:「儵忽,
在《莊子》甚明,王逸以為電,非也」,故非陳氏之創見。

(5)〈悲回風〉:「惟佳人之永都兮,更統世而自貺。眇遠
志之所及兮,憐浮雲之相羊。介眇志之所惑兮,竊賦
詩之所明。」──陳氏於文末「正誤」云:「舊詁序
文不分,故人誤謂文多重複。『佳人』,王逸譌謂懷、
襄王;『賦詩』,蔣驥誤認為賦〈離騷〉、〈抽思〉、〈思
美人〉三篇;可謂噴飯。」

按:陳本禮於「佳人」之「原文夾注」下注:「變彭咸稱佳人,
直以己自任矣。」可知作者以為此段文字,乃寫詩中主
人公,而非有所比喻。另又針對蔣驥《山帶閣注楚辭》
以「賦詩」為「賦〈離騷〉、〈抽思〉、〈思美人〉三篇」
之言,有所批評。

(6)〈湘君〉:「駕飛龍兮北征,邅吾道兮洞庭。薜荔帕兮
蕙綢,蓀橈兮蘭旌。望涔陽兮極浦,橫大江兮揚靈。」
──陳氏於文末「正誤」云:「靈,指神之威靈,不
指主祭者之精誠言。王逸謂揚己精誠,冀感寤懷王使
還己,謬說也。」

按:因王逸解〈九歌〉,多基於屈原乃「上陳事神之敬,下見
己之冤結,託之以風諫」之觀點,故以上句意謂「屈原
思念楚國,願乘輕舟,上望江之遠浦,下附郢之碕,以
渫憂患,橫度大江,揚己精誠,冀能感悟懷王使還己也」,
因而王氏之誤,後人頗有批駁。

240。又周拱辰先著《天問別注》,後撰《離騷草木史》,而《別注》
較簡。陸時雍《楚辭疏》所採者,以《別注》說解義理者為主。詳
見姜亮夫編著:《楚辭書目五種》,頁 103、104。

二、分析批評之例

　　《屈辭精義》作爲「文脈」一系之集大成者，自然對屈辭之「分析批評」，頗有獨到之見。誠如上述，是書於章句訓詁，僅求簡潔扼要，且於「正文夾注」中，亦有「分析批評」之例，即可見作者十分看重並深爲著力者，實爲屈辭「藝術性」（或稱「文學性」）之研究。

（一）闡發精義

1、斷定作品旨趣者，如：

　　（1）〈天問〉：「曰：遂古之初，誰傳道之？上下未形，何由考之？」——陳氏於「考之」下注：「此憫人以井蛙尺蠖之見，妄測高深，將荒誕不經之事，圖畫祠壁。屈子放逐無以自遣，故不禁逐圖題咏，乃詰問世人之詞，解者謬稱『問天』，誤矣。」

　　按：此爲「作者自注」之例，陳氏既依王逸將〈天問〉定爲「題圖」之作，但又反對其以〈天問〉解題爲「天尊不可問，故曰天問」，而以爲屈原之意在「詰問世人」。

　　（2）〈惜往日〉篇首「箋」云：「通篇『惜』字三見、『讒』字六見、『貞臣』字三見、『廱』字四見，蓋慟哭陳情之辭，將平昔一片忠肝義膽，生既不能見白於君，故於臨淵致命時，不得不有此一番慟哭也。哀音血淚，一字一泣。」

　　按：此爲「作者自注」之例，陳氏充分運用細部分析，耙梳〈惜往日〉一篇中反覆出現之關鍵詞，如「惜」、「讒」、「貞臣」、「廱」等，加以「知人論世」、「以意逆志」，點明屈原創作時「哀音血淚，一字一泣」的悲痛心理。

　　（3）〈懷沙〉：「撫情効志兮，俛詘以自抑。刓方以爲圜兮，常度未替。」——陳氏於文末「箋」云：「此因一生梗槩大節，恐死去不明，剩一息尚存，盡情歷序一番，似自撰行狀，留與千百世後人讀其文而悲之也。《史

記》獨載此賦,迨亦將有感於斯文。」

按:此爲「作者自注」之例,以此處箋文跳脫串講句意,意
在說明屈原創作之心理,並以「知人論世」之立場,認
定〈懷沙〉一篇「似自撰行狀,留與千百世後人讀其文
而悲之也」。

(4)〈漁父〉篇首陳氏引《辭鐙》云:「《史記》載靈均此
辭之後,即作〈懷沙〉之賦,自投汨羅,篇中葬魚腹
之語,其意已決,特借漁父問答以明其志耳。濁、醉
二字,畫出當日仕楚諸臣眞面目。」

按:此爲「明引他說」之例,作者在此引林雲銘《楚辭燈》,
說明早在司馬遷即以〈懷沙〉爲絕命辭,而篇中有葬於江
魚腹中之語,說明屈子心意已決。並提及屈子之所以作〈漁
父〉,乃是借「問答以明志」,原文「舉世皆濁我獨清,眾
人皆醉我獨醒,是以見放」,句中之「濁」、「醉」二字,
更是點出當日楚國佞臣貪瀆腐敗、同流合污之眞面目。

2、破解詩句寓意者,如:

(1)〈懷沙〉:「變白而爲黑兮,倒上以爲下。鳳凰在笯兮,
雞鶩翔舞。」——陳氏於文末「箋」云:「鳳凰、雞
鶩喻君子被困,小人得志,皆由其黑白不分,致令冠
履倒置也。」

按:此爲「作者自注」之例,以鳳凰喻「君子」、雞鶩喻「小
人」,意指君子如困於籠中,未能施展長才,而小人反而
得意囂張,飛黃騰達,即在說明當代世俗,是非不明、
黑白不分之錯亂局面,由此足見屈子之被排斥,以致放
逐,蓋有以矣。

(2)〈離騷〉:「余既滋蘭之九畹兮,又樹蕙之百畝。畦留
夷與揭車兮,雜杜衡與芳芷。」——陳氏於文末引《奚
註》云:「上二語喻己之修身不倦,下二語喻己之收

羅賢才，以待進用，是兩層。」

按：此為「明引他說」之例。《釋文》：「畝作畮。」此處陳氏引奚祿詒《楚辭詳解》謂上二句寫「滋蘭」、「樹蕙」，喻「己之修身不倦」，下二句列舉「留夷」、「揭車」、「杜蘅」、「芳芷」等香草，則喻「己之收羅賢才，以待進用」，看似文意連續，同寫芳草，實各有寓意。

(3)〈離騷〉：「阽余身而危死兮，覽余初其猶未悔。不量鑿而正枘兮，固前修以菹醢。」——陳氏於文末引《正義》云：「枘喻己之操、鑿喻君之度，不量君之度而惟正己之操，持方枘以內圓鑿，前修固以是而菹醢矣。既法前修，焉能辭世患矣！」

按：此為「明引他說」之例，陳氏引方苞《離騷正義》說明「枘」及「鑿」之喻義，即指「己之操」與「君之度」，並以「持方枘以內圓鑿」，即「不量君之度而惟正己之操」，言前賢既因此罹害，而可知詩人亦必難逃禍患。

3、揭示作者情志者，如：

(1)〈離騷〉：「紛總總其離合兮，斑陸離其上下。吾令帝閽開關兮，倚閶闔而望予。」——陳氏於文末「箋」云：「自幸到此可以盡情剖訴，諒無意外之阻，無如帝閽不理。蓋望見三閭乃放逐廢員，形容既已憔悴，而衣裳又復藍縷，諒無苞苴之獻，何知邀寵之門？故直望之而佯若未見，此種情態，令人不堪。」

按：此為「作者自注」之例，而陳氏依〈離騷〉情節之發展，言詩人本欲求見天帝，經迢迢千里而來此，以為「自幸到此可以盡情剖訴」，奈何「帝閽不理」。於是以情理解之，推想屈原被帝閽視為「放逐廢員」，既無「苞苴之獻」，又闇於「邀寵之門」，一如下界世人之勢利，方使詩人淪落至此地步，而為之慨嘆。

（2）〈涉江〉：「哀吾生之無樂兮，幽獨處乎山中。吾不能
變心而從俗兮，固將愁苦而終窮。」（按：《屈辭精義》
作「吾不能變心以從俗兮」）──陳氏於文末「箋」
云：「此獨坐空山，自怨自艾之辭。蓋亦自悔其立志
太高、絕人太甚，暗中遭人妒忌，以致今日有南夷之
放也。此時即悔亦無益，何況不能悔乎？故曰：『固
將愁苦而終窮。』」

按：此為「作者自注」之例，陳氏以為主人公「自悔其立志
太高、絕人太甚，暗中遭人妒忌」，實則詩人自言「吾不
能變心而從俗兮」，則又何嘗有悔？但作者卻也點出屈原
因讒間而遭放逐之癥結所在。

（3）〈漁父〉：「屈原曰：『吾聞之，新沐者必彈冠，新浴者
必振衣。安能以身之察察，受物之汶汶者乎？寧赴湘
流，葬於江魚之腹中。安能以皓皓之白，而蒙世俗之
塵埃乎？』」──陳氏於文末「箋」云：「漁父之辭，
未嘗非處亂世之道，然在原有萬不能已者，宗臣之
誼，休戚相關。寧為史魚死，不效甯武愚，志各有在。
『物』字緊對上『物』字，言我之所以不能與世推移
者，正為此物、此志也。」

按：此為「作者自注」之例，而陳氏承繼前人之見，以屈原「有
萬不能已者，宗臣之誼，休戚相關」，故未能從漁父之言
而獨善其身。其中拈出篇中「物」字，強調「之所以不能
與世推移者，正為此物、此志也」，此「物」即為外界事
物，亦世俗之名利矣。此志，即屈子芳潔之志，不為世俗
名利所污之志，此番言論，前所罕見，頗見作者見識之高。

（二）剖析文術

1、梳理文章脈絡者，如：

（1）本書於〈離騷〉篇首之〈發明〉中有曰：「騷辭首變
《三百》體製為詞賦之祖。其創格之奇，前有序、後

有亂，中間往復鋪敘，情詞愷惻，一波未平，一波又
起。女嬃以下諸章純用比喻，而幽衷苦意，一一曲繪
而出。」

按：此為「作者自注」之例，陳氏於〈發明〉中即先略點〈離
騷〉之篇章結構，並將〈離騷〉分為三大部分：「序」、「經
文」、「亂」，點明其「創格之奇」，並以〈離騷〉一文「往
復鋪敘，情詞愷惻」，高潮迭起，而且女嬃以下，諸如「求
見天帝」、「求女」等諸章，皆富有寓意，因之乃以曲筆，
加以刻畫，以抒其「幽衷苦意」。

（2）〈思美人〉：「勒騏驥而更駕兮，造父為我操之。遷逡
次而勿驅兮，聊假日以須時。」──陳氏於文末「箋」
云：「此因媒絕路阻，言又難結而詒，故欲另選美驥，
更延良御，以求追踪靈晟，與美人必合。且囑其緩巒
勿迫者，恐覿面失之。皆為思字描寫。」

按：此為「作者自注」之例，作者於此進行細部批評，點明
主人公意在「追踪靈晟，與美人必合」，而相關詩句之描
述，「皆為思字描寫」，緊扣篇題。

（3）〈離騷〉：「固時俗之流從兮，又孰能無變化？覽椒蘭
其若茲兮，又況揭車與江離？」──陳氏於文末引《彙
訂》曰：「上文既深責之，此又為眾芳作恕詞，正深
痛舉世溷濁，致善類凋殘。故於眾芳，若有恕詞，以
逼起下文『惟茲佩之可貴也』，一擒一縱，一旋一折，
備極排蕩變化。」

按：此為「明引他說」之例，陳氏引王邦采《離騷彙訂》之
見，正因上文感慨「舉世溷濁」，故對眾芳之變化，並不
意外，而有「恕詞」，更可逼起下文「惟茲佩之何貴也」，
環環相扣，「備極排蕩變化」。又「覽椒蘭其若茲兮」，《楚
辭補注》作「覽」，且未列異文，而陳氏原作「鑒」，不
知陳氏所據為何？

（4）〈思美人〉：「廣遂前畫兮，未改此度也。命則處幽，吾將罷兮，願及白日之未暮也。獨煢煢而南行兮，思彭咸之故也。」——陳氏於文末引《蔣註》曰：「『容與』、『狐疑』以下，盡翻前案，跌出彭咸，章法絕奇。二『也』字作『狐疑』口吻，其中又有賓主在。」

按：此為「明引他說」之例，作者引用蔣驥《山帶閣注楚辭》謂上文雖有「然容與而狐疑」，但下文緊接「未改此度也」，終究不願改轍，並以「思彭咸」作結，並依蔣驥之評述，言此節「章法絕奇」。

2、論評佳句妙字者，如：

（1）〈離騷〉：「不撫壯而棄穢兮，何不改此度？乘騏驥以馳騁兮，來吾道夫先路」——陳氏於「先路」一詞下注：「通篇點睛扼要，在撫壯、棄穢、乘騏驥三層，故開首即痛切言之，非泛泛作指點語。」

按：此為「作者自注」之例。陳氏所錄此節文字，乃據他本，將「何不改此度」，改為「何不改乎此度」。又於「先路」一詞下注云：「通篇點睛扼要」，極見卓識。又以為〈離騷〉開篇不久「即痛切言之」，主人公欲「導夫先路」，為君王、楚國計，而「非泛泛作指點語」。

（2）〈惜誦〉：「欲儃佪以干傺兮，恐重患而離尤。欲高飛而遠集兮，君罔謂汝何之？」——陳氏於文末「箋」云：「欲加其罪，何況無辭？況有隙可乘乎！『汝何之』三字，問得冷而促。」

按：此為「作者自注」之例，陳氏在此代屈原立言，點明「欲加其罪，何況無辭？況有隙可乘乎」之歷史經驗，更使下句「汝何之」一問，顯得「冷而促」，帶出主人公的無奈與哀怨。

（3）〈哀郢〉：「焉洋洋而為客」——陳氏於句末注：「李賀

曰：『洋洋爲客，一語倍覺黯然。』」

按：此爲「明引他說」之例，而陳氏引李賀之言，指出「洋洋」一詞，雖寫去郢望江之景，卻夾雜著詩人落莫、孤寂之情緒。

(4)〈漁父〉：「屈原既放，遊於江潭，行吟澤畔，顏色憔悴，形容枯槁。漁父見而問之曰：『子非三閭大夫與？何故至於斯？』屈原曰：『舉世皆濁我獨清，眾人皆醉我獨醒，是以見放。』」——陳氏於文末引《何評》曰：「以清、濁、醉、醒四字立局，問答俱有機鋒。」

按：此爲「明引他說」之例，而陳氏引何焯《文選評》拈出此篇中「清」、「濁」、「醉」、「醒」四字，兩兩對比，使其中問答針鋒相對，發人省思。

3、指明修辭技巧者，如：

(1)〈離騷〉：「紛吾既有此內美兮」——陳氏於「兮」字下注：「紛字倒句。」

按：此爲「作者自注」之例，「紛」爲形容辭，此處爲突顯其意涵，特置於主詞「吾」前，故陳氏特注爲「倒句」，即修辭學中之「倒置」。

(2)〈離騷〉：「夏桀之常違兮」——陳氏於「常違」二字下注：「二字倒裝。」

按：此爲「作者自注」之例，句中之「常違」，如正常造句，應是「違常」，然屈原則加倒置爲「常違」，故陳氏特下注云：「二字倒裝」。

(3)〈湘君〉：「將以遺兮下女」——陳氏於「下女」一詞下引「六臣注」：「下女喻賢臣。」

按：此爲「作者自注」之例，陳氏特引「六臣注」云「下女喻賢臣」，指出乃修辭學中「暗喻」之法。

（三）印證作品

（1）〈離騷〉：「回朕車以復路兮，及行迷之未遠。」——
陳氏於下句末注：「陶潛〈歸去來辭〉：『悟已往之不
諫，知來者之可追。實迷途其未遠，覺今是而昨非』，
正祖此意。」

按：此為「作者自注」之例，陳氏在此特引陶淵明〈歸去來
辭〉中，「悟已往之不諫」一小節之句意，正是襲自〈離
騷〉「回朕車」二句。

（2）〈哀郢〉：「曾不知夏之為丘兮，孰兩東門之可蕪？」
——陳氏於下句末注：「焦竑曰：『六朝如夢鳥空啼，
不如此二語慘絕。』」

按：此為「明引他說」之例，上文句中之「丘」字，陳氏錄
為「邱」字。此處引焦竑之品評，焦氏以為韋莊〈金陵
圖〉「六朝如夢鳥空啼」之詩句，不如〈哀郢〉「曾不知
夏之為丘兮，孰兩東門之可蕪」之憂心慘絕。

（3）〈湘君〉：「望夫君兮未來」——陳氏於句末注：「王世
貞曰：『日暮碧雲盡，佳人殊未來』，本此。」

按：此為「明引他說」之例，陳氏以為王世貞所舉「日暮碧
雲盡，佳人殊未來」二句，乃襲自〈湘君〉中「望夫君」
之句意。然據筆者檢索《四庫全書》，未見上文之出處，
且相近之名句為江淹〈擬休上人怨別〉之「日暮碧雲合，
佳人殊未來」，不知是否為作者誤記？

（4）〈遠遊〉：「惟天地之無窮兮，哀人生之長勤。往者余
弗及兮，來者吾不聞。」——陳氏於文末「箋」云：
「陳子昂〈登幽州臺歌〉：『前不見古人，後不見來者。
念天地之悠悠，獨愴然而涕下』，從此化出。」

按：此為「作者自注」之例，陳氏點出〔唐〕陳子昂〈登幽
州臺歌〉之名篇，正是自〈遠遊〉「惟天地之無窮兮」句

下一節，脫化而出，頗具慧眼。

總按：陳氏注《騷》，頗注重「推源溯流」之批評法，大抵以《騷》比《詩》，古所多有，屈子亦承繼前人，此乃「推源」；但又以後代文學作品比《騷》，或論後人化用《騷》意，或品評其中優劣，此乃「溯流」。

（四）品鑑風格

（1）〈招魂〉：「朱明承夜兮時不可以淹。皋蘭被徑兮斯路漸。湛湛江水兮上有楓，目極千里兮傷春心。魂兮歸來哀江南！」——陳氏於文末「箋」中有云：「『傷春心』三字，淚盡而繼之以血矣。前皆短句，忽變長調，大有〈揚阿〉、〈激楚〉之音，淒清動人。」

按：此為「作者自注」之例，作者所舉原文為〈招魂〉中之「亂曰」一節，其中「時不可以淹」句，陳氏依他本作「時不可淹」。上文主要在「揭示作者情志」，但其中提及前文招魂辭中「些」字句，已由短句變為長調，由此語言形式之轉換，亦表達出作品情感之波動，可謂「淒清動人」，亦稍涉及風格之品評。

（2）〈湘夫人〉：「聞佳人兮召余，將騰駕兮偕逝。」——陳氏於文末「箋」中有云：「佳人一召，業已喜出望外，又聞與湘君偕逝，更夢想所不及。前是眼中幻像，此乃耳中空音，一『聞』字、一『將』字，全於空中著色。」

按：此為「作者自注」之例，陳氏剖析其中待神不至之描寫，內心忐忑不安，而兩句首之「聞」、「將」字，陳氏評曰「全於空中著色」，亦即不問是聆「佳人召余」，或期能「騰駕偕逝」，而實際皆為「眼中幻像」、「耳中空音」，乃是渴望至極之幻想，令人難以捉摸。

(3)〈招魂〉篇首陳氏引《何評》曰:「前半段極其險怪,
　後半極其綺靡,真亦絕世奇文也。後人縱極鋪張,無
　此種藻麗矣,要不免掇拾其菁華耳。」

　按:此為「明引他說」之例,陳氏引何焯《文選評》之言,
　　　謂前半篇「極其險怪」,後半篇「極其綺靡」,堪稱「絕
　　　世奇文」。上文既言及「文脈」,又評其「風格」,指出〈招
　　　魂〉中的鋪敍手法,實開後世漢賦「鋪采摛文」手法之
　　　先河。

(4)〈國殤〉:「出不入兮往不反,平原忽兮路超遠。帶長
　劍兮挾長弓,首身離兮心不懲。」——陳氏於文末引
　《發蒙》曰:「筆致雄毅,適與題稱得出,不入句一
　宕,局勢寬而不促。」

　按:此為「明引他說」之例,陳氏在此錄〈國殤〉原文「首
　　　身離兮心不懲」句,依他本作「首雖離兮心不懲」。而作
　　　者另引陳銀《楚辭發蒙》謂上述數句「筆致雄毅」,寫出
　　　兵士們征戰沙場、馬革裹屍之英勇形象,正與題意相符。

總按:作者治《騷》,特重屈辭之「詞章」研究,不論是篇章脈絡之
變化、詩人心理之揣摩、字句修辭之運用、作品風格之品鑑、文學傳
統之承接,皆能一一點明,多所探析,先不論其見解是否完全允洽,
畢竟言人人殊,或許偏執一隅,但對於屈辭之理解與研究,自然有其
不可抹滅之參考價值。

第三節　徵引典籍之例

　　陳本禮《屈辭精義》之成書既然「稿凡五易」,且花費了四十幾年
的光陰,沉潛於讀《騷》、嗜《騷》、研《騷》中,稱得上是其一生的心
血結晶。因此《屈辭精義》一書,雖非以考證、訓詁見長,但仍是「采
輯眾說」並「參以己意」,絕非獨斷、空妄之言。針對這點作者嘗自言:

　　采輯眾說,皆掇其能闡揚奧義或足發明言外之義者,探元

珠於赤水，識良璧於荊山，要在機神切中肯綮。若言無關
乎痛癢或似是而非或鑿空謬贊、老生常談，槩置弗錄。(〈署
例〉第八則)

因此，陳氏采輯諸家之標準，在於「能闡揚奧義或足發明言外之義
者」，即只要是有助於理解作品的深義，乃至於言外之義者，方才選
錄，其餘則一律弗錄，而這正是符合作者的著述動機與理念。

若將《屈辭精義》一書所徵引之典籍，加以分類，則大略可分爲
「徵引《楚辭》學相關著作者」、「徵引其他古籍者」、「徵引《楚辭》
原典者」三大類，其詳情於下文分述之。

一、徵引《楚辭》學相關著作者

《屈辭精義》在卷首附有〈參引諸家〉，共三十七家，即是作者
陳氏主要參考之《楚辭》學相關著作，計有：

《離騷傳》淮南王劉安

《離騷章句》王逸

〈辨騷〉劉勰

《史通》劉知幾

《文選六臣註》李善　呂延濟　劉良　張銑　呂向　李周翰

〈天對〉柳宗元

《離騷補註》洪興祖

《離騷集註》朱晦菴（熹）

《離騷草木疏》吳仁傑

《離騷集傳》錢杲之

《楚詞疏》陸時雍

《文選瀹註》閔赤如（齊莘）

《天問別註》周拱臣（按：應爲「周拱辰」是）

《閔本批點》陳深〔註31〕

──────────

〔註31〕按：依今可見〔明〕陳深之《楚辭》研究著作，《閔本批評》似即爲

《繪像楚詞》來欽之〔註32〕

《楚詞聽直》黃文煥

《楚詞評林》沈雲翔

《離騷解義》李安溪（光地）（又名《離騷經註》）

《天問補註》毛奇齡

《楚辭鐙》林雲銘

《離騷正義》方靈皋（苞）

《文選評》何義門（焯）

《屈辭洗髓》徐文煥（按：應爲「徐煥龍」是）

《離騷節解》張德純

《楚辭評註》王萌　姪王遠

《文選評註》方榕川（廷珪）（又名《昭明文選大成》）

《楚詞詳解》奚蘇嶺（祿詒）

《騷辯》朱冀（全名《離騷辯》）

《離騷彙訂》王貽六（邦采）

《離騷新註》屈復

《山帶閣註》蔣驥

《楚詞節註》姚培山（按：應爲「姚培謙」是）

《楚詞約註》高秋月〔註33〕

《楚詞讀本》方人傑（又名《評輯楚辭讀本》）

《楚辭發蒙》練湖女子陳銀

《文選音義》余蕭客

《屈騷心印》夏大霖〔註34〕

由陳深批點之《楚辭章句》，又名《批點本楚辭章句》。

〔註32〕按：〔明〕來欽之撰有《楚辭述注》五卷，且是書又輯入〔明〕陳洪
綬（1598～1652）所畫之〈屈子像〉與〈九歌圖〉，故陳氏所列《繪
像楚詞》，應同於《楚辭述注》一書。

〔註33〕依姜亮夫編著：《楚辭書目五種》之著錄，《楚辭約註》爲高秋月、曹
同春二人合撰，謂是書「蓋同春依秋月舊著，辨其音義而成」，見頁130。

事實上，今人得見陳本禮《屈辭精義》一書廣引諸說之特色，亦是經由作者日積月累的修訂而來。據姜亮夫先生之比對，〈離騷精義原稿〉與今本之間，其中又增添五家著作，即陳銀《楚辭發蒙》、方苞（1667～1749）《離騷正義》、林雲銘《楚辭燈》、奚祿詒《楚辭詳解》、徐煥龍《屈辭洗髓》。〔註35〕不僅如此，在筆者仔細耙梳下，〈參引諸家〉所列三十七家著作，並未完全於書中「明引」，部分書目僅作爲參考，甚至由於幾經修訂，亦曾有引用之相關文獻，未出現於〈參引諸家〉中者。在此，先將《屈辭精義》一書中明引〈參引諸家〉之次數統計表，呈現如下：

表一　《屈辭精義》明引〈參引諸家〉次數統計表〔註36〕

	正文夾注	文後箋釋	總　計
劉安《離騷傳》	0	1	1
王逸《楚辭章句》	2	23	25
劉勰〈辨騷〉	0	0	0
劉知幾《史通》	0	1	1
李善等《文選六臣注》	1	1	2
柳宗元〈天對〉	0	0	0
洪興祖《楚辭補注》	0	4	4
朱熹《楚辭集注》	2	4	6
吳仁傑《離騷草木疏》	0	2	2
錢杲之《離騷集傳》	0	0	0

〔註34〕按：陳氏所列〈參引諸家〉，在實際注釋中，存在著體例不一之失，如稱作者或用「姓名」或用「字號」；偶有訛誤者即人名之誤；或在《屈辭精義》一書中明引上述諸家之見，多稱書名，但偶有用人名之例。如此缺失，不知是否爲幾經修訂，一時不察所致。

〔註35〕陶秋英，姜亮夫校繹：《陳本禮離騷精義原稿留眞》，頁85。

〔註36〕按：此統計表主要針對《屈辭精義》一書中，以列入〈參引諸家〉，並於「正文夾注」與「文後箋釋」中曾明引者，另包括篇首「發明」中曾提及者，皆加以統計。至於各篇章箋注之實際情形，見〈附錄〉之〈附表一〉。

陸時雍《楚辭疏》	0	0	0
閔齊華《文選瀹註》	0	1	1
周拱辰《天問別注》	0	1	1
陳深《閔本批評》	0	1	1
來欽之《繪像楚辭》	0	0	0
黃文煥《楚辭聽直》	0	15	15
沈雲翔《楚辭評林》	0	0	0
李光地《離騷解義》	0	4	4
毛奇齡《天問補註》	0	3	3
林雲銘《楚辭燈》	2	12	14
方苞《離騷正義》	0	12	12
何焯《文選評》	6	13	19
徐煥龍《屈辭洗髓》	0	5	5
張德純《離騷節解》	0	16	16
王萌《楚辭評註》〔註37〕	1	9	10
方廷珪《文選評註》	1	0	0
奚祿詒《楚辭詳解》	0	3	3
朱冀《離騷辯》	1	23	24
王邦采《離騷彙訂》	0	9	9
屈復《楚辭新集註》	0	4	4
蔣驥《山帶閣注楚辭》	1	37	38
姚培山《楚辭節註》	0	0	0
高秋月、曹同春《楚辭約註》	0	5	5
方人傑《楚辭讀本》	0	0	0
陳銀《楚辭發蒙》	9	6	15
余蕭客《文選音義》	0	0	0
夏大霖《屈騷心印》	0	0	0

〔註37〕按：《屈辭精義》之〈參引諸家〉中可簡稱爲「評註」者，應有王萌、王遠《楚辭評註》與方廷珪《文選評註》二書。於此，本論文統計陳氏援引時標示「評註」者之次數，業經筆者比對《楚辭評註》一書，又因《文選評註》流傳不廣，故若未能尋獲，即暫列於《文選評註》之名下。

　　首先，從表一可觀察出的是，陳氏所參引之諸家著作，大抵以闡明義理、剖析詩藝者爲主，而極少明引以章句訓詁爲長之注本，即使參引王逸《楚辭章句》二十五則、李善等《文選六臣注》二則、洪興祖《楚辭補注》四則，但引王逸者多見於「正誤」，意在批駁前人，進而自立己説。其次，雖然陳氏於〈序〉中曾批評前人注《騷》之失，但基本上其治學態度是嚴謹的，頗能廣參歷來《楚辭》學著作，尤其明引蔣驥《山帶閣注楚辭》處，即有三十八則，居全書之冠，而蔣氏之作，向來被認定爲清代《楚辭》注本之翹首，顯示作者並未將前人治《騷》之成果，視如敝屣。再者，書中所引用者，不少是較能關注到以「文學」觀點來研究《楚辭》，尤其是在「梳理文脈」方面，頗有一己之心得者，如黃文煥《楚辭聽直》、林雲銘《楚辭燈》、屈復《楚辭新集註》、張德純《離騷節解》、朱冀《離騷辯》、王邦采《離騷彙訂》等等皆是，而這正是作者用力較深之處。最後，必須附帶一提的是，《屈辭精義》書中偶有作爲「獨立引文」（即不屬正文夾注者）之他説，卻未列於〈參引諸家〉之中者，計有：「邵璸曰」一則（見於〈離騷〉）、「〈外傳〉」二則（即沈亞之〈屈原外傳〉，一則見於〈離騷〉，一則見於〈九章〉。）、「《辭達》」三則（即〔清〕魯筆《楚辭達》，全見於〈離騷〉。）、「《附註》」七則（六則見於〈天問〉，一則見於〈大招〉。）、〔註38〕「胡應麟曰」一則（見於〈天問〉）、「金蟠曰」一則（見於〈天問〉）、「《夢溪筆談》」一則（見於〈東皇太一〉）、「玉瓚」三則（二則見於〈九歌〉，一則見於〈卜居〉。）、「何曰」一則（見於〈卜居〉），是其體例不一之處。〔註39〕

〔註38〕按：此名爲「附註」一書，經筆者查閱姜亮夫編著《楚辭書目五種》、崔富章編著《楚辭書目五種續編》、潘嘯龍，毛慶主編《楚辭著作提要》、周建忠，湯漳平主編《楚辭學通典》、戴錫琦，鍾興永主編《屈原學集成》等著作，皆未見名「附註」之《楚辭》注本，故未知此書作者何人，暫且擱置。

〔註39〕按：其中引用「邵璸」、「金蟠」、「何氏」等人之言，極有可能摘錄自〈參引諸家〉之著作中，但因難以一一確認其出處，故在此僅先

　　若再進一步探究，陳氏箋注屈作各篇之情形（詳見〈附錄〉），其援引諸家者，偏重亦有所不同，如〈離騷〉多引朱冀《離騷辯》、張德純《離騷節解》；〈九章〉多引蔣驥《山帶閣注楚辭》、黃文煥《楚辭聽直》；〈九歌〉多引何焯《文選評》。其中以〈離騷〉一篇中所參引各家，如：朱冀《離騷辯》二十二則、張德純《離騷節解》十六則、方苞《離騷正義》十二則等，而是書皆為清人所作，且作者身分皆非樸學家，而是主要著力於《楚辭》義理與章法之研究，足以相應陳氏「探賾索隱，務期大暢厥旨」之著述目的。至於為何〈離騷〉一篇，參引諸家者最多？筆者推測應是因〈離騷〉乃屈辭之代表作，歷來學者鑽研最深（如偶有治《騷》者，僅及〈離騷〉一篇可知。）。相對而言，學術成果最為豐碩，故前人所言能「闡發精義」者亦多見，致使作者引用最多。

　　相較於〈天問〉一篇，陳氏實際援引諸家之著作與次數較少，但作者之「箋」多達一百二十二則，居各篇之首。其中，〈天問〉之「正文夾注」甚少，反而於作者之「箋」中，頗引歷代文獻，加以串講句意、點出故實，且時有新解，亦可見陳本禮於〈天問〉之研究，用力甚勤。又如〈九章〉此組作品，引用最多者屬蔣驥《山帶閣注楚辭》之二十二則，而蔣氏對〈九章〉創作時地之考證，於《楚辭》學史上，影響後人極深，而陳氏多依蔣氏立論之基礎上，對各篇作品進行分析、批評。雖說《屈辭精義》一書，於「文後箋釋」特立「獨立引文」援引前人論述，多少具有「集評」之性質，但若從作者於各篇之「箋」的次數來看，總計：〈離騷〉六十八則、〈天問〉一百二十二則、〈招魂〉十五則、〈大招〉二十一則、〈九章〉九十九則、〈九歌〉六十二則、〈遠遊〉二十六則、〈卜居〉與〈漁父〉皆四則。不難得知，陳氏在廣參眾說之基礎上，仍汲汲營營於自出機杼，闡發精義，不願依傍前人。因此，亦不能將《屈辭精義》僅視為「集評」之著作而已，其中仍是充斥著作者的一家之言。

列出，作為說明。

二、徵引其他古籍者

其次，除了上述提及諸家著作，藉以針對屈辭進行箋釋外，在書中「正文夾注」或作者之「箋」、「正誤」之處，爲了訓詁注釋、解說文義之需，亦引用不少文獻記載與學者之言，今依四部分類，將其援引之典籍羅列於下：〔註40〕

（一）經　部

《周易》、《易林》、《乾鑿度》、《通卦驗》、《易象化機》、《河圖》、《歸藏》、《周易本義》、《尚書》、《尚書大傳》、《尚書正義》、《詩經》、《韓詩外傳》、《詩含神霧》、《詩義折中》、《儀禮》、《周禮》、《周禮注疏》、《禮記》、《禮記注疏》、《笛色譜》、《春秋》、《春秋命歷序》、《左傳》、《論語》、《家語》、《爾雅》、《小爾雅》、《爾雅翼》、《廣雅》、《埤雅》、《說文》、《集韻》。

（二）史　部

《史記》、《史記索隱》、《漢書》、《漢書注》、《晉書》、《宋書》、《竹書紀年》、《竹書紀年註》、《史通》、《通鑑外紀》、《逸周書》、《吳越春秋》、《越絕書》、《國語》、《路史》、《路史註》、《世本》、《世紀》、《大紀》、《水經注》、《雍江記》、《南越志》、《南土志》、《辰州志》、《輿地志》、《括地志》、《朝鮮記》、《三輔黃圖》、《赤雅》、《八紘譯史》、《譯史記餘》、《岳瀆經》、《大明官制》、《地球圖》、《環濟要略》。

（三）子　部

《老子》、《墨子》、《孟子》、《莊子》、《列子》、《呂氏春秋》《淮南子》、《抱朴子》、《太公金匱》、《六韜》、《山海經》、《山海經注》、《太玄》、《靈憲》、《神異經》、《列仙傳》、《續博物志》、《玄中記》、《拾遺記》、《大業拾遺記》、《圖書編》、《五侯鯖》、《說楛》、《臨海異魚圖贊》、

〔註40〕按：徵引其他文獻之統計，在此僅以作者自撰者爲限，即「發明」、「正文夾注」與「文後箋釋」中作者之「箋」、「正誤」等部分，而不含明引他說中所提及之文獻。

《天文錄》、《星傳》、《夢溪筆談》、《事類》。

（四）集　部

《楚辭》、《昭明文選》、宋玉〈高唐賦〉與〈神女賦〉、〈江南〉、漢〈郊祀歌〉、班固〈兩都賦〉、張衡〈西京賦〉與〈南都賦〉、左思〈三都賦〉、陶潛〈歸去來兮辭〉、沈約〈別范安成〉。

此外，《屈辭精義》亦有引學者之言，作爲箋注之用者，如鄒衍、都元敬、李賀、洪邁、胡應麟、王世貞、焦竑、朱可亭（軾）、金蟠、利瑪竇（西江）等人。就陳氏箋注《楚辭》中明引之各類著作來看，陳氏雖著力於屈辭藝術性之研究，於章句訓詁僅求簡要，但亦參閱不少文獻，數量達一百零八種之多。且筆者比對《山帶閣注楚辭》之〈採摭書目〉（因是書乃清代《楚辭》注本之最，又展現出考據學之色彩），而陳氏所引書目，大抵皆見於蔣氏一書，足見作者乃廣採前人成果，加以簡化、引用，或補充、訂正而成。其中，上述所引之典籍，大致又集中於〈天問〉一篇，作者於〈天問〉中之「正誤」居全書之冠，而且不厭其繁地於文末之「箋」，徵引相關文獻作注（此例於他篇中皆少見），並稍作解說，這自然又是與〈天問〉之性質，且作者好奇古而致力再三，不無關係。

三、徵引《楚辭》原典者

陳本禮除了徵引「《楚辭》學相關著作」、「其他古籍」以注《騷》外，亦頗爲注重「以《騷》解《騷》」，故於作者之「箋」中，亦可見引用《楚辭》原典，進行比較、印證之例。如〈大招〉：「魂乎歸徠！無東無西，無南無北只」句末注：「總提四語，少變〈招魂〉之體」，作者以爲〈大招〉與〈招魂〉形式相近，皆爲招魂之辭，但「少變〈招魂〉之體」，與〈招魂〉用「些」，略有不同，且餘他處，多有比較兩篇作品寓意與寫作技巧之差異者。又如〈大招〉：「朱唇皓齒」章末「箋」中有云：「已上盛言美人之美，皆指所設之勢靈言，一部〈離騷〉多以美人比喻，此則專以喻己」。即是以〈離騷〉與〈大招〉比對，以

爲〈大招〉之寫美人，同於〈離騷〉之美人，皆爲比喻，差別僅在此專以喻己。

此外，因〈離騷〉與〈遠遊〉兩篇作品中皆有幻遊天地之情節，故學者頗爲注意其彼此關聯，更以此作爲判定〈遠遊〉爲屈作的依據之一，而陳本禮亦於箋注〈遠遊〉時，援引〈離騷〉爲證。作者於「發明」中開頭便直指：「此截〈離騷〉遠逝以下諸章，衍爲此詞，爲後世遊仙之祖」，認爲〈遠遊〉之作，乃從〈離騷〉中孕化而出，並爲後世遊仙文學之祖。又如於「屯余車之萬乘兮」章末「箋」云：「《騷經》云：『屯千乘』，此則萬乘，見車騎之多，勝前十倍矣」，點明遠遊聲勢之浩大，更勝〈離騷〉。

在統整並介紹完《屈辭精義》一書之體例後，可知是書於名物訓詁，大抵是參閱舊注，而以己意疏之，力求簡要；但於梳通文脈、闡釋詩意時，不論是《楚辭》注本或古籍文獻，均多所參引。其中，「文後箋釋」另作獨立引文者，最長甚至援引達近三百字之多，〔註41〕既有所區隔，又力求詳盡，可說是獨具個人特色。再者，作者陳本禮雖是文人，不擅小學，但仍於書中立「正誤」之例，則企圖另立新見、糾正前人之誤，不依舊說。

若再配合上一章論及作者之著述動機與著書經過，相互印證，可知作者雖曾發下豪語，批評前儒之注，「使《騷》反晦」。然而，今學

〔註41〕陳氏於〈離騷〉「椒專佞以慢慆兮」一章，即引朱冀《離騷辯》一段之文字云：「此又推原蘭所以喪節之故，由於不識時變，而干進無已也。下二句繳還上章正意，而橫插上兩句於中間作儆筆，文情特妙。椒性烈而氣芳，比小人之素具能幹，又矯然頗以風節自持者，此國家有用之才，可仗以扶持危者也。乃一旦盡反前轍，舉畢生之聰明智力，專用之於便佞一途，既得其志，因而倨慢慆淫，靡所不至矣。榝形類椒而氣味惡臭，且有小毒，以比權門鷹犬，黨人引之以排擊善類者，此小人中之敢於爲惡者也。今又皆搶攘欲前，充塞左右，人主反朝夕親近，如香囊之常佩，此成何等朝局？蘭於此時，既不能砥柱中流，又不思潔身引避，反干進不休而務入其黨。是君子一旦失身於小人，凡從前一切崖岸聲名，其所不暇顧惜如此」，文長近三百字，援引之詳盡，亦屬歷來罕見。

者毛慶在回顧明、清之際的《楚辭》研究時，嘗言：「創新必須訂誤，而訂誤本身就是一種創新。只是，明清之際尤其是清初的學者們訂誤意識過強了一些，這種偏頗的心理導致有的人幾乎全盤否定前代的研究成果，如李陳玉、林雲銘、朱冀、王邦采等」。〔註42〕所以，若依此趨勢來看待身處於清代中葉的陳本禮，或可視爲作者面對浩如煙海、汗牛充棟之研究成果，爲了另出機杼、別出心裁，一種不得不然之作爲。且據至今之研探，可知《屈辭精義》仍廣採前人之見，並非目中無人、狂放傲慢之徒。其中，難能可貴的是於「集大成」之外，又以「文學」之角度解《騷》，多方闡發，務使屈子「惜誦以致愍兮，發憤以杼情」（〈惜誦〉）之著文本心、屈辭「氣往轢古，辭來切今，驚采絕豔」（《文心‧辨騷》）之處，能一昭於天下。

〔註42〕毛慶：〈略論明清之際屈學研究思想之嬗變與發展——兼及對楚辭學史的貢獻〉，《武漢水利電力大學學報》(社科版)第 19 卷第 5 期(1999 年 9 月)，頁 70。

第四章 《屈辭精義》之得失與評價

　　前兩章所述，乃《屈辭精義》之著述歷程與體例，大抵可以窺知
此書之輪廓，明白作者著述此書之用心與企圖。然不可諱言，歷代所遺
留下來的《楚辭》研究著作繁多，其中自然有高下、優劣之分。因此，
下文則就陳本禮《屈辭精義》之整體呈現，加以論述，且主要針對六卷
中實際各篇之箋注內容，歸納陳氏所解有何特色？分析作者側重之議題
與闡釋方法為何？並研判其觀點是否允當？又其繼承前人或發揚己見
者何在？而其不足或缺失之處又何在？經過此番抽絲剝繭，相信能對
《屈辭精義》一書之具體內容與重要見解，有較為充分之瞭解，進而得
以作為得失判定之依據。本章首先探討「《屈辭精義》之成就」，分為四
項，詳盡舉例並說明；其次則指出「《屈辭精義》之缺失」，分為三項，
加以概述之；最末為整體地考察「《屈辭精義》之意義與價值」，依循前
賢之言，並參以筆者管見，提供個人些許之研判與省思。

第一節 《屈辭精義》之成就

　　陳本禮在〈序〉與〈畧例〉中，曾直接表達對前人注《騷》之不
滿，既拈出王逸為代表，即可認定作者對前人以名物訓詁見長，卻忽
略屈作「微辭奧旨」之探掘，可謂「不善讀《騷》者」是矣。是故，
《屈辭精義》一書以梳通文脈、探求大義為特色，但若細究之，陳氏

書中亦有些許「考據」之成分（如涉及辨正前人舊注之「正誤」），即以「義理」、「詞章」之研究面向爲主，卻未完全忽略訓詁考證。在此針對陳氏一書，將其著述內容之成就，歸納爲以下數端，即：一、訓詁考證，力求簡要，偶有一得；二、首陳己見，兼採他家，鉤玄提要；三、探析章法，反覆精研，頗集大成；四、鑑賞詩藝，品評入微，時見慧心。即於下文分項詳述之。

一、訓詁考證，力求簡要，偶有一得

上文曾提及姜亮夫先生研究《屈辭精義》一書改稿之大略，可以得知陳氏在箋注過程中治學思路之變動，其中之一即在「初稿中僅有極少的章句訓詁，在他五易其稿，寫爲定本時，又多刪去」，[註1]實際之例如初稿時，往往引證故實又或對文字訓詁仍有一定程度之注意，但改稿時大都刪去，如原稿於〈離騷〉：「帝高陽之苗裔兮」之「高陽」下注：「黃帝次子昌意生顓頊，登位號高陽。顓頊生老僮，是爲楚先。其後熊繹事周，成王封爲楚子，傳至楚武王，生子瑕。受地於屈，因以爲氏」，即在說明楚國世系與屈氏所以姓屈之原由；又或於〈離騷〉：「名予曰正則兮，字予曰靈均」之下句末注：「按《史記》屈原名平，舊註正則、靈均皆釋名字之義。高平曰『原』，故以名之以『平』，字之以『原』，藉前說以解釋「正則」、「靈均」之用，皆已塗去，不復見於今本。此外，又如〈離騷〉「昔三后之純粹兮」一章，於文末有注云：「三后有謂『三皇』者，有謂〈呂刑〉之『三后』者，均誤也。伏義有六佐，神農有五官，黃帝有七輔」，於今本則僅保留前文指出前人之訛者，並改此條爲「正誤」，刪去後文；或如〈離騷〉：「進不入以離尤兮，退將復修吾初服」之「初服」下注：「李白詩：『久辭榮祿遂初衣』。初服，猶初衣也」，即引李白〈送賀監歸四明應制〉之詩句爲證，但於今本僅注「初衣」二字而已。

如此種種，皆足見作者於訓詁考證方面，以簡要爲尚，但這並不

[註1] 陶秋英、姜亮夫校纂：《陳本禮離騷精義原稿留真》，頁84。

代表陳氏所注，即如姜亮夫所謂「其註沒啥好處」，〔註2〕仍是有其可取之處。如〈離騷〉：「紛總總其離合兮，忽緯繣其難遷」句，何謂「紛總總」？錢杲之釋爲「離離合合，虙妃始至，儀從之盛也」，汪瑗從之；黃文煥解爲「『紛總總其離合』者，無女則爲離；『相下女之可詒』，則離而若可合，求所在、託蹇修，則在于合與離未定之間」；朱冀以爲「紛總總句，言兩人初相見時，言論往復，紛然甚多，爾時彼此意見，尚在或離或合之間也」，〔註3〕諸家見解雜出，似皆不得其要，語帶模糊，不若陳氏於「紛總總」下注：「見媒理之往返也」，於「離合」下注：「言辭未定之象」，可謂精明簡潔，且具一貫性。

或以〈東皇太一〉作爲〈九歌〉之首篇，內容莊嚴肅穆，而其中所祀之「東皇太一」爲何，歷來備受關注，解說紛紜。最早洪興祖《補注》引《五臣注》云：「太一，星名，天之尊神。祠在楚東，以配東帝，故云東皇」，〔註4〕但迨汪瑗《集解》則明言「舊說以爲祠在楚東，以配東帝，故云東皇，非也」，〔註5〕爾後王夫之、蔣驥、戴震等人均不贊同舊注，而陳氏之說亦與前人稍異，其「箋」云：

> 太乙，北辰，星名。在天乙之南，主使十六神，而知風雨、水旱、兵革、饑饉、疾疫、災害之事，考治上下，順行八宮，理天、理地、理人，其神最尊，故楚俗祀神首先及之。其曰「東皇」者，太乙木神，東方歲星之精，故曰東皇。（卷五，頁1。）

作者之見，亦是將「東皇太一」視爲天之尊神，此點與洪氏等同，但在具體解說上，則不以「東皇」以配東帝，而主張其命名與歲星有關，堪稱別解。〔註6〕

〔註2〕　姜亮夫：《楚辭今繹講錄》，頁25。
〔註3〕　以上諸家注解，皆引自崔富章、李大明主編：《楚辭集校集釋》（武漢：湖北教育出版社，2003年5月），上冊，頁489。
〔註4〕　〔宋〕洪興祖撰、白化文等點校《楚辭補注》（重印修訂本），頁57。
〔註5〕　〔明〕汪瑗撰、董洪利點校：《楚辭集解》，頁109。
〔註6〕　按：若依陳氏之見，加以比對前說，如洪興祖《補注》有云：「又曰：太一一星，次天一南，天帝之臣也。主使十六龍，知風雨、水旱、

其次，作者對〈九歌〉之獨特見解，又可見於對「靈」字解釋之靈活。如〈雲中君〉開頭之「浴蘭湯兮沐芳，華采衣兮若英。靈連蜷兮既留，爛昭昭兮未央」四句，陳氏於文末「箋」曰：

〈九歌〉「靈」字有指巫言者，如上章「靈偃蹇兮姣服」是也；有指神言者，如此章及〈東君〉「靈之來兮蔽日」是也；亦若經言美人，可以比君，亦可以自喻，若如諸家泥說，則屈子名「靈均」，而稱君不可以名「靈修」矣。且〈東皇〉章舊詁既以「靈」字指神，而下文「君」字又何所指耶？（卷五，頁3）

在此，作者能針對不同語境，注意同一字詞有不同解釋之可能，已掌握到文學語言的多義性、模糊性，即如〈雲中君〉之「靈連蜷兮既留」，王逸解「靈」字指「巫」；又或〈東皇太一〉之「靈偃蹇兮姣服」，汪瑗、王夫之皆解「靈」字為東皇太一之「神」；而蔣驥更主張「凡言靈者，皆指神言」，但若依上述諸家之注，則有上下文意不合之虞。

是故，陳氏分析〈九歌〉中「靈」字，蓋可指「巫」或所祀之「神」，需依實際作品之句意加以判斷，不可拘泥。即如〈離騷〉中之「美人」，既可比君，亦可自喻，而非一對一之對應關係。如〈山鬼〉：「怨公子兮悵忘歸，君思我兮不得閒」，而陳氏「正誤」即直指：「公子指主祭者。王逸作公子椒，六臣之後儒從之，誤也」。早在朱熹《楚辭集注》便云：「〈九歌〉諸篇，賓、主、彼、我之辭，最為難辨，舊說往往亂之，故文意多不屬」，[註7] 正因作者體認到〈九歌〉作為祭歌之性質，篇中有神、有巫，並在朱子研究之基礎上，顧及〈九歌〉人稱代名詞之理解，注解時多能注明何者指神、何者指巫，這自然有異於王逸基

兵革、飢饉、疾疫。占不明反移為災」，又蔣驥《山帶閣注楚辭‧餘論》亦謂「一說：天乙南有太一星，主使十六神，承事天皇大帝之臣也」，即可知作者乃糅合舊注而為新解，但「東皇太一」既是「星辰」，又為「天之尊神」，且與「歲星」相關，恐有所矛盾。以上原文見〔宋〕洪興祖撰、白化文等點校《楚辭補注》（重印修訂本），頁57；〔清〕蔣驥《山帶閣注楚辭》，頁197。

〔註7〕〔宋〕朱熹：《楚辭集注》，〈楚辭辯證上〉，頁187。

於「上陳事神之敬，下見己之冤結，託之以風諫」（〈九歌序〉）所產生之錯解。

當然，在訓詁方面，作者尤其沾沾自滿的是，特立「正誤」之例，指出前人之誤，曾論道：

> 註中訛謬，有因相舛而誤者，有因踵訛而誤者。如伯陽之「陽」訛「強」、康謀之「康」訛「湯」、「啓棘季德」訛「該」、「諡上自予」訛「試」，此因別字而訛也。若夫故實之訛，如「啓棘賓商」乃啓賓商均事，而註引《山經》上賓於天之文以實之；「獻蒸肉之膏」乃羿殺帝相事，而註謂以豕膏祭天；「焉得夫朴牛」乃上甲微伐有易事，而註謂湯出獵得大牛；「眩弟並淫」指慶叔牙，而註謂指象；「何馮挾矢」美季歷也，註謂指稷；「彭鏗斟雉」雉乃飲器，註謂斟雉羹饗；「諡上自予」乃子囊諡楚共王事，註謂昭王奔隨。凡此皆訛誤之大者，不敢貽誤後人，故列「正誤」一條，餘若謏聞曲說，筆不勝載，故畧之。（〈畧例〉第九則）

作者以爲前人注《騷》之誤，有「相舛而誤」、「踵訛而誤」二者，其中「相舛而誤」，即舉出因字形、字音相近而誤之例；而所謂「踵訛而誤」，即爲前人研究〈天問〉中古史本事，因錯解故實而誤之例。不僅如此，上文所言及訛誤之例，皆在〈天問〉，陳氏刻意於卷首〈畧例〉中拈出，可見陳本禮自認爲前人解讀〈天問〉，頗有乖謬，後人不明，故重蹈覆轍，因而一一詳加辨正。

其中，陳氏所列「別字而訛」之例，如康謀之「康」訛「湯」與「啓棘季德」訛「該」，乃參閱朱熹《楚辭集注》之說，其餘伯陽之「陽」訛「強」與「諡上自予」訛「試」二例乃作者之新解。至於爲何有此見解，關鍵即在於「故實」之推斷。如〈天問〉：「伯強何處？惠氣安在」，而「伯強」、「惠氣」所指爲何？歷來大抵不外乎爲王逸所謂「伯強，大厲，疫鬼也，所至傷人。惠氣，和氣也」，或以伯強乃《山海經》之北方禺彊二說，但作者不以爲然，以爲「強、陽音相近而訛」，而「伯陽」即《史記》所載之老子，並將「惠氣」解爲「紫

氣」、「祥和瑞靄之氣」。又如〈天問〉：「吾告堵敖以不長，何試上自予，忠名彌彰？」針對此章，陳氏特立「正誤」一則云：「舊註有謂鬻拳以兵諫嘗試君上者；有謂昭王奔隨，子西為王服者；有謂原自傷以空言，嘗試君上自彰忠直名者，總緣不識『諡』字之訛，遂以訛傳訛，生出許多穿鑿附會來」，並以《左傳》子囊謀楚共王諡之事解之。〔註8〕惜上述作自詡為「正誤」之新見者，似未獲得當代多數學者之認同，如以老子字伯陽，解「伯強何處？惠氣安在？」，即屬臆斷之詞。

除故實之考證，迥異前人外，《屈辭精義》一書中，亦頗見字詞訓釋上，另立新說者。如針對〈離騷〉：「忽反顧以遊目兮，將往觀乎四荒」句，王逸注：「言己欲進忠信，以輔事君，而不見省，故忽然反顧而去，將遂游目往觀乎四荒之外，以求賢君也」，而洪興祖則贊同《五臣注》謂「觀四荒之外，以求知己者」，並加以闡發道：「禮失而求諸野，當是時國無人，莫我知者，故欲觀乎四荒，以求同志，此孔子浮海居夷之意。然原初未嘗去楚者，同姓無可去之義故也」。〔註9〕歷來諸家均將「觀」字解為「視」，獨陳氏不然，其「正誤」以為：「《爾雅》：『觀，指，示也。』故屈辭凡用『觀』字，皆從『示』義。他本悉作『看』字解，於文義不合」，並於文末「箋」云：「反顧遊目，大有顧影自憐，還自嘆不知傾國是何人之感。『菲菲彌章』，則更加意修飾，以圖表異。此又大不愜乃姊之意，所以動其申申之詈也」，可知作者將「觀」字解為「示」義，乃聯結下文「佩繽紛其繁飾兮，芳菲菲其彌章」句，意在說明主人公前往四荒之外，以示己之好脩，或有好我之芳菲者，其說似可參。

再者，作者又將歷來注家視為複合詞之某些詞彙，分別解釋，如

〔註8〕 陳本禮於「何試上自予」句末「箋」中云：「子囊曰：『君命以共，若之何毀之？赫赫楚國，而君臨之，撫有蠻夷，奄征南海，以屬諸夏，而知其過，可不謂共乎？』大夫從之。自予，謂子囊，此所謂諡上自予也。」

〔註9〕 〔宋〕洪興祖、白化文等點校：《楚辭補注》（重印修訂本），頁18。

〈山鬼〉：「留靈修兮憺忘歸，歲既晏兮孰華予」，而陳氏之「正誤」
曰：「王逸謂靈修爲懷王，是誤將二字連讀矣」，並於「靈」字下注：
「靈壇」，而「修」字下注：「修其祀事，猶修禊之修」；或〈少司命〉：
「夫人自有兮美子，蓀何以兮愁苦！」王逸解爲「言天下萬民，人人
自有子孫，司命何爲主握其年命，而用思愁苦也」，而朱熹《楚辭集
注》便已點出「『夫人兮自有美子』（按：朱注云：「『兮』字，一在『自
有』字下。」），眾說皆未論辭之本指得失如何，但於其說中已自不成
文理，不知何故如此讀書也？」〔註10〕於此，陳氏「正誤」道：「《環
濟要略》：『子猶孳也，恤下之稱。』註家將『美子』二字作子孫講，
且謂少司命主人子孫，何荒誕穿鑿之甚！」進而視「子」爲動詞，並
於「美子」下注：「與字育之『字』同，誠能感神，自蒙福祐」，且解
爲「自有美子即人各有命在之意」，而續言「所遇有幸有不幸，要知
亦由命也」，以傳統宿命論釋之，別具見地。

　　大抵而言，今本《屈辭精義》一書，雖不重訓詁考證，在注釋上
力求簡要，較少旁徵博引（〈天問〉除外）。然而，身處在清代「樸學」
風氣鼎盛的乾、嘉兩朝，陳氏也在一定程度上受其影響，因而有關屈
子所處時代背景與活動事蹟，或作品創作時地之考證，作者也頗爲關
注，曾云：

　　　　林西仲纂有〈懷襄二王事蹟〉，以備讀者參考。蔣涑塍因西
　　　　仲本復輯〈楚世家〉及《左》、《國》諸書，附以己見，補
　　　　繪〈楚地理五圖〉，較西仲氏爲詳，不能備載，姑闕之。（〈畧
　　　　例〉第十一則）

上文提及林雲銘《楚辭燈》書中所附〈楚懷襄二王在位事蹟考〉，是
文主要記載懷王元年（前 328）至頃襄王三十六年（前 264）之間的
楚國大事，並附有屈原事蹟與相關作品創作時間之推斷。其次，則是
蔣驥《山帶閣注楚辭》所附〈楚世家節略〉與〈楚辭地圖〉（即〈楚
辭地理總圖〉、〈抽思、思美人路圖〉、〈哀郢路圖〉、〈涉江路圖〉、〈漁

〔註10〕〔宋〕朱熹：《楚辭集注》，頁 188。

父、懷沙路圖〉）。蔣氏則是在林氏之基礎上，進一步發揮「知人論世」之觀點，加以考索屈原生平，〔註11〕更首創「稽考地理」之風，依據屈原作品中之相關描述，繪出屈子先後行蹤之圖，〔註12〕而此即為清代以「考證」方法治《騷》之典範。

由此可知，陳本禮在撰寫《屈辭精義》一書時，便頗為注意二人在《楚辭》時地考證之成果，只因無法備載而闕之。如陳氏針對〈九章〉之實際排序為「〈惜誦〉、〈抽思〉、〈思美人〉、〈涉江〉、〈哀郢〉、〈悲回風〉、〈惜往日〉、〈懷沙〉、〈橘頌〉」，比對蔣驥《山帶閣注楚辭》推斷為「〈惜誦〉、〈抽思〉、〈思美人〉、〈哀郢〉、〈涉江〉、〈懷沙〉、〈悲回風〉、〈惜往日〉、〈橘頌〉」，〔註13〕可說極為接近，而差別僅在〈涉

〔註11〕〔清〕蔣驥《山帶閣注楚辭》於〈楚世家節略〉前小序有云：「孟子曰：『誦其詩，讀其書，不知其人，可乎？是以論其世也。』……余倣林西仲本，復輯〈楚世家懷襄二王事蹟〉著於篇，因兼採諸書，附以所見，將使讀屈子之文者，有所參考。又以知楚之治亂存亡，繫於屈子一人，而為萬世逆忠遠德者大戒也」，見頁23。實則蔣氏一書，重視「知人論世」，考辨屈原生平事跡，並為屈作加以編年，持論詳實，信而有徵，在《楚辭》學史上具有突出之貢獻，另可參肖治強：〈蔣驥《山帶閣注楚辭》知人論世探析〉，《貴州文史叢刊》2007年第1期，頁10～14。

〔註12〕〔清〕蔣驥《山帶閣注楚辭》曰：「余所考訂《楚辭》地理，與屈子兩朝遷謫行蹤，既散著於諸篇，猶恐覽者之未察其詳也。次為圖如左。」又上文「稽其道理」一詞，乃筆者借用學者廖棟樑之見，而針對蔣驥通過分析屈作情境，按之於地理的考證方法，其在《楚辭》學史上之開創性意義，可參見廖棟樑：〈稽其道理——蔣驥《山帶閣注楚辭》的地理論述〉一文，林明德、黃文吉總策劃：《臺灣學術新視野——中國文學之部（一）》（臺北：五南圖書出版公司，2007年6月），頁66～99。

〔註13〕〔清〕蔣驥《山帶閣注楚辭》中〈九章〉之次序雖依舊例，但在各篇解題時，皆略述己見，並於〈楚辭餘論〉中云：「近世林西仲謂〈惜誦〉作於懷王見疏未放之前，〈思美人〉、〈抽思〉乃懷王斥之漢北所為。〈涉江〉、〈哀郢〉六篇，方是頃襄時作於江南者，頗得其概。但詳考文義，〈惜誦〉當作於〈離騷〉之前，而林氏以為繼〈騷〉而作；〈思美人〉宜在〈抽思〉之後，而林氏列之於前；〈涉江〉、〈哀郢〉，時地各殊，而林氏比而一之；〈惜往日〉有畢詞赴淵之言，明繫原之絕筆，而林氏泥懷石自沉之義，以〈懷沙〉

江〉與〈哀郢〉之先後，及以〈惜往日〉、〈懷沙〉何篇爲絕筆之作；
又各篇作品之創作時地，如〈抽思〉、〈思美人〉、〈涉江〉之相關題解
引《山帶閣注楚辭》，而〈哀郢〉則引《楚辭燈》，即可證作者適時地
將二人見解，納入其著作中，而又略有修正。

　　尤其，針對〈橘頌〉之創作時間，陳氏於篇首「箋」中云：

　　黃維章次〈橘頌〉於〈悲回風〉之前，蔣驥次於〈懷沙〉
　　之後。余細玩其詞，雖不能定其作於何時，其曰「受命不
　　遷」，是言稟受天賦之命，非被放之命也；其曰「嗟爾幼志」、
　　「年歲雖少」，明明自道，蓋早年童冠時作也。（卷四，頁40）

作者早在〈畧例〉中即說明〈橘頌〉置於〈九章〉之末，乃應「體涉
於〈頌〉，與〈九章〉之文不類」，在此則申言之，此篇既言「稟受天
賦之命」，又言「嗟爾幼志」、「年歲雖少」，故不贊同前人以放於江南
時所作之說，而推斷爲「早年童冠時作」，堪稱一家之言。

　　因此，細究現存少部分辨正文字之舛訛、批駁舊注之乖謬、推斷
作品之先後等等論述，均有作者廣參前見或另出新意之處。這些隻字
片語，足以代表陳本禮治《騷》之心得，先不論其見解是否全爲後人
所接受，但其勇於提出己見，更在方法上能如學者所說，以「不同之
語境給以不同之解釋的訓詁思想，仍應值得肯定」，〔註14〕因而筆者
以爲若能言之成理，在歷史悠久、百家爭鳴的《楚辭》學史中，亦不
妨聊備一說。

二、首陳己見，兼採他家，鉤玄提要

　　陳本禮由於身爲清代揚州著名之藏書家，收藏宏富，正因能廣參
前人著述，故造就其「兼採眾說」之特色。從《屈辭精義》一書所附

　　終焉：皆說之剌謬者。〈九章〉當首〈惜誦〉，次〈抽思〉，次〈思
　　美人〉，次〈哀郢〉，次〈涉江〉，次〈懷沙〉，次〈悲回風〉，終〈惜
　　往日〉。惟〈橘頌〉無可附，然約略其時，當在〈懷沙〉之後，以
　　死計已決也。其詳附著各篇，然亦不敢率意更定，以蹈不知而作
　　之戒，故目次仍依舊本」，見頁217。
〔註14〕潘嘯龍、毛慶：《楚辭著作提要》，頁203。

〈參引諸家〉之三十七家著作，再加上漏列之魯筆《楚辭達》、不知名《附註》，共達三十九家，雖然作者明言「采輯眾說，皆掇其能闡揚奧義，或足發明言外之義者」，但大致上可說是涵蓋了漢代以來相關重要之《楚辭》學著作。再者，以所列三十九家著作中，可確定爲清人著作者有二十一家，已占總數之半，可知作者十分看重當代學者的研究成果。誠然，作者之所以廣采諸見並加以援引，作爲「文後箋釋」或「正文夾注」，自然也是希冀能對屈辭之詮釋，能達到「透徹精微」、「鉤深致遠」，並且當於屈子之心，即如陳氏曾作詩云：「弟子邈難追宋、景，弔《騷》空憶賈諸生。漫漫雲霧人千古，誰與登堂把臂行」。

事實上，《屈辭精義》幾經改稿，而從其更動之蜘絲馬跡，亦不難察覺陳氏對闡發屈辭「微辭奧旨」之用心。如〈離騷〉「羿淫遊以佚畋」一章，稿本中僅注有窮羿之相關故實，未針對詩意加以闡發，而今本則增添「箋」云：「淫遊畋獵，此又懷王膏肓之疾，然語至『國亂鮮終』，鍼砭已甚，況又加之以『貪夫厥家』，能不令懷王怒而生嗔耶？」即是以詩人對歷史人物之評論，意在「借古諷今」，正因「鍼砭已甚」，必然招惹君王之忌。又或「澆身被強圉兮」一章，稿本原引「節解」曰：「自太康而羿而浞而澆，接踵相尋，受禍如一。原其失，則同歸於縱欲耳」，〔註15〕而今本則刪去此則而改爲作者之「箋」云：「此較前辭更加厲，浞能殺羿，子敢弒帝，機有可乘，禍生不測，況澆亦因『康娛隕首』，爲人君者，豈可縱欲康娛而不知戒耶？已上由羿以至浞、澆，皆夏之亂臣賊子，而援以比君，使懷王能不聞而倍恨耶？此賈禍之所由來也。此所以招阿姊申申之罵也」。在此，作者原引之《離騷節解》，僅點出歷史教訓而得之理，所論未深，至作者自爲之「箋」，進一步強調「爲人君者，豈可縱欲康娛而不知戒」，如此痛下針砭，勇於直言，實乃詩人招忌之由，更爲阿姊憂心之故，足見注家反覆論述，分析頗爲精要。以上略舉稿本與今本差異之例，即

〔註15〕陶秋英、姜亮夫校繹：《陳本禮離騷精義原稿留眞》，頁61。

可知僅〈離騷〉一篇，便足以體現作者陳本禮殫思極慮、鉤隱抉微之精誠，故無怪乎將其書命名爲「精義」矣！

然而，在陳本禮的心中，屈辭之「精義」到底爲何？正如前文所述，陳氏一生治學，特重古人「發憤著書」之例，故於箋注時，期能發掘前人感時憂世之情，與作品的言外之意。正如陳本禮之所以編撰《太玄闡祕》一書，實「非余阿其所好，蓋以表幽忠也」，乃因作者認定「子雲作《玄》，義在刺莽，非擬《易》也」，故「爰自發憤詮成此注」（〈例言〉），其意在翻案，駁正前人對揚雄助莽纂漢之指責。事實上，陳氏注書，極力於闡發「微言大義」，且多從「比興寄託」之釋義方法切入。〔註16〕在此，爲求論述之條理清晰，即分爲「判定詩旨，自成一家」、「剖釋奧義，鞭辟入裡」、「諸說並呈，多元解讀」三項，加以舉例說明，進而呈現《屈辭精義》研《騷》之觀點與獨到之見。

（一）判定詩旨，自成一家

關於屈原作品之認定，歷來多從《漢志・詩賦略》所記「屈原賦二十五篇」，並從《楚辭》一書所收諸作，加以比對。然而，早在首位爲《楚辭》全本作注之王逸，在《章句》中即言「〈大招〉者，屈原之所作也。或曰景差，疑不能明也」（〈大招序〉），且認定〈招魂〉乃「宋玉憐哀屈原，忠而斥棄，愁懣山澤，魂魄放佚，厥命將落。故作〈招魂〉，欲以復其精神，延其年壽，外陳四方之惡，內崇楚國之美，以諷諫懷王，冀其覺悟而還之也」（〈招魂序〉），依王氏之言，似指宋玉招屈原之生魂。正因王逸針對〈大招〉之作者，又曰屈原，或

〔註16〕廖棟樑曾言：「〈離騷〉的比興意象，除了參與創造詩情氛圍外，大部分皆同時被賦予了某種象徵意義，擔負著寄寓情志、表現詩人現實情感的使命。創作中的比興既然是詩人思想與感情對象化於其中的『有意味的形式』，那麼，比興釋義便是對這種形式的解碼與還原，所以，比興成爲批評的一個重要著眼點，成爲一種『比興批評』。」見廖棟樑：〈古代〈離騷〉「求女」喻義詮釋多義現象的解讀——兼及反思古代《楚辭》研究方法〉，《輔仁學誌・人文藝術之部》第27期（2000年12月），頁15。

日景差，懸而未決，導致此一難題，留存後世。直至明代，黃文煥《楚辭聽直》出，始打破傳統「屈原賦二十五篇」之定見，並主張〈大招〉、〈招魂〉皆爲屈原所作，視其書所收實達二十七篇。〔註17〕陳本禮《屈辭精義》既承繼黃文煥、林雲銘、蔣驥等人將著作者歸於屈原之說，連帶地如何解讀其創作動機與作品主旨，便成爲一大重點。關於此，陳氏於〈招魂〉篇首之「發明」以爲：

> 《史》稱楚懷入關，客死於秦，頃襄當臥薪嘗膽之秋，忘不共戴天之仇，猶日事高唐之遊、雲夢是獵，此屈子憂懼所以魂離而魄散也。太史公「讀〈招魂〉，悲其志」，雖未明言其所悲之故，然細繹巫陽四方上下之語，其言虎豹之惡屬、狐怪之毒狠，蓋皆譏刺當時楚國世道人心之如狼、如虎、如鬼、如蜮，不可與之一朝居也。修門以下，盛言堂室、女色、歌舞、飲食諸樂，乃述頃襄內廷荒淫秘戲之事，國人莫知，惟原實深知之。故總借巫陽以發之，若屈子果魂離魄散，豈人間聲色富貴所能動其心而招之耶？《孟子》：「堂高數仞，榱題數尺；食前方丈，侍妾數百人，我得志，弗爲也。」又曰：「富貴不能淫，貧賤不能移，威武不能屈，此之謂大丈夫。」若巫陽所云「長人千仞，惟魂是索」、「一夫九首」、「懸人投淵」，豈非所謂威武耶？「高堂邃宇」、「層臺累榭」，豈非堂高數仞耶？「美人二八，鄭舞齊容」，豈非侍妾數百耶？食則吳羹，飲則瑤漿，衣則綺縞，被則珠翠，豈非富貴之極耶？用此以招屈子之魂，所謂南轅而北徹矣！知此義者，可與讀屈子〈招魂〉。（卷三，頁1、2）

首先，文中提及懷王「客死於秦」一事乃頃襄王三年，不同以往的是，陳氏並不贊同〈招魂〉爲宋玉招原之作，並以孟子之言爲據，以屈原

〔註17〕話雖如此，但黃氏爲求合於古來「屈原賦二十五篇」之說，故主張對〈九歌〉十一篇進行合併，其理由是「歌以『九』名，當止於〈山鬼〉。既增〈國殤〉、〈禮魂〉，共成十一，乃仍以『九』名者，殤、魂皆鬼也，雖三仍一也」，即以〈山鬼〉、〈國殤〉、〈禮魂〉應合爲一章，而將〈九歌〉之「九」，視爲實數。見〔明〕黃文煥《楚辭聽直》（《四庫全書存目叢書・集部》第1冊），〈合論〉，頁593。

乃一大丈夫，豈願受此等極盡奢華、聲色犬馬之招？在此，陳本禮以作品所描述受招內容，並不符合屈子之身分與性格，加以反駁前人舊說，確實合情合理。再者，針對本篇之主旨，作者以爲〈招魂〉作於頃襄王時，起於頃襄王「忘不共戴天之仇」而行事荒淫，意在譏刺朝政與世道，以爲唯有「知此義者」，方「可與讀屈子〈招魂〉」。針對箇中意涵，陳氏又於「朕幼清以廉潔兮」章末「箋」云：「然『上無所考此盛德』，已明刺頃襄之失德矣。以下描寫頃襄奢淫諸事，都借巫陽口中傳出，正使言之者無罪，聞之者足以戒，此屈子賦〈招〉本懷」，正是極力發揚詩人諷刺之意，並以前人皆誤會屈子本意，以此爲憾。其中，主張藉巫陽之口敘述的招魂辭，關於宮室苑囿、樂舞嬉戲、美女成群、錦衣玉食等內容，目的即在刺頃襄王之荒淫，而此種見解，亦由爾後張裕釗、馬其昶等人所繼承。〔註18〕

又如〈大招〉之「發明」曰：

> 《史》稱懷王三十年，爲秦所留。頃襄王二年，懷王逃歸，被秦遮楚道，間道走趙，不納，走魏而秦兵追至，遂同使者入秦，發病。三年，懷王卒於秦，秦歸其喪，此靈車未臨而屈子賦以招之也。其間鼎俎之豐、食饌之精、音樂之盛，皆設而望祭之品，冀靈之來而享之也。至若「朱唇皓齒」，盛稱美人之艷，又皆指所設之芻，靈言各有寓意，舊註誤謂原以女色招王。按懷王生前內惑於鄭袖，外欺於張儀，兵挫地削，卒死於秦，爲天下笑，此懷王九泉之下所不瞑目者。今三閭慟哭招魂，冀其復生，豈忍以此種喪身尤物，極口贊美？非但自己病狂喪心，抑且落於譏訕，況原既不能諫之於生前，而欲娛之於死後，亦可謂愚矣。在他人尚不可，況屈子乎！此誠二千年未白之旨，特爲揭出，庶昭昭大節，與日月爭光，不致沉埋於此日也。（卷三，頁10）

〔註18〕〔清〕馬其昶《屈賦微》：「張裕釗曰：〈招魂〉，招懷王也。屈子蓋深痛懷王之客死，而頃襄宴安淫樂，置君父仇恥於不問，其辭至爲深痛。」上文引自崔富章、李大明主編：《楚辭集校集釋》，下冊，頁2129。

若搭配上文〈招魂〉之題解，在作者眼中，〈二招〉之作，關係頗爲密切，時間也應相差不遠，且又明言「此靈車未臨而屈子賦以招之也」，則〈大招〉之作，實乃屈原爲招懷王之死魂而作。尤其，陳氏進一步指稱〈大招〉之相關內容，並非如前人以爲乃「原以女色招王」，主張屈原所述，絕不可等閒視之，其中或有所寓意，更於今日由作者特爲揭出。

有關〈二招〉題解，陳氏著重在辯駁爲屈原所作，其中雖有說明創作背景與意圖，但對此二篇作品之先後，以及爲何名爲「大招」等問題，在詮解上仍不夠完整、清晰。

陳本禮既然強調屈原「孤臣孽子」之身分，既是「自寫孤忠」，又作品實多「微辭奧旨」，故特意發掘之，因而其解亦務必求深，頗異前人。除上述二例外，作者著力甚深者，如針對〈天問〉之作，呼應王逸「呵壁說」，[註19] 於「發明」中加以闡發云：

> 此屈子題圖之作，非渺茫問天詞也。時當戰國，齊諧志怪之書、《山經》璅語之說，事多荒誕不經，楚人不考其實，輒將琦瑋僑佹之事，畫於先王之廟，公卿畫於先公之祠，以爲殿壁觀瞻，而不知褻神瀆祀，莫此爲甚。三閭一腔忠憤，無可寄託，故按諸圖而題之，以寓其褒貶不平之慨，非彼蒼夢夢，必待千百世後人擊其蒙而發其覆也。後儒泥王叔師問天之說，昧題圖之義，儼若屈子鑿空杜撰此百十問爲驚愚眩俗之談，豈不謬哉！爰細繹其題混沌則自太空以至物類，題人

[註19] 王逸曰：「〈天問〉者，屈原之所作也。何不言問天？天尊不可問，故曰天問也。屈原放逐，憂心愁悴。彷徨山澤，經歷陵陸。嗟號昊旻，仰天歎息。見楚有先王之廟及公卿祠堂，圖畫天地山川神靈，琦瑋僑佹，及古賢聖怪物行事。周流罷倦，休息其下，仰見圖畫，因書其壁，呵而問之。以渫憤懣，舒瀉愁思。楚人哀惜屈原，因共論述，故其文義不次序云爾。」(〈天問序〉)依王逸之題解，大抵可歸納爲四項要點：其一、「天問」二字之命名，乃因「天尊不可問」，實爲「問天」；其二、〈天問〉之作受楚國先王之廟與公卿祠堂之啓迪，且是「題壁」之作；其三、〈天問〉爲屈子放逐後所作，「以渫憤懣，舒瀉愁思」；其四、〈天問〉之次序雜亂，乃後人傳述之故。

　　事，則由皇古以至戰國，縱橫上下，俯仰古今，莫不在其諷
　　刺議論之中。嚴放伐之誅，則目無湯武，奮忠義之氣，則責
　　及伊周，誠孔子之《春秋》，三代之愛書也。毋怪乎書壁呵
　　問之時，天愁地慘，白晝如夜者三日，此誠忠貫日月而感鬼
　　神，豈尋常敷腴掇藻之文哉！（卷二，頁1）

細究上文，再對照王逸之題解，可知作者乃針對王氏而發，既有承繼，
亦有批駁。如反對〈天問〉為「渺茫問天詞也」，以為王逸「何不言問
天？天尊不可問」之言，易使後人誤解詩人乃「鑿空杜撰此百十問為驚
愚眩俗之談」，並主張楚國先王之廟、先公之祠，實有儴侂怪談之壁畫，
而〈天問〉即是屈子題圖之作。再者，肯定王逸認定〈天問〉為屈子放
逐之作，故「寓其褒貶不平之慨」，而其內容雖「縱橫上下，俯仰古今」，
上至天文，下至地理，兼有人事，卻「莫不在其諷刺議論之中」。

　　再如僅〈悲回風〉一篇，乃除〈九章〉篇首之「發明」外，另於
諸篇中特立「發明」者，陳氏有曰：

　　按《史》稱懷王三十年，秦復伐楚，取八城，遺書與楚，會
　　武關結盟，昭雎諫無往，王稚子子蘭勸王行。秦詐令一將軍，
　　號為秦王，伏兵武關，俟懷王至，閉之。遂與西至咸陽，朝
　　章臺，如藩臣，不與亢禮，要其割巫、黔中郡。懷王怒，不
　　許，因留秦。時太子橫，質於齊，未歸，人心惶惶。屈子以
　　疏放之臣，當此敗亡之際，為人臣子者，雖極疏遠，能寂無
　　一言以弔其君乎？歷來注家，從未發明此義，故附會百出，
　　不得不掃除羣言，另標新義。（卷四，頁24）

關於〈悲回風〉之研究，自朱子主張「〈抽思〉以下，死期漸迫，至
〈惜往日〉、〈悲回風〉，則其身已臨沅、湘之淵，而命在晷刻矣。顧
恐小人蔽君之罪，闇而不章，不得以為後世深切著明之戒，故忍死以
畢其詞焉」[註20]（〈楚辭辯證下〉），一反〈懷沙〉為絕命辭之舊說，
爾後亦有學者主張〈悲回風〉、〈惜往日〉為絕命辭者。[註21]作者主

〔註20〕〔宋〕朱熹：《楚辭集注》，頁197。
〔註21〕如王夫之《楚辭通釋》曰：「此章（即〈悲回風〉）亦以篇首名篇。

張〈悲回風〉之作，肇因懷王赴「武關會盟」，卻反拘於秦，是時群龍無首，民心不安，故「以疏放之臣」的身分，創作此篇「以弔其君」，並不贊同〈悲回風〉為絕命辭，且以此篇之創作時地，則近於〈二招〉。

其次，針對〈九歌〉之研究，早在王逸點出「屈原放逐，竄伏其域，懷憂苦毒，愁思沸鬱。出見俗人祭祀之禮，歌舞之樂，其詞鄙陋。因為作〈九歌〉之曲，上陳事神之敬，下見己之冤結，託之以風諫」（〈九歌序〉），便說明〈九歌〉乃祭神歌曲，但王氏又認為屈原因其身世遭遇，故藉〈九歌〉「見己之冤結，託之以風諫」，如此一來，〈九歌〉之性質，非僅單純之祭歌而已。〔註22〕因此，在具體注解〈九歌〉十一篇作品時，《楚辭章句》即十分注重探尋屈子忠君之寓意，而此種詮釋取向，在傳統《楚辭》學史上，影響極為深遠，而陳本禮亦不例外，如於〈東皇太一〉結尾時「箋」中曰：

蓋原自沉時，永訣之辭也。無所復怨於讒人，無所興嗟於國事，既悠然以安死。」或蔣驥《山帶閣注楚辭》云：「此篇（即〈惜往日〉）繼〈懷沙〉而作，於為彭咸之志，反覆著明。幾已死矣，而卒不死。蓋恐死不足以悟君，徒死無益，而尚幸其未死而悟，則又不如不死之為愈也，故原之於死詳矣。原死以五月五日，茲其隔年之秋也歟？」引文見〔清〕王夫之：《楚辭通釋》（臺北：廣文書局，1979 年 5 月），頁 100；〔清〕蔣驥：《山帶閣注楚辭》，頁 144。

〔註22〕從古至今，對於〈九歌〉之相關研究，學界著力甚深，如針對〈九歌〉之性質與內容主要有「民間祭歌說」、「楚郊祀歌說」、「楚娛神歌說」、「記述祀典說」等等不同見解。再者，又有針對王逸認定〈九歌〉之寫作目的，是否有所「寄託諷諫」，提出正、反兩面之意見。直至當代，更有從文化人類學、民俗學之角度，加以發掘〈九歌〉祭祀之原始底蘊者。歷來主要研究觀點之介紹，可參見王淑禎：〈〈九歌〉異說眾論之辨析與商榷〉，《興大中文學報》第 5 期（1992 年 1 月），頁 241～253；潘嘯龍、陳玉潔：〈〈九歌〉性質研究辨析〉，《長江學術》2006 年第 4 期，頁 64～70；張強、楊穎：〈〈九歌〉主題研究述評（上）〉，《徐州師範大學學報》（哲社版）第 32 卷第 4 期（2006 年 7 月），頁 9～15；張強、楊穎：〈〈九歌〉主題研究述評（下）〉，《徐州師範大學學報》（哲社版）第 32 卷第 5 期（2006 年 9 月），頁 12～16；趙沛霖：《屈賦研究論衡》（桃園：聖環圖書公司，1994 年 6 月），頁 141～147；彭毅：《楚辭詮微集》（臺北：臺灣學生書局，1999 年 6 月），頁 187～199；魯瑞菁：《諷諫抒情與神話儀式──楚辭文心論》，頁 84～89。

況此章屈子之用意尤深，蓋以姣巫之樂東皇，喻鄭袖之惑懷
王也。故前不著一語迎神，後不著一語送神，突然而起劃焉，
而住爰於〈九歌〉，第一章中即隱寓此意，以待千百後世，
明眼以一發其覆也。王逸曰：「〈九歌〉之曲，上陳事神之敬，
下以見己之冤結，託之以風諫。故其文義不同，章句雜錯，
而廣異義焉。」讀者當於言外求之。（卷五，頁2）

或於〈湘君〉篇首之「箋」云：

洞庭君山上有湘妃墓，相傳爲堯之二女。舜南巡，溺於湘江，
而神遊於洞庭之淵。攷《竹書》，帝舜即位三十年，後育卒。
後育者，娥皇也，葬於渭。娥皇無子。女英生均，舜崩後，
隨子封於商。商有女英塚，則岳之湘君、湘夫人非堯女也，
明矣。《山海經》：「洞庭之山，帝之二女居之」，郭璞注：「天
帝之女」，羅長源曰：「此二女當爲舜之第三妃，癸比氏所生
宵明、燭光也」。按《史記》：「始皇問湘君何神？其下對曰：
『堯女舜妻』」，則湘君、湘夫人又相傳爲堯女久矣，非宵明、
燭光也。讀屈子所賦，殆湘水之神，楚俗所祀者。然二篇亦
皆自喻不得於其君之詞，非眞詠二妃也。（卷五，頁5）

首先，作者解讀〈東皇太一〉時，以爲此篇與他篇在結構上之差異，
在於「前不著一語迎神，後不著一語送神」，而非祭歌之常態，且又
居於〈九歌〉之首，故推斷其中含有屈子深意，即是以「姣巫之樂東
皇，喻鄭袖之惑懷王也」。不難得知，陳本禮贊同王逸對〈九歌〉寄
託諷諫之理解，但比起前人所解，其所指陳者更爲具體，並緊扣史實
層面。〔註23〕再者，有關湘君、湘夫人之文獻記載，以至於二湘身分

〔註23〕如〈東皇太一〉：「五音紛兮繁會，君欣欣兮樂康」，王逸注云：「然
　　　人竭心盡禮，則歆其祀而惠降以祉。自傷履行忠誠以事於君，不見
　　　信用而身放棄，遂以危殆也」，而洪興祖補曰：「此章以東皇喻君。
　　　言人臣陳德義禮樂以事上，則其君樂康無憂患也」。或朱熹《集注》
　　　以爲「此篇言其竭誠盡禮以事神，而願神之欣悅安寧，以寄人臣盡
　　　忠竭力，愛君無已之意，所謂全篇之比也」，與屈復《楚辭新集註》
　　　謂「此篇言其竭誠盡敬以迎神，神鑒誠敬，降而欣說安寧以饗，人
　　　臣盡忠竭力，愛君無已，而人君自鑒其誠之意寄托言外，可想而知
　　　也」之云云，皆以神可喻君，由祭神之誠，推衍出身爲人臣應盡忠

之考證，歷來也眾說紛紜。有鑑於此，陳氏提及數種說法，加以比對，如所謂以湘妃為「堯之二女」說（王逸首倡）；或以二湘為「娥皇、女英」說（韓愈主之）；〔註24〕又有以湘夫人為「天帝之二女」說，但若依《竹書紀年》所載，娥皇葬於渭、女英葬於商，皆非沅、湘地區；而另有「舜之第三妃所生之女」說，即登比氏之宵明、燭光二女，又與《史記》所述，有所出入。最終，陳本禮並未下斷語，或許是與諸解彼此扞格有關，進而跳脫考證，僅言二湘為楚地所祀湘水之神，而直指重點更在「皆自喻不得於其君之詞，非真詠二妃也」。

最後，〈遠遊〉一篇雖為「後世遊仙之祖」，脫胎自〈離騷〉遠逝以下諸章，但作者對此篇另有解釋：

> 其實文中扼要，只「內惟省以端操，求正氣之所由」，乃一篇大旨。其曰「餐六氣」即食此氣，「審壹氣」即審此氣，即孟子所謂「至大至剛，直塞於天地，浩然之氣」，故能上天入地而與泰初為鄰者，皆恃有此氣也。讀者泥於求仙之說，失其旨矣。（卷六，頁1）

有關〈遠遊〉是否為屈原所作，至今仍有爭議，而反對者所持觀點之一即在篇中有「神仙家」、「道家」之成分，頗不合於屈子思想。〔註25〕

竭能之意。上文見〔宋〕洪興祖、白化文等點校：《楚辭補注》（重印修訂本），頁57；〔宋〕朱熹：《楚辭集注》，頁31；〔清〕屈復：《楚辭新集註》（《四庫全書存目叢書・集部》第2冊）（臺南：莊嚴文化事業公司，1997年6月），頁432。

〔註24〕按：王逸首先主張湘夫人為「堯之二女」，而至〔唐〕韓愈則以湘君為舜之正妃，即長女娥皇、湘夫人為二女女英，一改配偶神之舊說，視二湘為姊妹神。兩人之主張，參見〔宋〕洪興祖、白化文等點校：《楚辭補注》（重印修訂本），頁60、64。

〔註25〕最早對屈原作〈遠遊〉提出懷疑者，乃清代中葉胡濬源《楚辭新注求確》，書中所收屈作未及〈遠遊〉，其〈凡例〉有曰：「屈子一書，雖及周流四荒，乘雲上天，皆設想寓言，並無一句說神仙事。雖〈天問〉博引荒唐，亦不少及之。『白蜺嬰茀』，後人雖援《列仙傳》以註，於本文實不明確何？〈遠遊〉一篇，雜引王喬、赤松且及秦始皇時之方士韓眾，則明係漢人所作可知。舊列為原作，非是，故摘出之」。見〔清〕胡濬源：《楚辭新注求確》（《楚辭彙編》第6冊），頁10。近代以來，如廖平、胡適、陸侃如、游國恩、

然而，贊同者又以〈離騷〉中「上叩帝閽」、「遠逝」等情節，實與〈遠遊〉相近，並將〈遠遊〉視爲「寓言」之作。作者基本上認同上述觀點，但卻又以《孟子》解《騷》，以爲主人公所求正氣乃「浩然正氣」，而不採「求仙」之觀點，可謂與眾不同。

從以上討論可知，陳本禮在實際詮釋屈辭時，尤其注重屈子著文之本旨，認爲屈子雖遭時不遇，卻仍心繫君王、情牽楚國，故其作莫不基於「存君興國」之志，進而「託之以諷諫」。是故，陳氏極力於探求詩旨之奧義，且屢能另闢蹊徑，從不同角度加以辯證；又或在前人之基礎上，加以張皇；更一再地強調其能於千百年之後，「掃除羣言」，「一發其覆」，「另標新義」，足見作者力求創新之處與鑽研不懈之功，自然能成其一家之言。

（二）剖釋奧義，鞭辟入裡

陳本禮不僅在探求詩旨時，頗有獨到之見，事實上在具體闡析詩句大義時，亦是反覆再三，扣緊詩旨，加以論述，兩者環環相扣、互相補充。此外，作者於文後參引諸家箋釋，並時有己見，而其中所引，大抵不外乎是「闡發義理」或「剖析文脈」者，諸家並呈，相互參照，更可收觀一書而知眾說之效矣！

首先，論及陳氏針對作品要義之發揚與鑽研，於《屈辭精義》一書中可謂俯拾即是、屈指難數，故在此僅略舉數篇之箋注，耙梳其中見解獨特之例，加以介紹。

1、〈離騷〉

如「不撫壯而棄穢兮」章「箋」云：

劉永濟、譚介甫、胡念貽等人，均否定〈遠遊〉爲屈原作品，其質疑重點不外乎「作品思想」與「語句雷同」兩大項。然而，亦遭到贊同者之有力反駁，如姜亮夫、陳子展、湯炳正、張葉蘆、郝志達等人。針對〈遠遊〉作者論爭之相關論述，另可參王媛：〈〈遠遊〉作者研究狀況綜述〉，《徐州師範大學學報》（哲社版）第 30 卷第 2 期（2004 年 3 月），頁 43～47；周建忠、湯漳平：《楚辭學通典》，頁 635～637。

> 此原欲以師保自任，如伊尹之相湯、周公之輔周也。君圖
> 治則竭輔弼股肱之力，君用賢則盡吐哺、握髮之忱。其規
> 模宏遠，情詞懇切，直與〈伊訓〉、〈說命〉相表裏，此〈騷〉
> 之所以稱經也。（卷一，頁3）

在此，作者點出屈原欲輔助君王，成就美政之赤忱，如同古之伊尹、
周公般的股肱之臣；更以爲〈離騷〉之內容「規模宏遠，情詞懇切」，
實與《尚書》互爲表裏。其次，陳氏借題發揮，說明爲人臣者應竭盡
股肱之力，而君王也要有周公這般求賢若渴之心，方能君臣一心，共
創大業。

再如「惟黨人之婾樂兮」章末「箋」道：

> 黨人爲罪之魁、禍之首也。「路幽昧」則詭譎可知，「險」者
> 設窀以陷人，「隘」者極力排擠，使人無容身之地。一人傾
> 之，十人下石，所謂「黨」也。是時楚懷王兵敗地削，子質
> 於齊，受欺於秦，疆事日壞，國政日非，而在廷羣小，不能
> 臥薪嘗膽，猶日諂佞成風，苟安是圖？屈子宗臣，與國休戚
> 相關，目不忍視，故大書特書，以重著其罪也。（卷一，頁4）

雖於〈離騷〉篇首，陳氏未明言此篇之寫作年代，但依上述言論可知，
作者以爲此段乃屈原寫楚懷王二十九年「兵敗地削，子質於齊」以後
之事，正因時勢嚴峻，而爲人臣者，卻不圖振作，「諂佞成風」，故特
書其罪。其中對「黨人」之形容，所謂「一人傾之，十人下石」，實
可謂一針見血，甚得其妙。

又如「既替余以蕙纕兮」章「箋」曰：

> 人不難於一死，難於九死。既以蕙纕見替，則宜知悔矣。
> 又申之攬茝而猶不悔，以見其立志之堅如此，非死生所能
> 搖惑者，以起下文「怨」字，如箭在弦，不得不發。不然
> 臣子之於君，豈敢輕露一「怨」字哉！（卷一，頁8）

陳氏強調屈原立志之堅，即使遭受疏、放而猶不悔，且又依上下文義，
說明此處帶起下文「怨」字，則「怨」之所生，實起於屈原之「好脩」。
其中，提及身爲臣子「豈敢輕露一『怨』字」，更點出身爲人臣，在

傳統君王集權統治下，動輒得咎的微妙心理。〔註26〕

又或「夏桀之常違兮」章末「箋」云：

> 前貶太康、淉、澆，此又痛責夏桀、殷辛，皆非諫君立言
> 之體。然其所以激烈如此者，蓋是時，齊、秦、吳、魏之
> 兵，交攻於外，而懷王內寵鄭袖，外畋雲夢，巫山雲雨，
> 至形於夢寐，侈為立廟，則高唐、神女之淫蹤，應不減竊
> 藥奔月之姮娥矣。「淫遊」二字，尤觸所忌，殺身不免，豈
> 僅「朝誶而夕替」已耶？（卷一，頁14）

陳氏於此又復言鄭袖之史實，強調屈原敢於指責懷王之「淫遊」，觸
怒龍顏，不懼殺身之禍，而其言論之所以如此激烈，實出於憂國之心。

或是「覽察草木其猶未得兮」一章「箋」曰：

> 上章醒大夫之迂，此章笑黨人之愚。糞壤充幃，甚言其好
> 惡之異，似黨人有嗜痂之癖，以糞壤為別有風味也。嘲之
> 之詞。（卷一，頁24）

於此，作者即能根據上下文，判別兩章書寫重點之異，並以「蘇糞壤
以充幃兮，謂申椒其不芳」，點出黨人以臭為香，而「以糞壤為別有

〔註26〕屈辭之「怨」，向來是楚辭學者注目之焦點所在，早在班固批評「今
若屈原，露才揚己，競乎危國羣小之間，以離讒賊。然責數懷王，
怨惡椒、蘭，愁神苦思，強非其人，忿懟不容，沉江而死，亦貶
絜狂狷景行之士」（〈離騷序〉），後又有王逸加以論辯，認為「今
若屈原，膺忠貞之質，體清潔之性，直若砥矢，言若丹青，進不
隱其謀，退不顧其命，此誠絕世之行，俊彥之英也」，並指責班固
所言「是虧其高明，而損其清潔者也」（《楚辭章句·離騷經後敍》），
且以屈子身為忠臣，意在怨刺，合於詩人之義，而作者陳本禮乃
持屈原有「怨」，更以其為不得已而「怨」。縱觀古代楚辭學史，
即形成相關之正、反面，甚至調和之言論。其中，又以清代為「忠
怨之爭」之高潮，而相對延伸出來之子議題亦相當複雜，約有屈
原可否「怨君」、是否「怨君」、是否「過於中庸」且「過於忠者
也」、〈離騷〉為〈小弁〉之怨」等，更可歸結為屈原文藝思想「發
憤以抒情」之詮釋與評價，對此可參廖棟樑：〈〈離騷〉者，〈小弁〉
之怨——關於屈辭之「怨」的一種解讀〉，《東華漢學》第3期（2005
年5月），頁51～85；黃中模：《屈原問題論爭史稿》（北京：北京
十月文藝出版社，1987年7月），頁52～207；易重廉：《中國楚
辭學史》，頁501～512。

風味」，可謂極盡嘲諷之意。

2、〈天問〉

誠如上述，陳本禮同意王逸所言，認定〈天問〉一篇富屈子之「諷刺議論」，故視其所箋注，主要除了指明相關故實並串講句意外，亦有指明詩人提問之意圖者，其中亦偶有精要、新穎之處。如「斡維焉繫？天極焉加？」句末「箋」云：

> 斡，受軸而爲運轉者；維，繫轂之綱……轂必有所繫，然後軸有所加。天既虛空無著，則斡繫於何處耶？軸加於何所乎？（卷二，頁3）

或「日月安屬，列星安陳？」句末「箋」云：

> 「安屬」者，日月之出入諸道，縱橫相維，而繫之於何所乎？……懸於空際，萬古在天，何以運行而不紊乎？（卷二，頁4）

以上兩則，陳氏均能簡要地針對詩人有關天體傳說、日月運行之疑問，有所說明。

再如「不任汨鴻」章末「箋」曰：

> 當時稷、契諸臣豈不能治水，而獨舉鯀者，鯀必有異人之才能，率眾幹禦疆理其事，四岳既以試可應帝，則於鯀九載治水之時，何不早課其績而黜陟之，輒任其婞直而行耶？
> （卷二，頁6）

在此，陳氏主要說明此問之故實，但另一方面也點出屈子在其作品中屢言及鯀，嘆其婞直，故在此針對鯀因治水失敗而遭罪罰一事，頗有辯誣之意，亦屬允妥。

又如「纂就前緒」章之眉批道：「禹能幹父之蠱，何頃襄繼業，乃不能幹懷王之蠱耶？此迨爲頃襄發也」，即直指屈子藉禹繼父鯀而能成治水大業，意在點醒頃襄王，其說甚具新意。另或「兄有噬犬」章有「箋」云：「此以鷖女諷楚懷王兵敗之後，尤當修省如鷖女之恐懼，自然獲鹿，猶可以爲善國也。兄喻秦，犬比張儀」。於此，陳本禮雖於「正文夾注」中引王逸舊注，但於「文後箋釋」即以《史記·楚世家》所

載張儀欺懷王叛齊之相關史事聯結，以爲此段乃「痛楚懷信愚，貪得秦地，而卒不得，反受其噬」，即提出個人之新說。另如「延年不死，壽何所止？」句末「箋」曰：「前言『不死』，是言其人本多壽；此言『不死』者，見服食之能延年，『何所止』，壽食命無期也」，作者能針對上文「何所不死，長人何守？」與此章之「不死」，加以比較說明，頗爲簡明。或是「武發殺殷」一章箋云：「『何悒』、『何急』，微詞也，見武之已甚。紂既自焚，猶鉞斬旗懸，何所恨而至此極耶？武王東觀兵，載文木主而行，何所迫而至此急耶？總緣殷有惑婦，故藉口以爲解天下倒懸之厄也。此亦不滿於武周之詞」。在此，陳氏不僅注意作品中疑問詞的意義，更能切實說明詩人對武王有所不滿而有此問，並緊扣「惑婦」之於王朝滅亡之關鍵，可謂深得此問微旨。

3、〈九章〉

如〈惜誦〉「昔余夢登天兮」章末「箋」曰：

> 悶瞀之極，結想成夢。登天者，志在竭忠事主，故有疇昔登天之夢；特卜之於屬神者，蓋天與五帝前已誦言之矣，然忠何辜以遇罰，究未得明其故，故卜及屬神，冀其直言而無隱也。志極無旁者，憐其志極高而旁無輔也。（卷四，頁3）

陳氏深入分析詩人心理，因「悶瞀之極」而幻想登天，進而問卜於屬神，實出於「忠何辜以遇罰」的不平之冤。由於欲求其癥結所在，故有屬神之回應，視其所言，頗能充分說明詩句之理路。

又如〈思美人〉「解萹薴與雜采兮」一章「箋」云：

> 萹薴四語，承『誰與玩此芳草』言，萹、菜皆不芳之品，而世人偏愛之，且交相佩之以爲美，不知適佩之而遽已萎絕離異矣，比下南人變態言。（卷四，頁14）

若在搭配於「遂萎絕而離異」句下注：「見不可變節從俗之故」一語，可知作者能根據上下文，加以闡釋詩人怨恨世人偏愛不芳之草，且遽萎絕，無如己德性之堅，以明不可變節從俗之意，可謂簡明扼要。

或如〈涉江〉「登崑崙兮食玉英」章「箋」曰：

> 此直欲希踪到聖人地位,可以參天地、贊化育矣。原胸襟抱
> 負之大,彼楚人近在國中,尚不能知,何況遠夷,又烏足以
> 知之耶?痛年老投荒,不知何日得返首坵,故於臨行時,不
> 惜盡情吐訴一番,爲下文「哀南夷」句作勢。(卷四,頁16)

陳氏將詩人與重華夢遊仙鄉之描寫,解爲「希踪到聖人地位」,難免
有過度詮釋之嫌,但卻也道出詩人胸懷鴻鵠之志,卻難覓知音之鬱
抑,故有此「盡情吐訴」之幻想。

又於下文「接輿髡首兮」章「箋」云:

> 末引四子,正見天道不可必,人事不可量。廻想從前許多
> 抱負,將欲致君堯舜,與日月爭光者,今皆付之於愁苦終
> 窮而已,豈非一夢!(卷四,頁18)

作者以詩人於〈涉江〉中引接輿、桑扈、伍子胥、比干四位先賢爲例,
正是感嘆賢人廢棄、世事難料,而屈子往昔之抱負,亦如同空夢一場,
徒留愁苦。於此,陳本禮更代屈原立言,既爲詩人之遭遇,慨然一嘆,
頗能深入發揮其言外之意。

最後,更於篇末「箋」中直言:

> 此「亂曰」非結通章之文,蓋慮南夷莫我知,且不知我去
> 位之故,故設爲此詞以告之耳。按南夷去郢都遠,燕雀巢
> 堂,陰陽易位,彼邊氓烏得以知之?此正屈子所急欲自白
> 者,故不憚疊疊敘述,「忽乎」二字,有連自己亦不知所以
> 被放之故意在。昭明取此入選,獨刪去亂曰一段,使屈子
> 之文有首無尾,是不知此乃專爲「哀南夷莫吾知」句而設
> 也。(卷四,頁19)

於此,陳氏主張篇末之「亂曰」,並非「結通章之文」,乃意在自白,
既憂慮「南夷之莫吾知」,更因自身雖有「好奇服」之卓越志行,卻
不明爲何慘遭放逐之意。因此,進一步批評《昭明文選》雖收錄〈涉
江〉一文,卻刪除「亂曰」一段,破壞此篇作品之完整性,實不知本
文之重心所在。

再如〈惜往日〉「信讒諛之溷濁兮」章末「箋」云:

已上兼懷、襄兩世言，自憤誠信不能如光景之昭明於世，
故對之而生慼也。（卷四，頁32）

上述詮釋，即總括其義，說明詩人回顧一生，雖歷經兩朝，但均未能
得君王之信任，反倒誤信讒言佞語，有所憤惋。

又於下文「臨沅湘之玄淵兮」章「箋」曰：

此痛幽隱不白，對景生慚，不若早赴深淵，然又竊恐沒身
絕名，而鄭袖、子蘭、靳尚等，蔽晦欺罔之處，不得昭明
於世，故特著一『廱』字，以明定其罪，如《春秋》趙盾
書弒之例，蓋深恨若輩，既廱其父，又廱其子也。（卷四，
頁32）

作者緊扣一「廱」字，說明詩人創作本意，即詩人因「幽隱不白」，
已有「早赴深淵」之打算，但又恨鄭袖、子蘭、靳尚等輩，結黨營私，
欺君罔上，故藉《春秋》筆法之例，特書其罪，以一字定褒貶，寄以
昭明後世。

另如「乘騏驥而馳騁兮」一章末「箋」曰：

此深痛懷、襄兩朝用人治國之不當，所以必敗也。雖然騏
驥，無轡銜則泛駕；雖有桴筏，亦必有舟檝方穩備。以喻
治國不由法度，而師心為治，國必亂，況當此敗亡之際，
尤當由法度行，繳上明法度為前後關鍵。（卷四，頁34）

在此，陳氏能兼顧全篇，加以闡釋此段文字之意義，即楚國之敗，乃
出於「師心為治」、「不由法度」，更明白說明詩人以「騏驥」、「桴筏」
為喻，意在針砭在上位者治國之失。

此外，又有〈懷沙〉「重仁襲義兮」章末「箋」云：

此又申言人所不知之故。「重仁襲義」、「謹厚為豐」八字，
乃屈子一生大學問、大抱負，豈當時人所能識？緬維在昔，
惟重華乃原寤寐所仰止者，惜又不能一遘，此外孰有知「余
之從容」而中道者耶？（卷四，頁37）

於此，作者特重篇中「重仁襲義」、「謹厚為豐」八字，以為此乃屈原
一生之成就與抱負所在，惜不為時人所識，並注意到詩人對重華之重

視，其對屈辭之掌握與涵咀，可謂允當。

或是〈橘頌〉「閉心自慎」一章「箋」曰：

> 天下惟至誠可以參天地，一橘之微，何至頌言若此？此大
> 夫自寫照，欲與天地同垂不朽也。（卷四，頁41）

陳氏提出為何詩人要如此詠贊此微不足道之橘？並且自問自答，強調此橘非同小可，實乃三閭大夫寫照，故寫下此篇〈橘頌〉，借立言以垂不朽，確實要言不煩。

4、〈九歌〉

如〈湘夫人〉「沅有芷兮澧有蘭」章末「箋」云：

> 此又設言公子若來，沅則有芷矣，澧則有蘭矣。芳香之薦，
> 豈無足以當公子之一盼耶？然思而不敢言者，特恐未必肯
> 來，徒作惠然之想，恍惚遠望，惟有觀渚水之潺潺而已。（卷
> 五，頁8）

作者認為既有芷、蘭等香草作為祭品，為何又言「思公子兮未敢言」？一切皆因「恐未必肯來」，即能抽繹巫者迎神之時，恐神靈未必肯降而忐忑不安的心理。

再如下文「麋何食兮庭中」章又「箋」曰：

> 庭中何曾有麋？水裔何曾是蛟？皆從上「恍惚」二字生出，
> 心中幻想，遂眼若有見麋食蛟來，疑神疑鬼，恍似夫人之
> 驪從已至，故朝馳馬於江皋而迎之，夕泛舟於西澨而速之
> 也。（卷五，頁9）

陳氏以為此段文字，承繼上文「恍惚」二字，正因亟待神靈之降，思之甚苦，故眼前生出幻象，疑神疑鬼，彷彿見「夫人之驪從已至」，對詩句情思之體會，特別細膩。

或是〈大司命〉「乘龍兮轔轔」一章「箋」云：

> 此悵神去太疾，不及待其折疏麻、瑤華矣。結桂延佇，是
> 於急不待緩之時，又思所以暫挽之術，無如高駝沖天，留
> 既不能，贈又不及，所以愈思而愈愁也。（卷五，頁12）

作者闡釋主祭者欲暫留神靈，不料神去之太疾，來不及贈送疏麻、瑤

華，更以未能挽留神靈，因此思而愈愁，其解亦頗爲精細。

又如〈少司命〉「秋蘭兮蘪蕪」章（按：《屈辭精義》「秋」字作「穐」字）「箋」道：

> 自有美子，即人各有命在之意；秋蘭蘪蕪，生於堂下，亦各有命。其芳菲襲人者，得天全也。「蓀何以兮愁苦」，則所遇有幸、有不幸，要知亦由命也。〈少司命〉篇不言命，然開首數語，卻句句是言命。（卷五，頁13）

於此，陳氏以爲此篇開首，雖未言及「命」字，但所寫「秋蘭」、「蘪蕪」、「芳草」等，卻句句與「命」相關，其言既能緊扣少司命之職守，又能獨抒心得。

尚如於〈東君〉：「長太息兮將上，心低佪兮顧懷」句下注：「太息者，嘆其神靈不測；低佪者，念我生不如寄，不及日駛在天，萬古如斯。二語寫出萬古之人心思感慨也」，則是作者引申言之，以爲此二句道出千萬世人之感慨，即在「生不如寄」，不若日升於天，光耀大地，萬古不滅。

另又如〈山鬼〉「靁塡塡兮雨冥冥」章「箋」云：

> 此鬼歸宿山阿，自慰而自解也。雷雨之際，猿啾狖鳴，風木蕭蕭，在人爲苦，在鬼爲樂，何也？蓋天下極樂之事，未有不變而爲淒慘者。即如子之慕予、予之悅子，皆一時情意相感，豈不可樂！及事過情遷，依然爾爲爾，我爲我，豈能時時相聚耶？（卷五，頁21）

在此，陳氏所言「在人爲苦，在鬼爲樂」，雖未切合詩意，但從中歸結出情意之相感，難免「事過情遷」。尤其，作者提出所謂「天下極樂之事，未有不變而爲淒慘者」，如此悲喜相生之理，確也從側面點出作品中淒婉動人之情感，頗具特色。

（三）諸說並呈，多元解讀

其實，就《屈辭精義》一書之箋注，有關作品要義之闡發，除了獨標己說或援引他見中，不乏切至者，另外較引人注目的是「己說與

他說並列」者。因爲針對相同詩句之不同理解與詮釋，基於「人心不同，各如其面」之接受主體的差異，本是理所當然，而不同意見同時出現於文本當中，自然對讀者產生不同之啓發，即可謂眾聲喧嘩，也彷彿形成一個對話之平臺。所以，就筆者之歸納，以「己說與他說並列」者爲例，大抵又呈現爲兩種形式：其一是或從同一角度，或從不同層面，闡述詩句大義或言外之意，各有側重；其二是己說與他說之間，針對寓意有不同之理解，多方並呈。

在此，今試舉〈離騷〉一篇爲例，先介紹陳氏書中引用他說並附有己說，相互搭配，以得屈辭之深義者，即可窺其梗概。〔註27〕如於「帝高陽之苗裔兮」章「箋」云：

> 開首標一「貞」字，便見生時已得乾剛四德之一。敘祖考見世德之美，紀年月日見生時之美，皆所謂內美也。（卷一，頁1）

又引《節解》曰：

> 首溯與楚同源共本，世爲宗臣，便有不能傳舍其國，而行路其君之意。（卷一，頁1）

首先作者言〈離騷〉篇首「貞」字，同於《周易》所謂「乾：元亨，利貞」中之「貞」字，並於「貞」字下注：「正也」，即明屈子生時便具乾卦四德之一，而詩中提及高陽與生辰，皆意在標舉內美；另引張德純《離騷節解》強調詩人早在詩作篇首，便已透露出因「世爲宗臣」，不忍離國遠逝之意。由此可見，陳氏先從詩句中探求意涵，又依張氏所言推敲詩人心理，兩者各有偏重，更使簡中分析，透徹入微。

或於「余既滋蘭之九畹兮」章「箋」云：

> 此言我既廣植蘭蕙，以備紉佩之用；又復多種香草，爲國家培植人材，亦猶旨蓄御冬之計。詎一朝齋怒，竟不念昔者伊余來墍之時矣！（卷一，頁6）

〔註27〕按：《屈辭精義》之特色即爲「廣參諸家」，但若究各篇章之實際箋注觀之，又以〈離騷〉中明引諸家之例最多，著力最深，其餘各篇所占比例較少，故在此僅以〈離騷〉爲例。

次引《奚註》曰：

> 上二語喻己之修身不倦，下二語喻己之收羅賢才，以待進
> 用，是兩層。（卷一，頁6）

末引《騷辯》云：

> 此見疏後，追遡爲左徒時，培植善類，期與共爲美政也。
> 蘭爲國士之香，蕙似蘭而香不逮，殆質美而學未充者；留
> 夷揭車，香又次蕙，皆可以備治繁劇之才，作應對之選；
> 杜蘅芳芷，小草之微香者，以比一藝之長，無不兼收而並
> 采也。（卷一，頁6）

在此，陳氏與奚祿詒《楚辭詳解》之言相近，即以廣植蘭蕙，既是詩
人修身之喻，亦爲培植人才之喻，而後引朱冀《離騷辯》之見，比起
王逸所謂「善鳥香草，以配忠貞」，更進一步分別其喻義，具體地從
香草氣味之異，加以詮釋，指明不同之香草，皆代表不同類別與專長
之人才。

再如下文「冀枝葉之峻茂兮」章「箋」云：

> 特恐己去之後，羣芳無主，士氣沮喪，必致變而爲穢矣。「人
> 之云亡，邦國殄瘁」，豈不哀哉！（卷一，頁6）

次引《奚註》曰：

> 承上章言本欲儲才以待己之進達，今己雖見絕於君，亦何
> 傷乎？可哀者，眾賢皆廢也。愀然有一君子退，眾君子皆
> 退；一小人進，眾小人皆進之感。（卷一，頁6）

末引《解義》云：

> 三后之盛，所資者眾芳耳。我昔爲國培植，冀其及時收用，
> 今則不傷其萎絕，而哀其蕪穢。雖萎絕，芳性猶在也，蕪
> 穢則將化而爲蕭艾，是乃重可哀已。（卷一，頁6）

首先，陳氏引《詩經・大雅・瞻仰》之詩句，哀惜屈原失位，連帶地
使楚國痛失人才；再引奚祿詒《楚辭詳解》說明眞正可哀者，乃「眾
芳」之廢棄；末引李光地《離騷解義》，進一步分析字句，以雖「萎
絕」而其根尚在，若至「蕪穢」則眞化爲「蕭艾」，無復期待矣；觀

諸家之言，實層層推進，探驪得珠。

又如「屈心而抑志兮」一章末「箋」云：

> 蓋受怨誹之誅，國法或不可逃，若因謠諑之辱，其死固可
> 少緩。何也？我與君國休戚相關，竊恐已一死後，君終不
> 悟，國事日非，必致社稷傾危。蓋君與社稷重，而死爲輕，
> 不妨稍緩，以冀其一朝改悟也。（卷一，頁10）

又引《節解》曰：

> 古固有志行皎然，寧直道以死，不肯枉道以生者，如比干、
> 夷齊之見偁於孔子，安在知我者之無人乎？夫受謗於羣
> 小，而見許於聖人；屈於一時，而信於百世。從違之間，
> 不再計決矣！（卷一，頁10）

陳氏先論述屈子之所以忍受謠諑之辱而未死，乃有「重如泰山」者，
即是心繫君王、社稷而冀其一朝改悟，進賢而退不屑，重振朝綱；而
後援引張德純《離騷節解》之見，以爲屈子即如比干、伯夷、叔齊般，
「寧直道以死，不肯枉道以生」之賢人，雖一時遭受讒害，但因「志
行皎然」，必當留芳百世，凡此皆意在發揚屈原「忠君愛國」、「堅守
正道」之心志。

　　再者，由於屈辭繼承《詩經》以來比興之藝術手法，並有所發展，
而眾所皆知的更是建立「香草美人」之文學傳統，正因「其衣被詞人，
非一代也」（《文心・辨騷》），故與《詩經》並列中國古典詩歌之重要
源頭。但事實上屈辭之比興手法極爲豐富，更建構出一個龐大的象徵
體系，〔註28〕再加上屈原「以神妙殊絕之才，處鬱邑無聊之極，肆爲

〔註28〕關於此議題，學界已有深入之探討，研究成果頗爲豐碩，今僅略舉
　　　　其例，如可參蔡守湘：〈試論屈原對「比興」的發展〉，《江漢論壇》
　　　　1982年第9期，頁49～53；譚思健：〈論〈離騷〉的比興體系及其
　　　　審美價值（上）〉，《江西教育學院學報》第22卷第2期（2001年4
　　　　月），頁4～7；譚思健：〈論〈離騷〉的比興體系及其審美價值（下）〉，
　　　　《江西教育學院學報》第22卷第4期（2001年8月），頁1～4；游
　　　　國恩：〈論屈原文學的比興作風〉，《楚辭論文集》（游寶諒編：《游國
　　　　恩楚辭論著集》第四卷）（北京：中華書局，2008年4月），頁14～
　　　　29；彭毅：〈屈原作品中隱喻和象徵的探討〉，《楚辭詮徵集》，頁　1

文章，以騁志蕩懷，出入古今，翶翔雲霧，恍惚杳茫，變化無端，匪常情之攸測」〔註29〕的創作才能，故早在劉勰便以「奇文鬱起」（《文心・辨騷》）讚之。正因屈辭中有屈子「處鬱邑無聊之極」，所謂「因情生文」，憑藉想像之才力，創造出如此「恍惚杳茫，變化無端」之神話天地、理想國度，用以騁志舒懷，但卻也爲後人解《騷》，增添不少迷障，是故理解《楚辭》之難，尤爲前人所常道。〔註30〕

即如〈離騷〉中「求女」一節，箇中意旨，頗引人玩味，而歷來注《騷》者，亦治力於破解其中喻義，以致眾口紛紜。誠如〔清〕何焯以爲「此辭難通處無如『求女』三節，然寄情屬望之懇全在此段，歷來注家莫有得其說者」，〔註31〕或是〔清〕王邦采所謂「如怨如慕，如泣如訴，屈子之情生于文也；忽起忽伏，忽斷忽續，屈子之文生于情也。洋洋焉灑灑焉，其最難讀者，莫如〈離騷〉一篇，而〈離騷〉之尤難讀者，在中間『見帝』、『求女』兩段，必得其解，方不失之背謬侮褻」〔註32〕之云云，即可見一斑。

〜42；毛慶：〈試論屈原詩歌的象徵手法及其特色〉，褚斌杰編：《屈原研究》（武漢：湖北教育出版社，2003 年 8 月），頁 274〜285；趙逵夫〈從帛書《相馬經・大光破章故訓傳》看屈賦比喻象徵手法的形成〉，《屈騷探幽》（成都：巴蜀書社，2004 年 4 月），頁 144〜162。

〔註29〕〔明〕趙南星《離騷經訂注・自序》語，引自司馬遷等：《楚辭評論資料選》，頁 108、109。

〔註30〕如屈復《楚辭新集註・凡例》以爲「〈離騷經〉難解在大義，〈天問〉難解在故典」；又林雲銘《楚辭燈・序》亦言「余思註屈之難，尤甚於註《莊》。二千年中讀〈騷〉者，悉困於舊詁迷陣，如長夜坐暗室，茫無所覩」；或吳世尚《楚辭疏・序》嘗言「是故〈離騷〉難讀，更難解也。世所傳《楚辭》註，王逸、洪興祖逐句而晰，大義未明；朱子提挈綱維，開示蘊奧，而於波瀾意度處，尚多略而未暢」，均從不同層面點出《楚辭》之難讀、難解，誠謂肺腑之言。以上原典引自〔清〕屈復：《楚辭新集註》（《四庫全書存目叢書・集部》第 2 冊），頁 410；〔清〕林雲銘《楚辭燈》，〈序〉，頁 4；崔富章編著：《楚辭書目五種續編》，頁 127。

〔註31〕〔清〕何焯：《義門讀書記》語，引自李誠、熊良智：《楚辭評論集覽》，頁 372。

〔註32〕〔清〕王邦采：《離騷彙訂（不分卷）・屈子雜文箋略（六卷）》（《四

　　因此，陳氏在「廣參諸家」之前提下，其「己說與他說並列」者，亦有見解不同之處，甚至相互對立之處，而「求女」之相關詮釋即是一例。如「覽相觀於四極」章有「箋」云：

> 既曰「覽」，又曰「相」與「觀」者，甚言淑女難求。舍中國而云「四極」者，蓋身在崑崙，從高望遠，先由四極而遍覽之，既又周流乎天而相之，凡目光所盼，無不徹上徹下，夫然後乃望見瑤臺之佚女也。（卷一，頁20）

次引《正義》曰：

> 覽觀四極，周天而下，喻君側無一可與言者，故復有望於瑤臺之佚女也。曰佚者，謂散秩在外而爲王所信者，或己去位之故，舊而爲王所重者。（卷一，頁20）

又引《彙訂》云：

> 大夫之意，以虙妃比當時之位高望重者，故首先求之，欲要結之以匡救其君，最爲得力，最爲緊要。不料言者諄諄，而聽者藐藐，始猶若合若離，終且有離無合，歸次窮石矣，濯髮洧盤矣，其驕傲之態爲何如！而曰「保厥美」者，何也？蓋其人素不入黨人之陰邪，無奈以苟全爲得計，則「信美而無禮」矣。「周流乎天」，以見在王所者之無一不然耳；「余乃下」，然後舍王側而他求矣。（卷一，頁20）

末引《節解》云：

> 首二語言改求之審也。佚之爲言逸也。此寓賢人遭逸於時，沈淪不偶而自高其志者。（卷一，頁20）

陳本禮上文之自箋，並未涉及「求女」寓意之論述，僅就詩句之相關字詞，加以闡釋，以明文意之前後轉折。相較之下，方苞《離騷正義》主張求有娀之佚女乃「散秩在外爲王所信者」，或「已去位之故，舊而爲王所重者」，蓋傾向於求不在其位而爲君王所認同之人；而王邦采《離騷彙訂》則以求虙妃乃「比當時之位高望重者」，即親近君王之重臣；另張德純《離騷節解》則以「此寓賢人遭逸於

時，沈淪不偶而自高其志者」，意指求隱逸之賢人，所認定之喻義
均不相同。

若再進一步查考陳氏對「求女」之詮釋，在觀念上展現出一定的
靈活性，如於「朝吾將濟於白水兮」章有眉批云：「求女之端，一篇
水月鏡花文字，讀者勿認爲實有其事，則癡人說夢矣」。在此，陳本
禮承繼前人等認定「求女」爲「寓言」之見解，強調讀者勿以爲實有
其事，即不能從字句上去理解，得於言外求之，而針對其意旨何在，
陳氏於本章「箋」中又云：「無女，無窈窕之淑女也。中宮正位無人，
以致高唐雲雨，充斥坤維，不得不亟爲吾君作關雎想」。由此可知，
陳本禮釋「求女」之旨，主「求賢后妃說」，〔註33〕正因「中宮正位
無人」，導致鄭袖之輩，得以媚惑君王，擺弄朝政，故欲爲王求得一
品德美善之淑女。從上述「求女」之箋釋中，陳本禮既提出己見，但
又引用其他注家之詮釋，且諸家解說亦有差異，但作者並未發表任何
評論。相較之下，似乎可以認定，「求女」之旨，確實因其爲「一篇

〔註33〕「求女」旨意之詮釋，歷來眾說紛紜，甚至相互詰難，若申言之，
　　　　如「宓妃」、「簡狄」、「二姚」，其所指爲何，便各有歧解；又如「求
　　　　女」是三次、四次、五次，即是否將「上叩帝閽」視爲求帝女與「哀
　　　　高丘之無女」爲求巫山神女。正因不同學者對「求女」之理解範圍
　　　　與對象，各持己見，且有時連同一學者，亦不一其說，以致至今仍
　　　　是《楚辭》學界之一大爭論議題。而以「求女」喻「求賢后妃說」，
　　　　最早由〔明〕趙南星《離騷經訂註》發之，爾後如錢澄之《屈詁》、
　　　　屈復《楚辭新集註》、方楘如《離騷經解略》、林雲銘《楚辭燈》、夏
　　　　大霖《屈騷心印》、魯達《楚辭筆》，或近人陸侃如，高亨《楚辭選》、
　　　　陳子展《楚辭直解》等均持此說，皆以懷王寵信鄭袖一事，聯結史
　　　　實以解。有關「求女」喻義說法之整理與研究，參見廖棟樑：〈古
　　　　代〈離騷〉「求女」喻義詮釋多義現象的解讀——兼及反思古代《楚
　　　　辭》研究方法〉，頁1～26；〔日〕矢田尚子：〈楚辭「離騷」の「求
　　　　女」をめぐる一考察〉，《日本中國學會報》第57集（2005年10月），
　　　　頁1～15；趙沛霖：《屈賦研究論衡》，頁129～131；陳子展：《楚辭
　　　　直解》（南京：江蘇古籍出版社，1988年2月），頁430～444；聶石
　　　　樵：《屈原論稿》（北京：人民文學出版社，1992年4月第2版），頁
　　　　114～122；周建忠：〈〈離騷〉「求女」研究史略〉，《楚辭考論》（北
　　　　京：商務印書館，2003年12月），頁200～208。

鏡花水月文字」，以致學者們「橫看成嶺側成峰，遠近高低各不同」
（〔宋〕蘇軾〈題西林壁〉），人人各有其見解，實不妨諸家並呈，作
為讀者參悟之用。

　　從上文分項所舉之例，不難得知，陳本禮對屈辭「義理」之慘澹
經營。大抵而言，正因陳氏認定屈辭具有「微辭奧旨」，而在「知人論
世」、「以意逆志」之基礎上，努力推敲屈子著文之本旨。其中，針對屈
辭二十七篇作品，或從前人之考證，或獨抒己見，加以判定各篇作品之
創作背景與時地。連帶地，正因對某些作品有其獨到之見，故在箋釋詩
句時，自然有不同之理解與詮釋。再者，在具體闡釋詩意時，陳氏特重
「寄託」，故特加鉤索，以見屈辭「依《詩》取興，引類譬喻」（王逸〈離
騷經序〉）之手法。針對作者探索屈辭義蘊之方法，則主要是「以經證
《騷》」，說明詩人之思想與用心，切合經義；或是藉由注明詩中事物之
喻義，破解箇中意涵；又有進一步分析詩句，闡發言外之義；亦頗能根
據上下文，針對某詩句或字詞之重要性，加以題點；又如以不同作品之
間，相互印證，究其異同；更能以己見與他說並列，提出各自之詮解等
等。由此可見，陳氏除了在部分篇章，提出較為新穎之解說外，大致上
是在詩句意義之闡析上，力求透徹、明白，甚至是藉由集合不同注家之
注解，以求提供讀者對屈辭能有更為深入之理解。

三、探析章法，反覆精研，頗集大成

　　誠如前文所言，朱熹《楚辭集注》一出，對《楚辭》「義理」、「詞
章」之研究，獲得相當程度之開拓。然而，《楚辭集注》一書，仍然
存在著不足之處，如囿於以《詩經》「賦」、「比」、「興」之手法，分
析屈辭如此「變動無常，溯沛不滯，體既獨造，文亦赴之」〔註34〕的
曠世巨作，自然有所齟齬，更引來後人批評。〔註35〕有基於此，後世

〔註34〕〔明〕陳第著、康瑞琮點校：《毛詩古音考‧屈宋古音義》，〈自序〉，
　　　　頁159。
〔註35〕如〔清〕蔣驥《山帶閣注楚辭‧餘論》以為「《騷》者《詩》之變，
　　　　《詩》有賦興比，惟《騷》亦然。但《三百篇》邊幅短窄，易可窺

注《騷》者，更是集力於研究《楚辭》之篇章脈絡與文學技巧，並藉此以明屈辭之旨意，促使《楚辭》學中形成「偏重文脈大義」之一系，而陳本禮《屈辭精義》即為代表著作。

陳本禮在修改《屈辭精義》時，轉而重視「奧義」之闡發，連帶地作者亦依據「文章脈絡」來分析文義，即藉由篇章結構、字句運用之梳理，印證自身對屈辭之詮釋，兩者息息相關，而此點在修改時頗為突出。如「湯禹儼而祗敬兮」一章，第三稿曰：

> 以下又推原三代之所以興，及用人得國之道。〔註36〕

而今本則「箋」曰：

> 前皆庭諍面折之言，此方宛轉規諫。蓋謇謇則言非一次，特總借儼詞一語寫出，以補前文未備，而又為下文陳辭粉本，且以見女嬃責原婞直之非虛。此數章乃原一生被疏、被替、被放逐病根，受讒、受間、受謠諑機關，一篇筋脈所維繫處，豈可草草讀過！（卷一，頁15）

此章為詩人向重華儼詞之內容，稿本原僅點出詩人舉引古事，以明治理邦國之道，然至今本，闡釋更是入木三分。陳氏認為此數章中屈原所認定的政治理念，正是使其受黨人讒害之根本，而詩人「余固知謇謇之為患兮，忍而不能舍也」（〈離騷〉）的執著，亦是藉由儼詞，得以吐露心聲。如此分析，使〈離騷〉此長達二千四百餘字之自傳體抒情詩的相關內容，聯貫為一個有跡可循的有機脈絡，而所謂「豈可草

尋。若《騷》則渾淪變化，其賦興比錯雜而出，固未可以一律求也」；另〔清〕劉獻廷《離騷經講錄》謂「若考亭本處處以賦、比、興配之，每四句為一截，遂使氣脈斷絕，死板呆腐，令人愈讀愈惑。故〈離騷〉之旨意一隱而不復再顯者，自考亭始也」；又〔清〕管同〈與梅孝廉論離騷書〉即稱「朱子欲求其意者也，牽於興賦，亦不能盡得」；或〔清〕胡文英《屈騷指掌‧凡例》亦言「屈賦篇幅宏闊，賦、比、興雜出，難與《毛詩》同論界限，朱子雖舊有賦、比、興之例，然精神莫能詳到」。上文引自〔清〕蔣驥《山帶閣注楚辭》，頁180；姜亮夫編著：《楚辭書目五種》，頁116、234；〔清〕胡文英：《屈騷指掌》（杜松柏主編：《楚辭彙編》第5冊），頁386。

〔註36〕陶秋英、姜亮夫校繹：《陳本禮離騷精義原稿留真》，頁61。

草讀過」，既是對讀者的提醒，更是作者思索再三後的新發現。

或如「阽余身而危死兮」一章，第三稿曰：

> 此因陳詞不答，又復自述方枘不入圓鑿，此前修之所以葅醢也。今我不得于君，而又與世齟齬，沉冤莫白，將不免步前修之後塵。此自矢決絕之詞，以應阿姊終然殀乎羽之野也。〔註37〕

而今本則「箋」云：

> 方枘不入圓鑿，此感乃姊教誡之意，而深信其將不免於步前修之後塵，適如阿姊言，終然殀乎羽之野也。回應上文夫姊以關心痛哭之言，諄諄教誡，原即至愚，豈能以歠詞一語搪塞，遂置乃姊於不答？不但於理不合，且於文法亦屬疏漏。〈騷經〉之文，如連環鏁甲，如織錦廻紋，讀此則知其前後照應，律法森嚴。（卷一，頁15）

兩相比較，今本之「箋」更從文章脈絡入手，加以揣摩此章詩句，推斷當中含有詩人「回應上文夫姊以關心痛哭之言」的感激之情，顯得合情合理，更能扣緊全篇之發展，深入闡析其中意蘊。

事實上，以「文脈」解《騷》，雖在清代《楚辭》學史，形成一股獨具特色且諸家並出之現象，但針對屈辭篇章組織之研究，由來已久，早在宋代便已萌芽。如〔宋〕朱熹有言「凡說詩者，固當句為之釋，然亦但能見其句中之訓故字義而已，至於一章之內，上下相承，首尾相應之大指，自當通全章而論之，乃得其意」，〔註38〕即是針對王逸、洪興祖兩家，僅重字句訓詁，串講句意，卻未能將詩句聯貫至整篇中，加以闡述箇中意涵與作用，有所不滿。不僅如此，同時代的錢杲之《離騷集傳》，針對〈離騷〉架構進行剖析，並分為十四節（其中一節乃篇末之「亂曰」）；〔註39〕當時尚有林應辰《龍岡楚辭說》將

〔註37〕陶秋英、姜亮夫校繹：《陳本禮離騷精義原稿留真》，頁62。

〔註38〕〔宋〕朱熹：《楚辭集注》，頁174。

〔註39〕〔宋〕錢杲之《離騷集傳》曾於篇末謂「右〈離騷〉賦凡十四節，三百七十三句。蓋古詩有節有章，賦有節無章。今約〈離騷〉一篇，大節十有四：其一高陽二十四句，其二三后二十四句，其三滋蘭八

〈離騷〉分爲二十段，且其析篇分段，更已擴及〈九歌〉、〈九章〉，惜其書已佚，具體內容不詳。〔註40〕惟自明清以來，學者頗能以文學角度研究《楚辭》，對屈辭整體架構之梳理與細部字句之推敲，多所鑽研，並以此作爲獨得《騷》中三昧之蹊徑。〔註41〕於此，下文即將

句，其四競進二十八句，其五靈脩十二句，其六鷩鳥三十二句，其七女嬃十二句，其八前聖四十句，其九上征七十六句，其十靈氛二十句，其十一巫咸三十六句，其十二以蘭二十句，其十三將行三十六句，其十四亂五句。而大節之中，或有小節，學者當自得之」。見〔宋〕錢杲之：《離騷集傳》（《叢書集成初編》第 1820 冊）（北京：中華書局，1991 年北京第 1 版），頁 12。

〔註40〕參見〔宋〕陳振孫：《直齋書錄解題》（北京：中華書局，1985 年新一版），第 4 冊，頁 413。

〔註41〕如黃文煥《楚辭聽直·凡例》曾自言「余所紬繹，櫫屬屈子深旨，與其作法之所在。從來埋沒未抉，特爲創拈焉。凡複字複句，或以後翻前，或以後應前，旨法所關，尤倍致意」，更於〈合論·聽複〉中指出「《楚辭》之難讀在複，以不得其解，則視複生迷，因之生厭也。然其運法之謹嚴，用意之奇變，乃專在複中」，可知黃氏從事品、箋，頗爲注意作品中重複出現之字句，並認爲「複」非單純之重複，而致力於紬繹其與主旨之關聯，使後世得以明白屈子著文之深旨與技法。又林雲銘《楚辭燈》嘗言「讀《楚辭》之難，較之他文數倍。以其一篇之中，三致意，所謂長言之不足而嗟歎之。上紹〈風〉、〈雅〉，下開詞賦，其體當如是也。總要理會全局血脉，再尋出眼目來。任他如何搖曳，如何宕軼，出不得這個圈子。不用一毫牽強，自然雜而不亂，複而不厭」，林氏指明《楚辭》難讀之處，關鍵在於「一篇之中，三致意」，但只要瞭解整體架構，掌握作品重點，自然能讀懂《楚辭》。另有朱冀《離騷辯·凡例》亦以爲「讀《騷》須分段看，又須通長看。不分段看，則章法不清；不通長看，則血脉不貫。舊註之失，在逐字逐句求甚解，而於前後呼應闔闢處，全欠理會，所以有重複總雜之疑」，並謂「蓋《楚辭》中最難讀者，莫如〈離騷〉一篇。大夫畢生忠孝，全副精神，俱萃於此。章法大則開闔亦大，中間起伏呼應，一離一合，忽縱忽擒，如海若汪洋，魚龍出沒，變態萬狀，令人入其中而茫無津涯」，亦主張讀《騷》要注重章法，既要分段看，以明其章法，又不能失於局部，更要理會首尾呼應之妙，得其血脉精髓。或如王邦采《離騷彙訂·序》則強調「所貴乎能讀者，非徒誦習詞章聲調已也。必審其結構焉；必尋其脉絡焉，必考其性情焉，結構定而後段落清，脉絡通而後詞義貫，性情得而後心氣平。若諸家評註，其于三閭大夫意指所在，尚多紕謬弗安，吾未見其能讀也」，即以爲眞正能讀屈賦者，必得兼顧「結構」、「脉絡」、

陳氏對屈辭「章法」之解說，針對宏觀的文章布局、作品分段與微觀的句法、字法之研探，分為「析篇分段，獨樹一幟」、「評介字句，目光精到」二項，加以敘述並分析。

（一）析篇分段，獨樹一幟

姜亮夫曾言陳本禮的研究方法「是從『文理』到『義理』的」，〔註42〕意即說明作者不論是援引諸家，或是自立解說，多以闡釋要義為旨歸，而其中有關「文脈」之析論，事實上是服務於「義理」，即是藉由文理之探索，鉤勒出作品要義。至於，陳氏為何致力於屈辭篇章段落之梳理，其自述之理由是：

> 古詩分章，創自〈喜起〉，三百繼之，有賦、有比、有興。《楚辭》古本，不分章句，至朱子始分之。後人有分有不分，然分之眉目始清，脈絡亦易於尋覓。蓋章猶解也，漢樂府用解者，便於歌也。其間音節之頓挫、聲調之抑揚，悉於解中見之。《楚辭》亦歌也，所謂行吟澤畔者，長歌當哭之意也。其間章各有旨句，句各有意字，字各有法。總不欲使人一覽而盡。至於音調之高朗，又全乎天籟矣。（〈署例〉第十三則）

上文作者提及《楚辭》分章之源流，起於《尚書·益稷》中記載的古代歌謠，而正因分之，方使「眉目清晰」、「脈絡易尋」，更藉此讓讀者掌握住各篇章中段落之要句、句中之要字與用字之巧妙處。此外，更能從音樂之角度，來評析《楚辭》，認為「《楚辭》亦歌也」，而至於能有此音節頓挫、聲調抑揚之美，實為「天籟之音」，即謂屬於出自天然之旋律。

「性情」三方面。上述原文見〔明〕黃文煥：《楚辭聽直》（《四庫全書存目叢書·集部》第 1 冊），頁 414、567；〔清〕林雲銘：《楚辭燈》，〈凡例〉，頁 3、4；〔清〕朱冀：《離騷辯》（杜松柏主編：《楚辭彙編》第 9 冊），頁 21、26、27；清王邦采：《離騷彙訂（不分卷）·屈子雜文箋略（六卷）》（《四庫未收書輯刊》伍輯·拾陸冊），頁 98、99。

〔註42〕陶秋英、姜亮夫校繹：《陳本禮離騷精義原稿留真》，頁 85。

有關《楚辭》作品章節之劃分，實則古今學者各持己見，而依陳氏之研探，又以〈離騷〉、〈天問〉二篇，各有其具體之成果，故於下文分別介紹。

1、〈離騷〉

正因〈離騷〉浩浩千言，篇幅頗長，如何梳理其篇章層次，便是理解此篇奇文之關鍵，而時至今日，古今學者對〈離騷〉段落之不同分法，據姜亮夫先生統計，便有九十五家之多。〔註43〕正因「騷辭凡二千四百六十九言，三百七十二句，一百八十六韻，辭旨繁茂，得未曾有。評文之士，每喜分節疏解，以蘄易於參會」，〔註44〕於是引起學者們熱衷於辨察〈離騷〉之結構。而諸家之劃分，各有考量，誠如鄭坦直言：

> 〔宋〕錢杲之首將騷賦分成十二大節（按：應爲「十四大節」
> 是），於是騷賦章節之學，油然而興。厥後，蔣驥、屈復、
> 戴震、王邦采、李光地、王夫之諸人因之。然各有所持，其
> 法亦各據其理。……倘以韻轉爲主，則易割裂文意；專以文
> 意爲重，則又礙於韻轉，能兼其二者，亦良難矣。〔註45〕

或劉永濟曾指出：

> 從前解說佛學經典的著作，有所謂「科段」，或稱「總科」。
> 這種「科段」是將全書的重要論點，分段提出，列成一表，
> 然後按表分別解說。這一來，雖旨意繁重、條理細密的內
> 容，就更加清楚了。……但須知任何對本篇分析節段的，
> 都是爲了要明瞭作者的思想在全篇中如何運行。作者的情
> 感在各節中如何變化。作者本人原係出于自然地抒寫，不
> 是先擬定節段，再動手寫作的。因此，我們所分析的不能
> 不隨各人的認識不同而生差別。〔註46〕

〔註43〕姜亮夫、姜昆武：《屈原與楚辭》（合肥：安徽教育出版社，1996 年9 月），頁31。

〔註44〕劉永濟：《屈賦通箋・箋屈餘義》（北京：中華書局，2007 年10 月），頁60。

〔註45〕鄭坦編著：《屈賦甄微》（臺北：臺灣商務印書館，1976 年1 月），頁76。

〔註46〕劉永濟：《屈賦音注詳解》（臺北：崧高書社，1985 年5 月），頁39。

自從宋人首創段落劃分，於是「章節之學」發軔，而上文所舉出之學者，如李光地、王夫之持「兩分法」，蔣氏贊同王夫之所言兩部分說，但又從中劃分出十段，王邦采則持「三分法」，屈復持「五分法」，戴震持「十分法」。即使是李、王兩人皆持兩分法，但在具體劃分上，見解仍不一致。〔註47〕鄭坦省思此一現象，以為諸家分法皆有其依據，而其考量不論是「以韻轉為主」或「以文意為重」二大思路，兩者往往難以兼顧。再者，劉永濟以為正因分析節段是為了釐清作者的思想與情感在作品中的轉變，進而掌握全篇重要論點之所在，而實則作者在創作時，並非有此先入為主的設定，是故因研究者認知之不同，自然產生歧見。

歸結而言，今有學者以為歷來〈離騷〉分段之所以諸家迥異之因，不外乎是「使用概念術語的多元、複雜」、「對『亂曰』的處理方法不同」、「同一學者甚至不一其說」、「研究者未看到分段研究的趨同性、動態性」等四大矛盾，〔註48〕而〈離騷〉章節分析之難，亦由此可見。在此，陳本禮主張「十分法」，與其見解近似者有賀貽孫與戴震，其主張為：

> 第一節：「帝高陽之苗裔兮」至「夫惟靈修之故也」。凡十一解，起如崑崙起祖，來脈甚遠；落如峰窩結穴，其義甚深、其氣甚厚，非一邱一壑所能盡其蘊也。
>
> 第二節：「曰黃昏以為期兮」至「索胡繩之纚纚」。凡七解，已上傷靈修、哀眾芳、表貞潔作三層入，首以清「經」之來脈。「序」不與「經」混，章法既明，則以下文義層次，可迎刃而解矣。

〔註47〕上述有關學者對〈離騷〉結構劃分之見解，參自毛慶：〈〈離騷〉的層次劃分及結構的奧秘〉，《淮陰師範學院學報》（哲社版）2000 年第 5 期，頁 13～17；周建忠：〈《楚辭》層次結構研究——以〈離騷〉為例〉，《雲夢學刊》第 26 卷第 2 期（2005 年 4 月），頁 28～37；趙沛霖：《屈賦研究論衡》，頁 120～124。

〔註48〕周建忠：《楚辭講演錄》（桂林：廣西師範大學出版社，2007 年 7 月），頁 222～224。

第三節：「謇吾法乎前修兮」至「固前聖之所厚」。凡八解，已上法前修、被詈替、受謠諑亦用三層承上，是死之志決矣。末用一「固」字，稍爲放活，蓋不如此，則下文無轉身之地矣。文字之巧，要在死中求活。

第四節：「悔相道之不察兮」至「豈余心之可懲」。凡七解，已上悔相道、修初服、觀四荒又分三層作轉，章法一變。

第五節：「女嬃之嬋媛兮」至「霑余襟之浪浪」。凡十三解，已上女嬃、詈詞遙承上文「悔相道」章來，草蛇灰線，至此一結。以下層巒疊翠，重復開障，大有山斷雲連之勢。〔註49〕

第六節：「跪敷衽以陳辭兮」至「好蔽美而嫉妒」。凡八解，已上上征另爲一段，結蘭延佇，到底心灰未死，不得不再作良圖，以起下文求女之思。文心至此，一層深一層。

第七節：「朝吾將濟於白水兮」至「焉能忍而與此終古」。凡十一解，已上求女一段，較之詈詞、上征，更屬異想天開。

第八節：「索藑茅以筳篿兮」至「恐嫉妒而折之」。凡十二解，此借靈氛、巫咸兩占作局外指點語，爲後文遠逝之根，猶之上文詈詞、上征，借女嬃爲發端張本，一樣機局，遙遙相映。

〔註49〕按：上文「草蛇灰線」、「山斷雲連」之云云，實乃作者借鑑小說評點之術語。如金聖嘆曾於《讀第五才子書法》中提出「草蛇灰線法」爲「如景陽崗勤敘許多『哨棒』字，紫石街連寫若干『簾子』字等是也。驟看之，有如無物；及至細尋，其中便有一條線索，拽之通體具動」、「有橫雲斷山法。如兩打祝家莊後，忽插出解珍、解寶爭虎越獄事；又正打大名城時，忽插出截江鬼、油裏鰍謀財傾命事等是也。只爲文字太長了，便死累墜，故從腰間暫時閃出，以間隔之」，見〔清〕金聖嘆：《水滸傳評點‧上》（林乾主編：《金聖嘆評點才子全集》第三卷）（北京：光明日報出版社，1997年），頁23、25。又「山斷雲連」一語，亦於金批《水滸傳》第十四回中出現，據學者研究「山斷雲連」與「橫雲斷山」二者相對而立，相輔相成，主要是指古代小說敘事中勾連與轉換的兩種技巧。詳見楊志平：〈釋「橫雲斷山」與「山斷雲連」——以古代小說評點爲中心〉一文，《學術論壇》2007年第8期，頁116～121。

第九節：「時繽紛其變易兮」（按：「其」字，陳氏錄爲「以」
字。）至「周流觀乎上下」。凡七解，已上又借巫咸蔓蔽、
嫉妬二語，將蘭、芷變態，歷數一番，落到茲佩，欲再爲
求女計，以起下文遠逝之端。其文思縹緲，大有手揮五弦、
目送飛鴻之致，又如華嚴樓閣，彈指即現，豈井蛙尺蠖所
能測量哉！

第十節：「靈氛既告余以吉占兮」至「蜷局顧而不行」。凡
九解，已上由西極至西海，車徒跋涉，不知費幾許勞頓，
始得窺見美人宮墻，不意又成虛願。猶幸陟陞有路，不致
失望，無如舊鄉在目，使我魂銷故國，依然夢醒如初矣。

　　陳氏將〈離騷〉分爲十節（並未包括「亂曰」），而其第一節之總
評較爲模糊，指出詩人開頭遠述身爲「高陽」之子孫，「來脈甚遠」，
卻也「其義甚深」、「其氣甚厚」，誠爲〈離騷〉與眾不同處。第二節
則是〈離騷〉之「經文」，〔註50〕其中分爲三層，即寫「傷靈修」、「哀
眾芳」、「表貞潔」三點。第三節則敘「法前修」、「被誶替」、「受謠諑」
三點，承接上文，更嘗言「寧溘死而流亡兮」。其中，又以爲末句「固
前聖之所厚」之「固」字，「稍爲放活」，以留作下文「將往觀乎四荒」
之餘地。第四節亦是分作三層，敘寫「悔相道」、「修初服」、「觀四荒」
三點。第五節所謂「女嬃之嬋媛兮」與「就重華而陳詞」之內容，實
上映「悔相道之不察兮」。正因屈子律己甚嚴、嫉惡如仇，遭逢黨人
讒構、君王不信，滿腹冤屈，故有女嬃之詈，進而有陳詞之自白，而
經陳氏一言，其文理可尋，足以顯示作者獨到的藝術眼光。尤其，陳
氏於「女嬃之嬋媛兮」章末「箋」中有云：「此借女嬃爲中峯起頂，
以下陳辭、上征，占氛、占咸，總從此一詈生出，章法奇幻」，即注
意到女嬃於全篇結構中，具有舉足輕重的地位。〔註51〕

〔註50〕按：陳氏於「曰黃昏以爲期兮」之「曰」字下注：「標經正文，故以
　　　　曰字另起」，將〈離騷〉分爲「序文」、「經文」兩部分，甚至於其他
　　　　篇章亦有此作法，詳見本章第二節。

〔註51〕正因如此，歷來注家均相當關注女嬃這個人物，並針對「女嬃」之
　　　　身分與是否真有其人，頗有探討，而今有學者即謂女嬃是「推動屈

第六節爲幻遊上征，雖帝閽「倚閶闔而望予」，但節末詩人「結幽蘭而延佇」（按：「而」字，陳氏錄作「以」字。）之舉動，陳氏解讀爲「到底心灰未死」，於是有下文之「求女」，由書寫內容推斷詩人心理變化，可謂層層轉折，情意加深。第七節寫「三求女」，陳氏以爲此段，較之前文陳詞、上征，更是「異想天開」，馳騁神思，無邊無際。第八節由於上文求女不成，似是山窮水盡，在此卻「命靈氛爲余占之」，後又問於巫咸，陳氏以兩問爲「局外指點語」，而如此承接關係，正同前文陳詞、上征乃「借女嬃爲發端張本」，環環相扣，文理井然。〔註52〕第九節寫「蘭芷變而不芳兮」，但作者注意到「惟茲佩之何貴兮」，以此爲「再爲求女計」，引起下文遠逝。在此，陳氏更稱讚屈原之文思，可謂鬼神莫測、變化多端，實非俗人所能識。第十節乃詩篇之結尾，詩人長途跋涉，「指西海以爲期」，最終卻因回顧舊鄉而斷念，陳氏形容爲「無如舊鄉在目，使我魂銷故國，依然夢醒如初矣」，則上文陳詞、上征、求女、遠逝如此帶有神話色彩之虛寫，竟是如夢一場，徒留憾恨。〔註53〕

除了於各節末之短評外，陳氏對屈辭組織架構之剖析，又可見於

原從令人失望的現實進入虛幻去上下求索的直接的感情因素」，便是受到陳本禮說法之啓發。見蔣方：〈「女嬃」之角色及其意義探新〉，《文學遺產》1999 年第 3 期，頁 109。

〔註52〕此章作爲文意轉折之關鍵，陳氏又於「索藑茅以筳篿兮」章「箋」形容道：「此於水窮山盡處，忽然靈驚飛來，復行開障，衍成後半篇之局。不如此，不足以盡其旁礴鬱積之氣也。」（卷一，頁 22）

〔註53〕陳氏將屈辭中一切天馬行空、上天下地之幻遊，皆形容爲「夢」，並以「求女」乃「一篇鏡花水月文字」，切勿認爲真有其事。如此一來，便已涉及屈辭虛構性之認識，而以「夢」解《騷》，更與吳世尚《楚辭疏》相近。〔清〕吳世尚《楚辭疏》曾評云：「此千古第一寫夢之極筆也。而中間顛倒雜亂，脫離復疊，恍恍惚惚，杳杳冥冥，無往而非夢景矣」，「故其詞忽朝忽暮，倏東倏西，如斷如續，無緒無蹤，惝恍迷離，不可方物，此正是白日夢境」。引自司馬遷等：《楚辭評論資料選》，頁 314、315。又有關吳世尚《楚辭疏》以「夢境」闡釋詩人之創作心理，可參見毛慶：〈吳世尚與弗洛依德關於「白日夢」理論之比較〉，《職大學報》2007 年第 3 期，頁 58～61。

「箋」中，相互發明，且不乏一語中的、獨具慧眼者。如「日月忽其不淹兮」章末「箋」中有云：

> 美人句乃〈離騷〉命意入題處，爲全〈騷〉之根。後文求女諸章皆從此處發脈，末則歸到西海爲期，又專爲此西方美人也。此如靈芽初苗，循其脈而尋之，則千枝萬葉，無非一本之所發也。讀至「國無人」，「莫足與爲美政」，美政、美人雙收，則葉落歸根，仍不離乎宗祖，此一篇之大旨也。
>
> （卷一，頁3）

陳氏對〈離騷〉之「恐美人之遲暮」一句，甚爲關注，更於句末引「發蒙」注：「草木自喻，美人比君，此方入題」，並主張此爲「全騷之根」。再者，作者更強調下文之「求女」、「遠逝」皆以此句有關，既能著重詩人對「美人」、「美政」之追求，又能發掘其在詩篇中之重要地位，其說誠具參考價值。

另如「朝吾將濟於白水兮」章末「箋」中曰：「求女之根，遠從『美人遲暮』章發脈，至此一現，黃河之水天上來，令人莫測」，再次強調兩者關聯。又於「曰兩美其必合兮」章末「箋」云：

> 君聖臣良，自然必合，固不待遠慕他求。若臣本不良，孰有信其修而慕之者乎？「豈惟」二字，正隱恨己之美不能見信於君，是臣本不良，不敢責君之不聖，用反筆跌出楚之無女，以見己之美必不能望其有合於楚矣！所以下文靈氛有勸其遠逝之說。（卷一，頁23）

在此，陳氏一改舊注，從魯筆《楚辭達》將此章定爲屈原問卜之詞，其說或可商榷，但以「豈惟是其有女？」之「豈惟」二字，含有深意，並作爲「反筆」，反襯楚之無女，更領起下文遠逝，卻也言之成理。

或是「爲余駕飛龍兮」一章「箋」曰：

> 此託爲遠逝自疏之說，其實欲往求西方美人也。以下遭崑崙、發天津、至西極、行流沙、遵赤水、至西海，亦猶上征之意。上征以上帝喻君，此以西方美人喻君也。爰因前次求女不得，故復欲排神御氣，以冀達乎西方美人之所也。

文能於複中見奇，變中寓巧，而於曲終奏雅，猶然大呂黃
鐘（原文誤作「鍾」）之噌吰鏜鞳也。（卷一，頁29）

在此，作者以爲「將遠逝以自疏」，其目的是求西方美人，更以此喻
「求君」。其中，又將此節與「上征」比較，認爲屈子能於「複中見
奇，變中寓巧」，相同喻義卻不同寫法，並以黃鐘大呂之音律形容，
充分展現此節神遊氣勢之壯闊。

另如「吾將從彭咸之所居」句末注：「收到願依彭咸遺則正意爲
通篇一大結穴，前後凡十節九十二解，二千四百九十言，古今辭賦家
第一首巨製。予於此篇不惜三折肱，將文中三昧盡行演出，使二千四
百九十言，頓化爲牟尼寶珠，顆顆圓通矣」（卷一，頁 31），可見陳
氏對此「古今辭賦家第一首巨製」之重視，務使其反覆詮解，能呈現
〈離騷〉之三昧。

2、〈天問〉

〈天問〉一篇規模宏大，是屈辭中繼〈離騷〉後之第二長篇，全
詩體制瑰奇，全採用詰問體寫成，加之內容包括宇宙洪荒、天文地理、
神話傳說、歷史人事等方面，上下古今，博大精深，故古來即被推許
爲「千古萬古至奇之作」（〔清〕劉獻廷《離騷經講錄》），更有學者以
「其創格奇、設問奇、窮幽極渺奇、不倫不類奇、不經不典奇。一枝
筆排出八門六花，堂堂井井，轉使讀者沒尋緒處，大奇大奇」，[註54]
極盡讚揚。然而，由於古事久遠，部分故實未必合於經傳，或未詳其
依據，以致難以釐清，因而〔清〕林雲銘曾言「一部《楚辭》最難解
者，莫如〈天問〉一篇。以其重複倒置，且所引用典實，多荒遠無稽，
故王逸以爲題壁之詞，文義不序次，而朱晦庵《集註》，闕其疑，闕
其謬者，十之二三，使後人執卷茫然，讀未竟而中罷」，[註55]則讀
通並注解〈天問〉之難，可想而知。

[註54] 〔清〕夏大霖：《屈騷心印・發凡》語，引自司馬遷等：《楚辭評論
　　　資料選》，頁430。
[註55] 〔清〕林雲銘：《楚辭燈》，卷之二，頁45。

　　〈天問〉研究自王逸「呵壁說」出，便將其中「文義不次序」
之疑難，歸於屈原之「題壁」，隨手而書，且後人傳述之故，但至
洪興祖以爲「〈天問〉之作，其旨遠矣」，然天地之大、萬物之妙、
世事之雜，「欲具道其所以然乎？而天地變化，豈思慮智識之所能
究哉」，進而申言「王逸以爲文義不次序，夫天地之間，千變萬化，
豈可以次序陳哉」，〔註56〕否定〈天問〉文義次序有亂。直至明初，
汪瑗《集解》即疑〈天問〉有錯簡，但未曾有所移易，爾後學者如
屈復、夏大霖等人進而重新調整〈天問〉內容順序，而此種作法，
沿至今日，亦不鮮見。〔註57〕相較於清人大刀闊斧地進行〈天問〉
次序之整理時，陳本禮卻是主張呼應王逸「呵壁說」，竟將〈天問〉
一百七十多問，一一注明其所題爲「何圖」，爲之補苴罅漏，臻於
完備。更曾於「惟澆在戶」章末注曰：「《心印》將前『帝降』十二
句移置此章之首，似爲有見，殊不知屈子當日遇圖便隨筆而書，此
文之所以前後錯出如雲霞無心、自然變現也」（卷二，頁18），即是
針對夏大霖《屈騷心印》對「錯簡」的整理，提出批評。再者，針
對文義次序之問題，於〈發明〉中有所解釋云：「至於文之錯落而

〔註56〕〔宋〕洪興祖撰、白化文等點校：《楚辭補注》，頁85。
〔註57〕早在〔明〕汪瑗《楚辭集解》於「何闔而晦，何開而明？」句下注：
　　　　「此上十段皆問天道。女歧一段疑錯簡在此，此篇雖無次敘，亦頗
　　　　有條理，非漫然而亂道也」，即提出質疑，見頁454。針對〈天問〉
　　　　「錯簡說」，古今學者有持〈天問〉並無錯簡者，如黃文煥、王夫之、
　　　　林雲銘、陳本禮、潘嘯龍、翟振業、毛慶等人；又有主張〈天問〉
　　　　雖有錯簡，卻未加以調整者，如汪瑗、蔣驥、姜亮夫、褚斌杰、彭
　　　　毅、楊義等人；另有持〈天問〉實有錯簡，但各別學者調動程度不
　　　　一，如夏大霖、屈復、游國恩、郭沫若、孫作雲、蘇雪林、湯炳正、
　　　　金開誠、郭世謙等人，可謂百家齊鳴。相關研究成果之回顧與省思，
　　　　可參毛慶：〈析史解難：〈天問〉錯簡整理史的反思〉，《湖北大學學
　　　　報》（哲社版）第28卷第5期（2001年9月），頁39～44；毛慶：〈〈天
　　　　問〉研究四百年綜論〉，《文藝研究》2004年第3期，頁59～66；周
　　　　建忠：《楚辭講演錄》（桂林：廣西師範大學出版社，2007年7月），
　　　　頁490～500；高秋鳳：《天問研究》（臺北：國立臺灣師範大學國文
　　　　所博士論文，1991年），頁69～83。

無次第者，蓋廟不一廟、祠非一祠，或所見有先後，圖畫有重複，後人排纂其文，未能類列。然正於無次第中，見其錯綜變化之妙、斷續起伏之奇，斯爲善讀者矣」（卷二，頁 1）。由此可見，作者亦認同〈天問〉有文義錯落處，而推斷是因詩人所到之廟祠非一，所題圖畫亦有重複，加之「後人排纂其文」所致，但在看似無次序之中，實又有「錯綜變化之妙」、「斷續起伏之奇」。〔註58〕這連帶地又影響至作者對〈天問〉「文脈」之看法，其以爲：

第一段：「曰：遂古之初」至「曜靈安藏？」已上述天文而夾入生人者，聖人與天合德，繼天立極裁成。輔相天地之道，參贊化育之功，非聖人不能，故首及之。

第二段：「不任汩鴻」至「其衍幾何」已上先論治水，蓋水不治，地猶未平，故先地而題也。

第三段：「崑崙縣圃」至「烏焉解羽？」已上述大荒海外諸怪異見，天地生物不測，人不可以井蛙尺蠖之見而窺天也。

第四段：「禹之力獻功」至「而鯀疾修盈？」已上述有夏一代事，而以鯀終者，蓋傷鯀功未就，而獲咎以致沉淵化熊也。

第五段：「白蜺嬰茀」至「何以遷之？」已上雜記公卿祠堂所畫佹僪不經之事，各按其圖而闖之也。

第六段：「惟澆在戶」至「得兩男子？」已下由夏及商，由澆及桀，以見禍亂之端，並古聖賢佚事，迨因圖書錯綜不類，故隨所見而題之歟！

〔註58〕湯炳正主張〈天問〉內容繁富，且在全篇結構上，仍是井然有序，而前人以此文「文義不次序」，實因不明〈天問〉書法所致，進而以「類敍法」、「順敍法」、「回述法」、「雜敍法」、「專敍法」等五種敍述形式釋之。其中所謂「回述法」（或稱「回敍法」），即言某一朝代之事，皆迴環敍述，由所以興至所以亡，反覆追問，以暢其義。參見湯炳正：《楚辭類稿》（臺北：貫雅文化事業公司，1991年1月），頁284～285；湯炳正：《淵研樓屈學存稿‧屈學問答》（北京：中國社會科學出版社、華齡出版社，2004年10月），頁49。

第七段：「緣鵠飾玉」至「夫誰使挑之？」已上題殷湯一代而夾入啟與魯事者，圖有錯出也。

第八段：「會晁爭盟」至「箕子佯狂」。已上題有周一代而又溯及紂事者，見幽之被誅於褒姒，亦猶紂之國亡於妲己。何不遠鑒於毀？徒令後人復哀後人也！

第九段：「稷維元子」至「能流厥嚴？」已上溯及周初，見周之所以有天下，然武之放代湯，實啟之故，復及湯以諷楚不當謀周，亟宜報秦。何勳闔能復楚讎，而楚竟不能復秦讎也！

第十段：「彭鏗斟雉」至「忠名彌彰」。已上自「彭鏗斟雉」以下皆極望懷王兵敗之後，恐懼修省，效共王不忘亡師於鄢之辱，悔過自陳，設遇不測，庶臣下得以抒其忠而諡上也。乃不料一入武關，遂沒身異地，使在廷諸臣雖欲諡之為靈若屬，而已不可得，況何能尚望其如子囊之以忠名彰耶？已上皆大夫痛哭直陳之詞，無如君終不悟，徒使忠臣孝子抱恨於九原而已矣。

前後分四大段十小段，統計一千五百四十五言，前以突起，後以禿住，而中間灝灝瀚瀚，如波濤夜湧，忽起忽落；又如雲龍變化，倏隱倏現。後儒徒驚怖其言，莫能尋其肯綮之所在，以致囫圇吞棗，誤讀者多矣。

陳氏以為〈天問〉第一段主要針對天文之事，其中卻夾雜「女岐無合，夫焉取九子」之問，進而以聖人「參贊天地化育」之道理解之，難免有些穿鑿。第二段與鯀治水之事有關，作者以為先論治水，後來論地，正因「水不治，地猶未平」，正如彭毅以為「他（即詩人）的目的，就是為彰顯鯀治水的功績。因為洪水平治之後，才有九州的畫分，才有地上種種靈異以及人類的生存」，〔註59〕而陳氏之意亦近。第三段則敘述「大荒海外諸怪異見」，並以為「人不可以尺蠖之見而窺天也」，在一定程度上，承認神話傳說之價值。第四段問及夏朝史事，作者將

〔註59〕彭毅：〈《楚辭·天問》隱義及有關問題試探〉，《楚辭詮微集》，頁73。

段末劃分在「而鯀疾修盈」，乃強調屈子述往事而感懷，其對鯀的特殊情感。第五段則以「白蜺嬰茀，胡爲此堂」，概括此段乃「雜記公卿祠堂所畫傀儮不經之事」。第六段中提及澆、少康、桀、舜等人，陳氏以爲意在表明「禍亂之端」，且再次強調「因圖畫錯綜不類」，隨其所見而題。第七段主要爲商代之事，作者主張其中「夾入啓與魯事」，也是因圖畫之錯綜。第八段多寫周朝史事，而藉由「周幽誰誅，焉得夫褒姒」，帶出商紂滅亡之因，作者以爲詩人之用意，即所謂「天常反側，殷鑒不遠」。第九段詩人論及周之受命，其中涉及商湯舉伊尹與武王伐紂事，作者卻認爲此乃「諷楚不當謀周」，且不滿楚王不亟復秦之仇矣。第十段已近述楚國歷史，而對「何試上自予，忠名彌彰」，注解舉《左傳》載楚共王熊審臨終前請惡諡，子囊爲之申辯一事，並以此來對照楚懷王受拘於秦。依陳氏之理解，〈天問〉之作，乃詩人對楚懷王入武關，淪爲階下囚之事，以孤臣之身，深表其悲痛之情。其中，又對〈天問〉之結構，形容爲「前以突起，後以禿住」，中間如「雲龍變化，倏隱倏現」，並認爲前人多「驚怖其言，莫能尋其肯綮所在」，而依陳氏之意，即在闡發史事背後，屈原藉以表達其對歷代興亡原由之省思，與楚國政治現況之擔憂。

雖說〈天問〉一篇「題混沌，則自太空以至物類；題人事，則由皇古以至戰國」，然陳本禮較爲著力處，仍是有關歷史人事方面。雖然其解說多與前人不同，甚至不爲今人所認同；或對文義錯綜之處，均以隨圖題問釋之，難免失於拘泥。實則，其對〈天問〉各段重心之掌握，部分看法仍屬平實，亦不容一筆抹殺。

再者，針對〈九歌〉十一篇之問題，歷來注家對「九」是否爲實數，呈現正、反兩極之意見，而肯定者又爲合「九」之數，即有對若干篇章進行刪除或合併，亦或主張〈九歌〉首尾二篇性質有別，不入「九」之數等看法。〔註60〕陳本禮並未對〈九歌〉進行刪併，但於〈大

〔註60〕關於〈九歌〉之名義與篇數問題，歷來眾口紛紜，或主張合併二〈湘〉爲一、二〈司命〉爲一，或以爲合併〈山鬼〉、〈國殤〉、〈禮魂〉爲

司命〉篇首「箋」中，亦有提及一己之看法曰：「前〈湘君〉、〈湘夫人〉兩篇，章法蟬遞，而下分之為兩篇，合之實一篇也。此篇〈大司命〉與〈少司命〉兩篇並序，則合傳體也」。在此，陳氏所謂二司命並序為合傳體之言，不明其依據何在，但認定二〈司命〉與二〈湘〉兩兩性質相近，實可合而論之，卻是不容置疑。其中，作者於〈湘君〉「君不行兮夷猶」章「箋」曰：

> 開首便見是恍惚之詞，「中洲」句下應接「望夫君」二語，乃先插入「美要眇」四語，橫空隔斷，以見巫之姣、舟之美、主人祭祀之誠。君之不行而夷猶者，胡為耶？既怪之，又疑之，使下文「望」字乃躍然而出，章法之妙，獨有千古。（卷五，頁 5）

陳氏以為詩中既言「蹇誰留兮中洲？」，下面應接「望夫君兮未來，吹參差兮誰思？」之句，以言欲神靈之速降，但當中卻插入「美要眇兮宜修」等句，寫主祭者乘桂舟迎神之舉，並點出其既期待又懷疑的矛盾心情。也正因有此不安，方才帶出下文「望」字，雖說最終湘君還是駕飛龍而遠去，而其行文前後相連或箇中轉折之處，皆由作者道破，可謂讀《騷》有得者矣。

（二）評介字句，目光精到

劉毓慶曾言：「在晚明《詩經》研究著述中，勢力最大的一派是講意派。這主要是由八股科舉所決定的。講意派大多是講主意，講章旨、節旨，分析辭章，揣摩詞氣」，〔註 61〕而事實上《楚辭》研究同

一，又有認為刪除〈國殤〉、〈禮魂〉，另持刪除〈河伯〉、〈山鬼〉，或有以首尾兩篇分別為送神曲、迎神曲等等，其重要見解之歸納與介紹，參見陳師怡良：〈九歌新論──〈九歌〉意義與特質探新〉，《屈原文學論集》（臺北：文津出版社，1992 年 11 月），頁 168～181；趙沛霖：《屈賦研究論衡》，頁 157～159；彭毅：《楚辭・九歌》的名義問題〉，《楚辭詮微集》，頁 128～159；褚斌杰：《楚辭要論》（北京：北京大學出版社，2003 年 1 月），頁 302～304；周建忠、湯漳平主編：《楚辭學通典》，頁 623。

〔註61〕劉毓慶：《從經學到文學──明代《詩經》學史論》（北京：商務印

《詩經》研究般，同步地受到時代風潮之影響，爲了講求屈辭之文意，進而特別注重「筆法」之分析，所以爾後注本中對字法、句法之提點與品評，其例甚多，而陳氏亦是如此。

作者針對屈辭中某些字詞，有所關注，多藉由「文脈」闡述之際，加以說明其於上下文義中之轉折作用，往往能貫通整篇作品與題意，加以箋釋，使讀者能窮極其妙。如對〈離騷〉中之「死」字，尤其注目，於「雖九死其猶未悔」之「死」字下注：「死字初見」，更於後文中凡有「死」字者，一一標注。更於「屈心而抑志」章末「箋」中有云：

> 已上凡三言「死」字，皆爲「怨」字洗發，以見其不得已
> 之心也，而末復插入一「固」字者，繳足上文三「死」字，
> 又爲下文「悔」字，漏洩春光一線。……用「固」字一勒，
> 吸引下文「悔」字，如珀引芥。（卷一，頁10）

陳氏以爲〈離騷〉之「死」字，與「怨靈修之浩蕩兮」之「怨」字，關係密切，詩人之所以欲死，有其「不得已之心」。其次，又以「固前聖之所厚」之「固」字，表明己之所爲，忠貫白日，聖賢可鑑，並引出下文「悔」字。

再如〈離騷〉「閨中既以邃遠兮」章末「箋」云：

> 「此」字指蔽善稱惡者言。「焉能忍」結上開下，由其不能
> 忍而與之終古，所以初卜之於靈氛，再決之於巫咸，終歸
> 之於遠逝，爲後文起頂過峽。以下靈氛、巫咸、遠逝平列
> 三段，如天外三峯高矗雲表，使人望之無際，極之不窮，
> 測之莫知其所止也。（卷一，頁22）

作者在上文中緊抓「焉能忍」三字，正因詩人之「不能忍」與「蔽善稱惡者」爲伍，而有下文之問卜與遠逝，可見其「結上開下」之關鍵性。此外，陳氏指出繼求女不成，接著初問靈氛，再問巫咸，方從二人之言，「將遠逝以自疏」，故層層推進，三事皆可作爲一個段落。如此一來，此章則堪稱「後文起頂過峽」，意即後半篇邁向高潮之關鍵

書館，2001年6月），頁361。

轉折，其言確實爲批郤導窾，枹鼓相應。

又如〈離騷〉「陟陞皇之赫戲兮」章末「箋」曰：

> 「忽」字正夢中驚醒時也。言僕馬悲懷，則己之悲懷更不
> 待言，繳還序首「忍而不能舍，夫惟靈修之故也」之意，
> 通篇一氣盤旋，如神龍掉尾。（卷一，頁31）

陳氏以「忽」字寫「夢中驚醒」，拈出詩人雖駕飛龍，乘瑤車，隨從眾多，聲勢浩大，但終究因「不能舍」與「惟靈修」之故，放棄去國遠遊，結束這場空夢。更道出其間情節雖幾番轉折，上天下地，四方求索，但於篇末時，仍是前後呼應，「一氣盤旋」。

另如〈天問〉「曰：遂古之初」章末「箋」中有云：

> 太空無圖可題，故只作虛詞總冒，以下悉以「誰」字、「何」
> 字爲主，而佐以「孰」字、「焉」字、「安」字、「幾」字、
> 「胡」字，以見書法。寓呵問之意於天地陰陽，則窮其理
> 於人事物類，則極其變而於君臣父子之間，筆尤謹嚴。（卷
> 二，頁2）

作者在篇首即提出〈天問〉之疑問字，以「誰」、「何」字爲主，又參用「孰」、「焉」、「安」、「幾」、「胡」等字，交互變化，實有「書法」在其中，即指有變化技巧在文章裡，既能免於單調，又寄寓詩人之情感色彩。

或於〈卜居〉篇首「箋」曰：

> 其問卜之辭，不過欲明己之廉貞，並借以譏當世之事。婦
> 人者，前後隱躍其辭，而中間呃訾突梯，特用兩長句見意，
> 妙在全作滑稽語。而詹尹之釋策，亦不明言其故，但答以
> 「用君之心」二語，正機鋒相對，筆如虯龍，天矯不可羈
> 勒。（卷六，頁10）

並於〈漁父〉篇末「箋」云：

> 屈子之志，皎如日月；漁父之意，清若滄浪。一「濯」字，
> 正以洗屈子之拘，濯則何患乎汶汶，何嫌乎塵埃？此解脫
> 指點語也。「遂去，不復與言」，高絕、妙絕。蓋已默喻屈
> 子之忠貞，而百折不回矣。（卷六，頁13）

首先，陳氏以爲〈卜居〉意旨在「欲明己之廉貞」，而當中「將哫訾栗斯，喔咿儒兒以事婦人乎？」、「將突梯滑稽，如脂如韋以潔楹乎？」兩長句，更是諷黨人之阿諛逢迎、百般諂媚。另點出屈原在一連串的提問之後，詹尹釋策，反而以「用君之心，行君之意」勉之，與前文「機鋒相對」，正明詩人意志之堅、是非之明，既然如此，問卜亦是多餘。第二則作者從〈漁父〉中的「清」、「濁」對比，認爲「濯」字道出屈子之「拘」，而漁父意在爲詩人指點迷津，但終究是「遂去，不復與言」，又一再地顯示屈原之忠貞，不容改弦易轍。

其次，針對各篇作品中相關字詞，常能以片言隻語，指出屈子運字之工巧，有者或概括其中意涵與效果；或扣緊篇名，加以指點，頗具畫龍點睛之妙。如〈離騷〉一篇，於「忳鬱邑予侘傺兮」章末注：「兩『也』字，一吞聲而悲，一放聲而哭也」；於「焉能忍而與此終古」之「忍」字下注：「忠貞報國，丹心碧血，盡此三字」；於「時繽紛以變易兮」句末注：「時字一呼，有江河日下之感」。或如〈天問〉：「胡躬夫河伯，而妻彼雒嬪？」句末注：「『胡』字直貫下至『不若』止，甚言羿之殘忍而淫惡也」。或如〈九章〉中〈惜誦〉：「進號呼又莫予聞」句末注：「連用四『又』字，正見進退維谷之意」；〈抽思〉：「愁嘆苦神，靈遙思兮」章末「箋」曰：「旅夜無眠，又將入夢。靈字即指夢中之魂，言與上文兩『魂』字相應」；〈思美人〉：「思彭咸之故也」句末注：「以思字起，以思字結」；〈哀郢〉：「何日夜而忘之」句末注：「結出『哀』字正意」；〈悲回風〉：「愁悄悄之常悲兮」之「悲」字下注：「點悲字醒題」；〈悲回風〉：「邈漫漫之不可量兮」章「箋」中云：「從『石巒』以下連用十疊字，一氣奔注，至彭咸爲歸宿之地。不曰『死』而曰『託』者，蓋未瘞彭咸而先爲擬託之詞」；〈懷沙〉：「文質疎內兮」章末「箋」云：「兩『不知』皆跟上文『知』字來，文質材樸正是其所臧處」；〈懷沙〉：「民生稟命，各有所錯兮」句下注：「壽夭窮通，各有數定」。又如〈九歌〉中〈湘君〉：「告余以不閒」句末注：「二字婉而多風」；〈湘夫人〉：「目眇眇兮愁予」句末注：「『目眇

眇』三字，寫帝子降如見」;〈東君〉:「翾飛兮翠曾」句末注:「『翾飛翠曾』四字寫巫舞入妙」等等，不一而足。

正如作者於〈離騷〉篇末之「亂曰」有「箋」云:

突接「已矣哉」三字，大有一痛而絕之意。蓋屈子一生正為舊鄉不忍去，故都不能忘，所以戀戀於茲者，君臣之誼，無所逃於天地之間也。〈離騷〉之作，從天經地義，至性中流出，故其思若湧泉，筆若遊龍;又若蜃樓海市，倏起倏滅，不但自寫沈憂，更可為數千年來孤臣孽子，凡不得於其君者，痛灑性天血淚。(卷一，頁32)

且於〈漁父〉篇末「箋」中亦為屈原辯駁道:

或曰:滄浪之歌，招隱詞也。與其死而無補於國，何不高蹈而潔身?余曰:不然。夫隱，所以全生也。人苟可以無死，又焉用隱為?惟其不能生，所以不能隱，此孤臣孽子之用心，豈世外逍遙者可同日而語哉! (卷六，頁13)

從上文可見，陳本禮對屈原與〈離騷〉之推崇與同情，正因詩人一生之生命歷程，無疑是一場悲劇。其中，從儒家觀點論屈子，以其為「舊鄉」、「故都」而不忍離去，而於〈離騷〉中「三致意」者，正是「君臣之誼」。當然，陳氏之蓋括，難免有所侷限，但其以〈離騷〉之作為「至性中流出，故思若湧泉，筆若遊龍」，卻也道出詩人「人品」與「詩品」之高度統一，而認為正因有此赤膽忠心，實可為後世之孤臣孽子，「凡不得於其君者，痛灑性天血淚」，亦堪稱中國歷史上知識份子之崇高典範。再者，針對後人指責屈子不聽漁父之勸，然則「與其死而無補於國，何不高蹈而潔身」之說，實不明「孤臣孽子之用心」，進而提出辯解。作者以為詩人之所以死，早已竭誠盡忠，卻無力回天，情非得已，既不能生，又何嘗能隱，此番言論，可謂切中要害。

由於陳本禮如此理解並定位屈原，加之曾於〈跋〉中言:

屈則自抒悲憤，其措語之難，有甚於莊。蓋忠既不見亮(按:疑為「諒」字之誤)於君，內而鄭袖，則王之愛姬;外而子蘭，則王之愛子。且滿朝黨人，皆王之親信，中外其布，

> 稱涉國事，有干誹謗，得咎更甚，不得不託諸比興，以申
> 其邑鬱之懷。故運思落筆，都借寓於奇險之徑，使言之無
> 罪，聞之足以戒。

依作者之見，詩人雖「發憤以抒情」，且出於忠誠，但因時勢所迫，
孤立無援，動輒得咎。在此情況下，屈子「措語之難，有甚於莊」，
且爲了「申其邑鬱之懷」，故僅能託之於比興，藉以諷刺黨人，批評
朝政，企求達到「言之者無罪，聞之者足以戒」的效果。

正因如此，作者陳本禮透過「細續」，反覆詮解，以探求屈辭之
「微言大義」，務使詩人難言之隱，昭明後世。而上文介紹其不論是
「首陳己見，兼採他家」或是「探析章法，反覆精研」，其對「義理」、
「文脈」之探索，大至篇章結構，小至字句推敲，終究還是回歸到「精
義」之鑽研，即破解千年之上詩人之寓意，這亦是作者歷經一生，孜
孜矻矻，咀嚼再三之目的所在。

四、鑑賞詩藝，品評入微，時見慧心

從箋注體例而言，陳氏受到明代以來盛行「評點學」之影響，於
部分篇章中，附有眉批，但未有圈點；就箋注內容而論，其「正文夾
注」中之字詞訓詁，往往簡要，反可見分析、品評之語，或引他說，
或自行爲注。從此觀之，陳本禮雖自言對屈辭之「深意」，頗能探賾
索隱，但身爲一位詩人，其對屈辭之藝術特色，亦有獨到之品評。作
者陳氏對於屈辭藝術特色之論述，書中不乏其例，而就筆者觀察所
得，大抵呈現於就屈辭各篇章之體製與風格，進行分析或比較；或以
作品內容爲例，略述其藝術手法與特色。其中，又摻雜作爲讀者之陳
氏，在閱讀後之感發；或以相關之文學作品，援引爲注，與屈辭印證，
究其異同。是故，下文即分爲「吟味屈辭，見地獨到」、「比較印證，
別開生面」二項，稍加闡述。

（一）吟味屈辭，見地獨到

早在劉安《離騷傳》稱「其文約，其辭微，其志潔，其行廉，其

稱文小而其指極大，舉類邇而見義遠」，便已涉及比興寄託手法之品評，爾後班固雖對屈原之言行，有所批評，但仍在文學上讚揚「其文弘博麗雅，為辭賦宗。後世莫不斟酌其英華，則象其從容。自宋玉、唐勒、景差之徒，漢興，枚乘、司馬相如、劉向、揚雄，騁極文辭，好而悲之，自謂不能及也」，〔註62〕足證漢人是如此肯定屈辭對漢代辭賦文學之影響。自此之後，對「楚辭」詩歌藝術之品評，代不乏人，而陳本禮對屈辭整體文學特色，亦有其個人之理解，曾云：

> 〈騷經〉體兼〈風〉、〈雅〉，前賢論之詳矣。然未知〈天問〉是題圖之作，二〈招〉乃託諷之詞，〈惜誦〉格稱問答，〈懷沙〉自祭哀辭，〈湘君〉、〈夫人〉比興雖殊，篇聯一氣，大少〈司命〉天星同傳，並彎揚鑣，〈山鬼〉實解嘲之祖，〈遠遊〉闢遊仙之逕，〈卜居〉詞創〈答賓〉，〈漁父〉文成〈客難〉，〈河伯〉則伊人宛在，〈東君〉則日出入安窮。餘若〈悲回風〉之窈嬋娟，儼若娑婆門咒鬼地獄現像。此皆筆有化工，思入玄渺，故能神怪百出，後《三百》為開山之祖，豈秦漢而下之才人，所能仿佛哉！（〈畧例〉第六則）

又曰：

> 烹詞吐屬之妙，天籟生成。其淒其處如哀猿夜叫，醲郁處如游檀香焚，鮮豔處如琪花綻蕊，蒼勁處如古柏參天。其繪聲繪色處，如吳道子畫諸天，無美弗備；其經營慘澹處，如神斧鬼工，巧妙入微。然又皆從至性中流出，非斤斤以篇章字句矜奇炫巧也。（〈畧例〉第七則）

作者首先對屈辭各篇章之旨趣所在，有所說明，其視〈懷沙〉為「自祭哀辭」，並道出二〈湘〉與二〈司命〉之緊密關聯，皆言之有理。再者，更能從文學發展之角度，點出〈卜居〉與班固之〈答賓戲〉、〈漁父〉與東方朔之〈答客難〉間的承繼關係，正是對賦體中問答形式淵源之掌握。其次，推崇屈辭「筆有化工，思入玄渺」，所以能繼《詩經》之後，作為中國古典詩歌之「開山之祖」。最後，陳氏又再次強

〔註62〕〔宋〕洪興祖撰、白化文等點校：《楚辭補注》（重印修訂本），頁50。

調屈辭之所以取得「其淒其處如哀猿夜叫，醲郁處如旃檀香焚，鮮豔處如琪花綻蕊，蒼勁處如古柏參天。其繪聲繪色處，如吳道子畫諸天，無美弗備；其經營慘澹處，如神斧鬼工，巧妙入微」，即不論是情感、韻味、文采、筆法、寫景、架構等諸方面之成就，正是因「從至性中流出」。由於詩人非僅靠摛藻雕章以「矜奇炫巧」，而是「執其高尚之人格，挾其濃厚之感情，出之至誠，發爲文字，其感人之能力自深，遂成爲千古不朽之傑作矣」。〔註63〕

　　不僅如此，陳氏於某些篇章之箋釋，多能道出一己對屈辭體製與藝術手法之獨到見解，如於〈離騷〉「發明」即曰：

> 〈騷〉辭首變《三百》體製爲詞賦之祖，其創格之奇，前有序，後有亂，中間往復鋪敘，情詞愷惻，一波未平，一波又起。女嬃以下諸章純用比喻，而幽衷苦意一一曲繪而出。（卷一，頁1）

次於〈九章〉「發明」有云：

> 屈子之文，如〈離騷〉、〈九歌〉章法奇特，辭旨幽深，讀者已目迷五色，而〈九章〉谿逕更幽，非〈離騷〉、〈九歌〉比。蓋〈離騷〉、〈九歌〉猶然比興體，〈九章〉則直賦其事，而淒音苦節，動天地而泣鬼神，豈尋常筆墨能測！朱子淺視〈九章〉，譏其直致無潤色，而不知其由蠶叢鳥道巉巖絕壁而出，而耳邊但聞聲聲杜宇啼血於空山夜月間也。（卷四，頁1）

另於〈懷沙〉「進路北次兮」章「箋」曰：

> 以懷石爲舒憂，以投淵爲娛哀。命盡於此，天實限之，夫何怨哉！悽音慘慘，至今猶聞帋上。已上又似一篇自祭文，「亂曰」以下則自題墓志銘也。（卷四，頁38）

首先，作者對屈子不但在體製上突破《詩經》以四言爲主之句式，更開首敘一己世系之寫法，正所謂「創格之奇」，頗爲肯定。且能就〈離騷〉一篇，以爲其「中間往復鋪敘，情詞愷惻，一波未平，一波又起」，

〔註63〕傅庚生：《中國文學欣賞舉隅》（臺北：萬卷樓圖書公司，2002年12月），頁18。

雖反覆剖訴，卻高潮迭起，不失波瀾，可謂推崇備至。第二則是針對屈辭之不同作品，有所比較。陳氏主張〈離騷〉、〈九歌〉皆用比興，以致「辭旨幽深」，相較之下，〈九章〉則自有其特色，「谿徑更幽」，更不同意如朱子所言「直致無潤色」，雖說詩人「直賦其事」，但又其中含藏內心之「淒音苦節」，情意深邃，誠足以「動天地而泣鬼神」矣。第三則以陳氏認定〈懷沙〉爲詩人之絕命辭，並從作品中感受到「悽音慘慘」，更視上半篇爲屈子之自祭文，「亂曰」以下則爲墓志銘，如此比類而觀之，說法尤具新意。

再者，基於陳本禮對屈辭「音樂性」之認識，其箋注時，既注重詩歌韻律之節奏，且能挖掘出作品中「一唱三嘆」之韻味。如於〈離騷〉之「亂曰」二字下注：「樂之卒章」；〔註 64〕〈招魂〉「朱月承夜兮」章「箋」中云：「前皆短句，忽變長調，大有〈揚阿〉、〈激楚〉之音」。又如〈抽思〉之「少歌曰」章「箋」曰：「少歌，小歌也。點出『抽思』，以結首章鬱鬱憂思之意，見心中時繹其思而不能釋也」，且於下文「倡曰」章「箋」云：「倡者，更端再歌之詞，以暢發其未盡之意也」，更於篇末「路遠處幽」章又「箋」云：「少歌之詞，畧言之也；倡曰之詞，放言之也；亂曰之詞，聊以言之也。此在〈九章〉中爲另一體，迨三疊之意，皆形容『抽』字義也」。在此，陳氏在實際分析時，能就〈抽思〉一篇中有「少歌曰」、「倡曰」、「亂曰」三種形式，一一分別其義，如「少歌」是「小歌也」、「略言之也」，具點題之用，即「與美人抽思兮，并日夜而無正」；「倡曰」則爲「更端再歌之詞」、「放言之也」，意猶未盡，再訴一己「好姱佳麗兮，牉獨處此異域」之悒鬱；至「亂曰」則是「聊言之也」，所謂「不得還郢，

〔註 64〕屈辭中之「亂曰」，〈離騷〉、〈涉江〉、〈哀郢〉、〈懷沙〉諸篇有之，歷來對「亂曰」之義，頗有歧解，學者史墨卿將陳本禮歸爲「主張『亂』爲『樂節之名』而『撮其大要』者」一類，而主張應將「亂曰」分別從「文辭」、「音樂」、「心緒」三方面加以詮釋，較爲全面。史墨卿：〈楚辭「亂曰」新探〉，《中國國學》第 20 期（1992 年 11 月），頁 93～113。

聊爲自解之辭」（「狂顧南行，聊以娛心兮」句末注），而之所以變換
使用此三種形式，無非是反覆歌詠，藉以抽繹愁思。作者既能注重其
樂章音節之性質，更能深入剖析此三部分在內容情感上之差異，洵屬
高明。

　　或許正因如此，陳本禮不僅對〈九歌〉屬於祭歌之性質，有所體
認，更能進一步發掘〈九歌〉中相關代詞之指稱爲何。如〈九歌〉「發
明」有曰：

　　　〈九歌〉，皆楚俗巫覡歌舞祀神之樂曲。《周禮・春官・司
　　　巫》：「掌巫之政令，男曰覡，女曰巫。」楚以巫祀神，亦
　　　從周舊典，特其詞句鄙俚，故屈子另撰新曲，然義多感諷，
　　　後人不深求其故，漫曰楚俗信鬼好祀，而谷永又謂懷王隆
　　　祭祀，事鬼神欲以邀福助，却秦軍，似皆妄擬之詞。愚按：
　　　〈九歌〉之樂，有男巫歌者，有女巫歌者，有巫覡並舞而
　　　歌者，有一巫倡而眾巫和者，激楚揚阿，聲音淒楚，所以
　　　能動人而感神也。鄭康成有曰：「有歌者，有哭者，冀以悲
　　　哀感神靈也。」讀〈九歌〉者不可以不辨。（卷五，頁1）

陳氏直言〈九歌〉爲「楚俗巫覡歌舞祀神之樂曲」，由於楚地流傳之
〈九歌〉詞句鄙俚，而經由屈子改寫、潤色，以致於「義多感諷」，
反倒是「後人不深求其故」，難免有失本旨。再者，提及以〈九歌〉
作於懷王「事鬼神欲以邀福助，却秦軍」之說，〔註65〕加以抨擊，指
責爲「妄擬之詞」。最後，作者對〈九歌〉之內容體製，主張其中「有
男巫歌者，有女巫歌者，有巫覡並舞而歌者，有一巫倡而眾巫和者」，
在此如陳師怡良指出「陳氏雖未將各篇因主神身份不同，祭歌內容不
同，故其出場人物及巫覡，如何迎送神，與如何歌舞情況，加以描述，

────────

〔註65〕早在〔清〕何焯《義門讀書記》即謂「《漢書・郊祀志》載谷永之言
　　　云：『楚懷王隆祭祀，事鬼神，欲以邀福助，却秦軍，而兵挫地削，
　　　身辱國危』，則屈子蓋因事以納忠，故寓諷諭之詞，異乎尋常史巫所
　　　陳也」，即將〈九歌〉與秦、楚交戰聯繫，以其作於報秦却敵，爾後
　　　如馬其昶《屈賦微》或近人遊國恩、孫作雲等，均持此說。上引原
　　　文見李誠、熊良智主編：《楚辭評論集覽》，頁373。

然已點出〈九歌〉確是含有歌詞、音樂、舞蹈三者組織而成之一種聲容並茂，唱作俱佳之綜合藝術」，〔註66〕可見僅寥寥數語便道出〈九歌〉作為「巫覡歌舞祀神之樂曲」的表演特色，稱得上是別具高見。

此外，陳本禮身為一名詩人，其「文人氣息」較濃，以「詩人」之身分注《騷》。是故，作者偶以精鍊的語言，表明詩人於字裡行間之情韻，更間接傳達陳氏身為讀者自身之情感，即能憑藉個人之感悟，以文學欣賞之角度，加深後人對於屈辭情趣與興致之體會。如於〈抽思〉：「曼遭夜之方長」句末注：「秋夜不寐，更苦漏長」，點出詩人長夜難眠、思緒煩亂之苦。又如〈涉江〉「乘鄂渚而反顧兮」章末注：「一幅秋山行旅圖」，更於下章「箋」云：「此又一幅清江泛棹圖也。一葉孤帆，沙汀夜泊，淹回難進，能不令遷客魂銷於江上耶？」在此，陳氏細細品味〈涉江〉中詩人所描寫之沿途情景，有所感觸，故聯想為「一幅秋山行旅圖」、「一幅清江泛棹圖」，詩中情景彷彿化為一幅幅圖畫，令讀者猶見屈子孤獨落寞、無處可歸之身影。另如〈悲回風〉：「穆眇眇之無垠兮，莽芒芒之無儀」句末注：「此寫望秦也，秋風悽慘，秋色蕭條，莽莽平原，未知何處是吾君棲依之所。言念及此，寧不令孤臣淚落連珠子哉！」雖說陳氏以為〈悲回風〉之作，起因懷王拘於秦一事，進而影響其認定此二句乃「寫望秦」，其解未必允當，但其形容「秋風悽慘，秋色蕭條」，卻也相當程度貼近詩人當時之心情。或是〈悲回風〉：「聽潮水之相擊」句末注：「見耳目所觸，無非悽慘，『相擊』二字，不忍卒讀」，亦顯示出陳氏對屈子情感之共鳴。

（二）比較印證，別開生面

《屈辭精義》一書之箋注，偶可見作者引用後代文學作品，加以箋釋，相互印證、發明，以見《騷》之餘響。首先，陳本禮為了突顯其對屈辭藝術手法之體認，曾於〈跋〉文中提及「莊、屈並稱」之議

〔註66〕陳師怡良：〈九歌新論——〈九歌〉意義與特質探新〉，《屈原文學論集》，頁 210、211。

題，並以爲：

> 文自《六經》外，惟莊、屈兩家，夙稱大宗，莊文灝瀚，
> 屈詞奇險。莊可以御空而行，隨其意之所至，以自成結構；
> 屈則自抒悲憤，其措語之難，有甚於莊。……洋洋纚纚，
> 滔滔汩汩，無義不搜，無典不舉，而起伏照應，頓挫迴環，
> 極文人之能事，故能與漆園並驅千古。

清人研究《楚辭》，尤重莊、屈之比較，〔註67〕陳本禮即是其例。陳
氏指出莊文之所以「灝瀚」，是因爲隨興所至，信手拈來，而自有其
架構；屈詞之所以「奇險」，實因「措語之難，有甚於莊」，故僅能另
闢蹊徑，藉比興手法，委婉諷諫。〔註68〕在此，作者之觀察相當深刻，

〔註67〕唐代以還，不少批評家以莊子、屈原並稱，並立足於「作家並稱」
之觀點，比較其異同。尤其在清代，更出現兼治莊、屈者，如王夫
之著有《楚辭通釋》與《莊子解》、林雲銘著有《楚辭燈》與《莊子
因》、胡文英著有《屈騷指掌》與《莊子獨見》；或將莊、屈作品合
刊者，如錢澄之《莊屈合詁》、方人傑《莊騷讀本》、高秋月與曹同
春《莊騷合刻》。直至今日，針對古代「莊、屈並稱」之現象，不論
是思想人格、藝術手法、文學風格、文化意涵等層面，已累積相當
程度之研究成果，如可參見周建忠：〈《楚辭》研究五題回顧及反思〉，
《中國古代、近代文學研究》1993 年第 10 期，頁 49、50；吳思增：
〈陳子龍和明清之際「莊騷」並稱〉，《太原理工大學學報》(社科版)
第 23 卷第 1 期 (2005 年 3 月)，頁 63～67；蔡覺敏：〈莊騷兩靈鬼，
盤踞肝腸深──論莊子、屈原人生境界的同異及對後代士人之影
響〉，《重慶三峽學院學報》2008 年第 4 期，頁 60～63；廖美玉：〈中
國詩話中「莊、屈」異質共構的理論與實證〉，國立中山大學中文系
等主辦：《第四屆國際東方詩話研討會論文集》(2005 年 6 月)，頁
203～232；廖棟樑：《古代楚辭學史論》，〈第三章、論屈原、莊子並
稱的文化意涵〉，頁 51～72。
〔註68〕有學者指出「劉勰在《文心雕龍》中對屈騷是持肯定態度的」，「但
由於他依經評騷，使得他對屈原及其作品的評價受到侷限，對屈原
的思想內涵、精神特質、性格特徵未能很好地揭示出來，在闡述楚
辭藝術上『奇』的本質和精髓方面仍嫌薄弱，甚至不確。對此，宋
人晁補之在〈離騷新序〉、清人陳本禮在《離騷精義》中都曾表示過
不滿。見殷光熹：〈魏晉南北朝時期的楚辭評論〉，《楚辭論叢》(成
都：巴蜀書社，2008 年 3 月)，頁 381。按：就筆者之查閱，陳氏雖
對前人有所批評，但似未見針對劉勰之言論，但其以屈辭爲「奇險」，
相對於劉勰以「奇文」論《騷》，並指出其「同於〈風〉、〈雅〉」與

簡要地點出屈、莊二人文學風格之部分成因，頗具參考價值。其中，以屈辭「洋洋纏纏，滔滔汨汨，無義不搜，無典不舉，而起伏照應，頓挫迴環，極文人之能事」，更是讚賞不已。

再者，陳氏從文學之角度治《騷》，亦可見以後代文學作品注《騷》，用以分析品評，或自抒感觸，又或相互比較，究其異同、優劣。有引詩歌為例者，如〈離騷〉「步余馬於蘭皋兮」章「箋」云：

> 首二語正淵明所謂「三徑就荒，松菊猶存，既窈窕以尋壑，亦崎嶇而經邱也」。回車之後，既無官守，又無言責，則我之進退，豈不綽綽有餘裕哉？（卷一，頁11）

在此，陳氏引陶潛〈歸去來兮辭〉加以印證，其意即言屈子可如同淵明一般，進雖不得，退猶可自持其廉潔之操守，所謂「馳椒丘且焉止息」，應是綽有餘裕。然而，詩人終究不願如淵明之隱居，甚至毅然決然選擇投江自沉，實令人浩嘆矣！

有引散文為例者，如〈離騷〉「余固知謇謇之為患兮」章引「史通」曰：

> 〈離騷經〉首上陳氏族，下列祖考，先述厥生，次顯名字，自敘發跡實基於此。降及司馬相如始以自敘為傳，實馬遷、揚雄、班固自敘篇之祖。（卷一，頁5）

〈離騷〉作為中國文學史上最長的自傳體抒情詩，其中夾雜著詩人之自述，故陳氏引劉知幾《史通》說明開篇幾句，「上陳氏族，下列祖考，先述厥生，次顯名字」，自言其天生世系血緣之美，早有根基，正是開啓後人如司馬遷〈太史公自序〉、班固《漢書‧敘傳》等寫作序文之傳統。

有引辭賦為例者，如〈招魂〉「室中之觀」章「箋」云：

「異乎經典」之四事，明顯有所不同。陳本禮認為屈辭於「奇」外，尚有「險」，而其「險」應指屈子因「措語之難，有甚於莊」的政治處境下，藉由「言在此而意在彼」之比興手法，諷刺朝政。作者之所以會如此詮釋屈辭，並基於其對詩人之「怨」的解讀，或許與清代大興文字獄之政治現況有關。

> 已上言妃嬪之美，不但傾城，固當傾國。讀〈神女賦〉「目
> 署微盼，精彩相授」不及「蛾眉曼睩」數語，妖媚動人。（卷
> 三，頁6）

陳氏以為〈招魂〉寫嬪妃之美，其中「姱容修態，絚洞房些。蛾眉曼
睩，目騰光些。靡顏膩理，遺視矊些」數語，可謂傾城傾國、嫵媚動
人，就連宋玉〈神女賦〉之「目略微眄，精彩相授」亦不能及。

有引樂府為例者，如〈東君〉「駕龍輈兮乘雷」章「箋」曰：

> 讀漢〈郊祀歌〉：「日出入，安窮時，世不與人同。故春非我
> 春，夏非我夏，秋非我秋，冬非我冬。」泊如四海之池，遍
> 觀是耶？謂何？則人固不能不低佪而顧懷矣。（卷五，頁15）

作者引漢〈郊祀歌·日出入〉寫日升日落，運行不粲，四季流轉，莫
非自然，即同東君馭龍車，乘雷而行，巡遊天際之形象。再者，反觀
大地之上的芸芸眾生，則無不感嘆人生如寄、壽夭難料，莫若白日之
萬古如斯，而陳氏即以讀者之立場，一思及此而感慨萬端。

從上所舉數例可知，陳本禮能從文學之角度，以詩人之立場，品
味屈辭，正是劉勰所謂「操千曲而後曉聲，觀千劍而後識器」（《文心·
知音》），因而不論是風格之鑑賞、音樂性之關注、詩情之感悟等方面，
均有其獨到之體會。再者，更能以《騷》證《騷》，相互發明，進而
展現出屈辭多元化風格之面向。其次，又能引後世文學作品為注，或
追源溯流，或比較優劣，或引申感懷。如此種種，既能與「鉤玄提要」、
「析探章法」互相搭配，又能涵咀再三，時見慧心，不失作品情韻，
實有助於後世讀《騷》者，進一步明白偉大詩人屈原之生花妙筆，可
謂千載獨步。

第二節 《屈辭精義》之缺失

陳本禮《屈辭精義》一書，雖乃其花費畢生心血所作，力求闡發
詩人之「微辭奧旨」，但所謂「魚與熊掌，不可兼得」，因有所側重，
而導致對屈辭之箋注或剖析，有所誤判與武斷，亦屬必然。再者，受

限於作者自身習性、學識、才智、著述理念等因素，亦連帶地影響至
所呈現之研究成果。有關於此，近代學者所撰之相關提要，大抵已指
出《屈辭精義》之主要缺失，因而筆者統整諸家之見，加以歸納爲「一、
創立新解，好奇逞博，論證不足」、「二、特重寄託，強之曲解，流於
附會」、「三、以《詩》釋《騷》，沿襲舊誤，難免扞格」等三項，舉
出其解說不當之例，約略介紹之。

一、創立新解，好奇逞博，論證不足

姜亮夫曾評《屈辭精義》云：

> 又以「曰黃昏以爲期」二語以上爲一篇之敍，以下則爲經
> 文。又謂〈天問〉本之楚《杌檮》，其說皆歷世諸家之所無。
> 大抵新解極多，恐亦未必即當于屈子之用心。〔註69〕

姜氏一席話，即已指出陳氏之三項缺失，且皆爲歷來注家未嘗道者，
以見陳氏之解析、詮釋，新則新矣，卻未必合於詩人之意。確實，〔清〕
張曾〈江上讀騷圖歌〉曾稱「廣陵陳君好奇古」，或許正因性格使然，
陳氏廣搜舊聞，另立新解，其中實有未必允當者，而大抵呈現在「經、
序之劃分」、「詩旨之推定」、「故實之考索」、「詩句之詮解」等層面，
於下文一一舉例說明。

陳本禮以爲獨得讀《騷》不二法門者，即在「序文」與「正文」
之別。作者以爲：

> 〈騷〉有賦序，自「帝高陽」起，至「故也」止，乃〈騷〉
> 之賦序，漢人〈三都〉、〈兩京〉賦序之祖。前人未曾考訂，
> 而《昭明文選》又刪去「曰黃昏以爲期」二語，遂使序與經
> 文淆混。遙遙二千年來，讀者皆如夢中，不但以二語爲衍文，
> 而於文義重複難通處，輒穿鑿以彌縫之，故詞愈支而義愈晦
> 矣。此豈廬山眞面目耶？今於書中，凡有賦序者，悉爲標出，
> 頓見眉目清醒，而章法次第，益復燎然。(〈畧例〉第三則)

又於「余固知謇謇之爲患兮」章「箋」曰：

〔註69〕姜亮夫編著：《楚辭書目五種》，頁206。

已上〈離騷賦序〉。詞賦有序，自〈離騷〉始，先序其作騷之
由，然後鋪陳始終，而賦其事以明之也。後世班孟堅、左太
沖〈兩都〉、〈三都〉皆有序，實肇於此。前賢未經劃出，以
致序與經文淆亂不分，故讀者每嫌其重複顛倒耳。（卷一，頁5）

總上所述，作者認爲〈離騷〉有序，且作爲漢代以後班固〈兩都賦〉、
左思〈三都賦〉中附序之祖。而自「帝高陽之苗裔兮」起，至「夫惟
靈修之故也」止一段，即在交代作〈騷〉之緣由，然因《昭明文選》
未有「日黃昏以爲期兮，羌中道而改路」二語，且被視爲衍文，導致
後人混淆經文與序文。正因學者不明其故，故在注〈騷〉時，若遇文
義重複難解處，「輒穿鑿以彌縫之」，實不識盧山眞面目矣。

　　正因有此劃分，促使陳氏針對歷來以「日黃昏以爲期」二語爲衍
文之說，於「正誤」中加以駁正云：

案「黃昏爲期」二語，洪興祖曰：「王逸不註此二句，疑後
人所增」，朱子曰：「洪說雖有據，安知王逸以前已脫此兩
句耶？」考今王逸本現有此二句，惟《文選》脫此二句，
似昭明不知〈離騷〉有敍，特刪此二語，使敍文聯成一篇，
故後世以訛傳訛，實自昭明始也。（卷一，頁5）

在此，陳氏反對洪氏之見，並引朱子之言反駁，以爲或許早在王逸以
前便脫此二句，並直言《文選》之失，即在昭明不知〈離騷〉有序。
所以，只要分別經文與序文，並以此二句爲經文之始，如此理解，方
不致於割裂〈離騷〉一篇，而可達「眉目清醒」、「章法可循」之效。

　　整體而言，《屈辭精義》中將屈作具體劃分出「序文」與「正文」
之情況者，計有六篇，羅列如下：

〈離騷〉：「帝高陽之苗裔兮」至「夫惟靈修之故也」。（序文）
　　　　　「日黃昏以爲期兮」至「蜷局顧而不行」（正文）〔註70〕

〈招魂〉：「朕幼清以廉潔兮」至「不能復用巫陽焉」（序文）
　　　　　「乃下招曰」至「魂兮歸來哀江南！」（正文）

〔註70〕陳氏並於「日黃昏以爲期兮」之「日」字下註：「標經正文，故以日
　　　字另起。」

〈悲回風〉：「悲回風之搖蕙兮」至「竊賦詩之所明」。（序文）

「惟佳人之獨懷兮」至「思蹇產而不釋」。（正文）

〈遠遊〉：「悲時俗之迫阨兮」至「余將焉所程」。（序文）

「重曰：春秋忽其不淹兮」至「與太初而爲鄰」（正文）

〔註71〕

〈卜居〉：「屈原既放」至「曰：君將何以教之？」（序文）

「屈原曰」至「龜策誠不能知此事」（正文）

〈漁父〉：「屈原既放」至「是以見放」（序文）

「漁父曰」至「不復與言」（正文）

大抵而言，陳氏區分序文與經文之線索，多從敘事手法或相關語詞方面入手，如以〈悲回風〉「竊賦詩之所明」以下，即爲所賦詩篇之內容，而〈遠遊〉之性質亦近。另外，〈卜居〉、〈漁父〉兩篇則因有明顯散文化之傾向，將篇首提及詩人放逐而往見太卜鄭詹尹，與行吟澤畔巧遇漁父之背景敘述，視爲序文。然而，如此強分序文、正文之說，其目的雖是爲了理清文章頭緒，但如劉永濟所評道：「然以文義求之，此二句不得爲經文首句。陳臆說不足信」，〔註72〕且又將此見解應用於其他篇章，易流於機械化，令人難以認同。

再者，陳氏以爲屈子「措詞之難，有甚於莊」，而其發憤爲文，之所以「借寓於奇險之徑」，目的則在「言之無罪，聞之足以戒」。是故，陳氏解《騷》，多立足於詩人「孤臣孽子」之立場，極力發掘屈辭「竭忠盡智，以事其君」之志，與「信而見疑，忠而被謗」之怨。然而，屈原作爲中國第一位名載史冊之詩人，雖一生之際遇，與政治息息相關，但由於其「忠君愛國」之意識，早已深植世人心中，導致後人難免忽略其作品中複雜的情感與獨特的藝術個性。〔註73〕所以，

〔註71〕陳氏並於「重曰：春秋忽其不淹兮」之「重曰」二字下注：「鄭重言之，以別序文。」又按：《屈辭精義》原文作「春秋忽其不掩兮」。

〔註72〕劉永濟：《屈賦通箋・箋屈餘義》（北京：中華書局，2007 年 10 月），頁 34。

〔註73〕自班固〈離騷序〉謂「今若屈原，露才揚己，競乎危國羣小之閒，

屈原所有詩篇之旨意，亦有遭注家一而視之，皆以爲其中深藏寓意，
而陳本禮即是如此。正因作者對各篇詩旨之判定，已有先入爲主之觀
點，如對〈九歌〉、二〈招〉以祭歌或招魂辭之形式，皆「託之以諷
諫」的看法，便不符合作品的實際狀況。又或對〈天問〉之理解爲：

> 〈天問〉論古事，書法原本楚史《檮杌》。然於崇伯鯀則多
> 怨辭，蓋傷其婞直沈淵，跡有類乎己。於羿、浞、澆多貶
> 辭，所以寒亂臣賊子之膽。於湯武多微辭，特伸大義於當
> 時，以弭楚寇周之謀也。按《綱目》周報王三十四年書：「楚
> 謀入寇，王使東周。武公謂楚令尹昭子曰：『西周之地，不
> 過百里，而名爲天下共主。而攻之者，名爲弒君。』尹起
> 莘曰：『楚自屈匄敗亡後，其君執死於秦，其子繼立，自救
> 覆亡之不暇，乃欲謀周，甚矣！』」前史止述圖周，至《綱
> 目》始正其入寇之名，其罪不在嬴秦下。讀尹氏此論，則
> 知〈天問〉歷述三代征誅放伐之事，而語多微詞者，義蓋
> 有在。楚自熊通稱王，楚莊問鼎，世有無君之心。迨懷王
> 在位三十年，未聞有此舉者，焉知非屈子之言，潛移默奪
> 之耶！至頃襄時，屈子放逐久，且聽讒而欲逼之死，焉能

以離讒賊。然責數懷王，怨惡椒、蘭，愁神苦思，強非其人，忿懟
不容，沈江而死，亦貶絜狂狷景行之士」，意在貶斥屈子激烈之言行，
爾後顏之推《顏氏家訓‧文章》亦相繼而言「自古文人，多陷輕薄，
屈原露才揚己，顯暴君過」，又〔唐〕裴度則點出「騷人之文，發憤
之文也，雅多自賢，頗有狂態」（〈寄李翱書〉），更有詩人孟郊寫下
「名參君子場，行爲小人儒」（〈旅次湘沅有懷靈均〉）的詩句。然而，
此種論評，卻恰巧點出屈原作爲詩人之所以出類拔粹的關鍵，即所
謂「露才揚己」，正是在作品中展現出作者獨特且鮮明的藝術個性，
而這又是在儒家政教觀點之下，容易被忽視的一面。是故，有學者
指出「傳統士人在屈原問題上的種種議論實爲儒家的文化格局所限
定。與其說是屈原詮釋、屈原論爭的主角是傳統士人，還不如說是
儒家精神及其命運的寓言。在儒家文化構制的內化體系中，士人對
屈原所作的詮釋與論爭，一方面深化了我們對屈原及《楚辭》的理
解，另一方面也造成屈原精神的大量流失」。見廖棟樑：〈建構與定
型——論儒家文化視野中屈原研究的詮釋策略〉，劉漢初主編：《文
學研究的新進路——傳播與接受》（臺北：洪葉文化事業公司，2004
年 7 月），頁 142、143。

用其言哉！此義歷來註家，無從齒及，故特爲發明，以告
世之讀〈天問〉者。(〈畧例〉第四則)

陳本禮承襲前人之說，以爲〈天問〉所述虞夏商周史事，或與儒家
所傳異，而實本於楚之《檮杌》。〔註74〕尤其是論及歷史人事部分，
如「於崇伯鯀則多恕辭」、「於羿、浞、澆多貶辭」、「於湯武多微辭」
等，皆是寄寓著屈子一己之情感與省思，其見解大致準確。然而，
作者主張楚國雖「世有無君之心」，但至懷王時，未曾有僭越、悖
逆之舉，實有賴屈原之潛移默化。如此言論，純屬誇大其辭、妄加
臆測。

另如〈離騷〉「高余冠之岌岌兮」章「箋」云：「〈原外傳〉：『原
細瘦美髯，丰神秀朗，好奇服，冠切雲之冠。』蓋大夫本好修潔，而
此又寫得分外出色，既以自負并以自矜，顧盼自恣，使旁觀者不可耐
此，已大不悅於阿姊之目矣」（卷一，頁 11）。正因陳氏注解時，尤
其重視奇聞異說，「雖然單從數量上來看不算多，但是相對來說，在
《屈辭精義》中，陳氏洗盡故實史迹不言，卻引用較多的雜說，在這
一定程度上影響了其注釋的精確」。〔註75〕

又作者在注解〈天問〉時，務求廣博，頗見另立新解之例。像前
文提及之「呵壁」說，雖說屈原可能受廟堂「壁畫」啓發而作〈天問〉，
但如陳氏這般一一注明圖名，如有「混沌初開圖」、「太極圖」、「南北
兩極圖」等等，共有一百一十六幅圖。並且以爲詩人隨手而題，加之

〔註74〕早在〔唐〕劉知幾《史通・載文》即云：「若乃宣、僖善政，其美載
于周詩；懷、襄不道，其惡存乎楚賦。讀者不以吉甫、奚斯爲諂，
屈平、宋玉爲謗者，何也？蓋不虛美、不隱惡故也。是則文之將史，
其流一焉」，即是以屈賦「不虛美、不隱惡」，對君王之無道昏庸，
直書無諱，實與史書精神無二。迨〔明〕汪瑗《楚辭直解》在注解
〈惜往日〉時亦曰：「世稱《杜集》爲詩史，而不知《楚辭》已先之
矣」，則正式提出屈辭亦具有「詩史」之價值，爾後明末清初周拱辰
《離騷草木史》更以《騷》爲楚之《檮杌》，認爲屈辭形象地反映楚
國的歷史與社會。上述原文引自司馬遷等：《楚辭評論資料選》，頁
33、34；〔明〕汪瑗：《楚辭集解》，頁214。

〔註75〕〔韓〕林潤宣：〈論陳本禮的《屈辭精義》〉，頁25。

後人傳述，以致文義不次序之云云，則難免過當。〔註76〕又如將「伯強何處，惠氣安在？」之「伯強」釋爲「伯陽」、「惠氣」解爲「紫氣」；或在故實之推斷上，針對「啓代益作后，卒然離蠥」，雖引《竹書紀年》中益爲啓所殺之史料，但又於眉批中云：「當時野史所傳如舜囚堯、啓殺益、太甲殺伊尹、文丁殺季歷，此等怪僻邪說，要皆戰國術士陰謀欲以聳動人主，以行篡弒之計」，主觀地否定這些記載的可靠性，以致影響其判斷。

其實，早在《四庫全書總目》評〔宋〕吳仁傑《離疏草木疏》時云：「然騷人寄興，義不一端。瓊枝若木之屬，固有寓言。澧蘭沅芷之類，亦多即目。必舉其隨時抒望，觸物興懷，悉引之於大荒之外，使靈均所賦，悉出伯益所書。是澤畔所吟，主於侈其博贍，非以寫其哀怨，是亦好奇之過矣」，〔註77〕則四庫館臣道出自吳仁傑始，以漢學路數研究《楚辭》者，便已出現「好奇」之傾向，而陳本禮可謂承襲此種風尚之餘緒。

二、特重寄託，強之曲解，流於附會

誠如上述陳氏對屈辭「寓意」之重視，自然影響其對詩句之箋釋，以致部分詮釋，求之過深，失於附會。如〈天問〉「何闔而晦」一章，本是針對晝夜晦明之故而問，但陳氏卻解爲「此恨太陽之受蔽羣陰

〔註76〕〈天問〉是否爲「呵壁」所作，歷來有正、反兩面意見，自〔清〕丁晏《楚辭天問箋・敍》云：「壁之有畫，漢世猶然。漢魯殿石壁及文翁禮殿圖，皆有先賢畫像。武梁祠堂有伏戲、祝誦、夏桀諸人之像。《漢書・成帝紀》甲觀畫堂畫九子母；〈霍光傳〉有周公負成王圖；〈敍傳〉有紂醉踞妲巳圖。《後漢・宋宏傳》有屏風畫列女圖；〈王景傳〉有《山海經》、《禹貢》圖。古畫皆徵諸實事，故屈子之辭，指事設難，隨所見而出之，故其文不次也」，即力辯「壁畫」確實存在，爾後學者游國恩、劉永濟、孫作雲、林庚、陳子展、徐志嘯、潘嘯龍等人皆認同此說，甚至進一步考證先王宗廟祠堂之所在，配合屈原之事蹟，加以推測其創作時間。上述原文引自崔富章、李大明主編：《楚辭集校集釋》，上冊，頁1005。

〔註77〕〔清〕永瑢等：《四庫全書總目》，下冊，頁1268。

也，點明作問本懷，如畫龍有睛」，即從太陽聯想至國君，以此問乃「恨君王受蔽於小人」，正是太過強調〈天問〉所論「莫不在其諷刺議論之中」，而有此曲解。又如「康回馮怒，地何故以東南傾？」一問，乃是針對有關大地東南傾之形勢而發，而作者卻於「眉批」云：「楚懷兵敗地削，被執於秦，皆因馮怒黷武，秦在楚之西北，故曰東（原文誤作「西」）南傾，寓諷之詞」（卷二，頁 7），則是將地理形勢之方位，套用至楚國政治情勢上，暗指秦國之逼壓，更是穿鑿附會。

此外，〈九歌〉與二〈招〉亦有相同之情形。如視〈東皇太一〉是以姣巫之樂東皇，喻「鄭袖之惑懷王」，二〈湘〉乃「自喻不得於其君之詞，非眞詠二妃」。尤其，〈雲中君〉「靈皇皇兮既降」章「箋」中曰：「今乃空具此密雲之勢，亦猶楚徒恃其有方城、漢水之險，而不能養兵息民，惟務黷武。襄陵之役，圖得魏八邑，信張儀約從，伐秦絕齊，貪得商於六百里地，卒致被欺，兵連禍結。此屈子所以有『思夫君兮太息，極勞心兮懍懍』之嘆也」（卷五，頁 4），比起洪興祖「此章以雲神喻君，言君德與日月同明，故能周覽天下，橫被六合，而懷王不能如此，故心憂也」[註78] 之云云，更是將「知人論世」之法，具體牽合史事，可說發揮得淋漓盡致。

再如〈招魂〉「魂兮歸來！君無下此幽都些」章，陳氏於「箋」中解爲「已上形容黨人之詞，如入夜叉鬼國，如繪地獄變相，不必身當其境，令人望而膽落矣」（卷三，頁 4），雖能形容出幽都毛骨悚然之氣氛，卻將此段描寫，指爲「形容黨人之詞」。又下文「士女雜坐」章有關宴會享樂之描寫，作者於「眉批」中嘆曰：「燕飲至同士女雜坐，成何朝局？且更與之六簿呼盧，是君不成君，荒淫極矣！屈子目不忍視，耳不忍聞，特假巫陽暑述一二，亦見其具有苦心，一字一淚」，更於「箋」中直言「已上極寫與羣臣狎戲沉緬之樂，皆宮中秘事，外廷罕得知者。大夫悉爲傳出，以冀君之一悟，所謂武皇內傳，分明在

〔註78〕〔宋〕洪興祖撰、白化文等點校：《楚辭補注》（重印修訂本），頁 59。

莫道人閒總不知也」（卷三，頁 8），則將〈招魂〉理解爲屈子借巫陽之口，道出頃襄王宮廷內荒淫諸事，意在諷諭，「以冀君之一悟」。

　　或如〈大招〉篇首「青春受謝」章點出招魂之時節，但作者於「眉批」以爲「開首四語，暗寓頃襄繼立，冀其如白日昭明，奮發有爲，如春風之鼓蕩也，却借懷王說，故言之無迹」，即以春天來到，「暗寓頃襄繼立」，但又借招懷王之魂帶出，故後人難以察覺。又於文中「魂乎歸徠！無東無西，無南無北只」句末注：「是時楚東則齊，西則秦，北則韓、魏，東南則吳，皆與楚不睦，故勸其毋往，以下皆形容人心之險詐也」（卷三，頁 10），將四方方位落實爲鄰國，暗喻敵人環伺，勸其勿往。更於「孔雀盈園」章「箋」中言「以下則滿擬魂之歸徠，立國施政而比德之三王也，蓋皆寓託之詞。屈子無返魂之術，楚懷魂即歸來，焉能望其立國而施政耶？即屈子借鴕靈以喻己，不過自己隱約其詞，豈能明告頃襄以用世之意耶？故仍借懷王魂之歸來，一直說下，以滅其迹，既不見猜於頃襄，又不涉毛遂自薦之故轍，其用意深矣」（卷三，頁 15）。於此，陳氏以篇末部分招引魂魄歸來楚國，期盼「發政獻行，禁苛暴只」、「豪傑執政，流澤施只」般的政治理想，正是詩人心中所願，而所寄託的更是冀頃襄王之用己，重振楚國聲威，只是「隱約其詞」而已。

　　以上種種詮釋之盲點，誠如〔明〕汪瑗所謂「昔人謂解杜詩者，句句字字爲念君憂國之心，則杜詩掃地矣。瑗亦謂解《楚辭》者，句句字字爲念君憂國之心，則《楚辭》亦掃地矣」。〔註79〕尤其，〈九歌〉一篇「本楚南祀神之樂章，從而改正之。雖其忠愛之思，時有發見，而謂篇篇皆託興以喻己之志者，鑿矣」，〔註80〕而誠因陳本禮對屈辭「寄託」之重視，故對部分並未專爲言志而作的篇章，難免過度解讀而導致牽強誤判。

〔註79〕〔明〕汪瑗撰、董洪利點校：《楚辭集解》，頁 108。
〔註80〕〔清〕錢澄之：《屈詁・自引》語，引自姜亮夫編著：《楚辭書目五種》，頁 94。

三、以《詩》釋《騷》，沿襲舊誤，難免扞格

　　自劉安《離騷傳》稱「〈國風〉好色而不淫，〈小雅〉怨誹而不亂，若〈離騷〉者，可謂兼之矣」以來，即開創「以《詩》解《騷》」之風氣。尤其，在漢武帝「罷黜百家，獨尊儒術」後，經學成爲中國古代學術之中心。在漢儒強調「通經致用」的觀念下，儒家經典成爲文化價值之所在，其中最具文學性的《詩經》，更成爲漢代文學批評之判準，並指導著漢代的文學創作。〔註81〕「以《詩》解《騷》」便是是如此的文化背景中，發展而來，爾後更作爲注《騷》者常用之詮釋方法之一。即如鄭玄對漢代文學批評，最重要的影響在於以「美刺」釋「比興」，並且限定於政教之範圍，「正因爲將〈詩大序〉的這種以偏概全的錯誤，拿來作爲衡量詩歌批評的原則，因此漢儒解詩，大多穿鑿附會，離開了詩的原意」，〔註82〕而陳本禮在〈署例〉中明言其箋注體例仿鄭玄《毛詩箋》，實際上也是沿襲漢儒此種強調《詩》教原則之精神。

　　雖說以《騷》比附《詩》，發軔於劉安，但至王逸《楚辭章句》，則具體說明〈離騷〉之文，如何「依《詩》取興」、「依託《五經》以立義焉」，這自然是受到當代經學風氣之影響，〔註83〕而陳氏即是承繼

〔註81〕漢儒視《詩》爲「經」，進而引申出相關要求合於「經」之詩學理論，建立詩歌思想性與藝術性的標準，諸如「美刺比興」、「主文而譎諫」、「發乎情，止乎禮義」等論述，流風所及，更使漢代文學批評出現「宗經辨騷」、「宗經辨賦」之現象。詳參蕭華榮：《中國古典詩學理論史》（修訂版）（上海：華東師範大學出版社，2005年12月），頁43～50。

〔註82〕孫家富：《先秦兩漢詩學》，頁68。

〔註83〕王逸嘗言「稽之舊章，合之經傳」，其注解訓詁時，常藉由經典以印證作品要旨，其中「以《詩》釋《騷》」之例影響後代深遠，學界對此頗有探討，可參王德華：〈試論王逸《楚辭章句》「經學」闡釋的思想文化特徵〉，《中州學刊》2000年第3期，頁99～102；龔敏：〈以《詩》釋《騷》——論王逸《楚辭章句》注釋方式〉，《船山學刊》2004年第4期，頁121～123、110；吳旻旻：《漢代楚辭學研究——知識主體的心靈鏡像》（嘉義：國立中正大學中文所碩士論文，1997年），頁121～127。其中，又以鄭雅婷：《王逸楚辭章句引詩研究》

王逸以來的作法，其書中「以《詩》解《騷》」之例，多見於〈離騷〉。如「日月忽其不淹兮」章「箋」云：「以美人稱君，本《詩・簡兮》（原文誤作「柬」）之章，君子進德修業，既自強不息，尤欲君之及時用賢圖治也。『美人』句乃〈離騷〉命意入題處，爲全騷之根。後文求女諸章，皆從此處發脈，末則歸到西海爲期，又專爲此西方之美人也。此如靈芽初茁，循其脈而尋之，則千枝萬葉無非一本之所發也」（卷一，頁 3）。或「路修遠以多艱兮」章「箋」云：「《詩義折中》曰：『言山尚有榛、隰尚有苓，而四海之大，乃無用賢之君，不得不思西周之聖王矣。』讀此則知屈子指西海爲期，正嘆己之放廢，楚無用賢之君，不得不神遊於西方矣。蓋諷楚懷之詞，冀其用己也」（卷一，頁 30）。配合上述二則，可知陳氏以《詩・邶風・簡兮》爲例，因其末有「云誰之思，西方美人。彼美人兮，西方之人兮」諸句，遂解「指西海以爲期」爲求「西方美人」。如此，篇首之「恐美人之遲暮」與「求女」諸章，以及「西方美人」之間，便具有聯貫性，而更可以「美人」作爲〈離騷〉立意之根本。基本上，作者以「美人」爲「全騷之根」的看法，頗爲合理，但此種比附《詩經》之作法，將《騷》之「美人」等同《詩》之「美人」，實未能區別《詩》、《騷》之異。〔註84〕

第三節　《屈辭精義》著作之意義與價值

　　正因《屈辭精義》成書年代較晚，且未收入《四庫全書》，故針對此書之評論，據筆者至今耙梳所得，多屬民國以來學者之見，此皆在前文「研究回顧」一節已有概述。在此，即分爲「前人批評之省思」

（臺北：私立世新大學中文所碩士論文，2008 年）仔細統整王逸引《詩》之百餘條內容，進行專門探討，最爲詳盡。

〔註84〕雖說《詩經》中早有「美人」，但其現實色彩濃厚，而至屈原手上，則進一步「典型化」，透過描寫對「美人」的企慕與追求，藉以「抒情言志」，其喻義也較爲豐富，可參蘇慧霜〈變與不變：屈騷美人意象及其餘影管窺〉，《遼東學院學報》（社科版）第 10 卷第 1 期（2008 年 2 月），頁 75～78。

與「《屈辭精義》著作價值之重估」二項，首先針對前輩學者之論斷，舉其要者，條列如下，進行省思；後再據個人研究之所得，針對《屈辭精義》著作之意義與價值，提供整體性的思考。

一、前人批評之省思

如《續修四庫全書總目》著錄《屈辭精義》「民國十三年甲子掃葉山房本」，其中有關評價之部分曰：

> 不知《史記》爲紀事之文，非同簿錄，本禮（原文誤作「體」）乃據之定篇次之前後，未免果於師心臆爲變亂之譏焉。至其以〈九章〉之文，應分爲懷、襄兩世之作，〈惜誦〉、〈抽思〉、〈思美人〉作於懷王時，〈哀郢〉以下作於頃襄王時，則較舊說爲有據，然此說定本〔明〕黃文煥《楚辭聽直》，非其創解。且又以〈橘頌〉爲屈子早年咏物之什，以橘自喻，體涉於〈頌〉，與〈九章〉之文不類，而移附於末，則疏於考証矣。至其所注，皆推尋文意，以疏通其旨。又每篇各分若干章，而各爲總論，詞義淺近，頗稱簡要，大旨本之王逸、洪興祖、朱晦庵、黃文煥、林雲銘諸家之說，而附益己見，以爲之「箋」。惟其說多疏於考証，往往恍惚汗漫，失所依據，姑存之以備一解可矣。〔註85〕

首先，針對《屈辭精義》之篇目次第，陳氏援引司馬遷之言，加以排序，但誠如上言《史記》終究是「紀事之文」，具有一定的文學性，據此而爲，易流於臆斷。再者，說明所謂〈九章〉分爲懷、襄二世之說，並非作者創見，早在黃文煥《楚辭聽直》即已提出。其次，認爲本禮以〈橘頌〉乃「屈子早年咏物之什」，是「疏於考証」之云云，則太過嚴苛。事實上，陳氏以〈橘頌〉中有「嗟爾幼志」、「年歲雖少」等句，故首先主張作於「早年童冠時」，而今多數學者以〈橘頌〉爲屈原早年所作，其淵源即可上溯自陳本禮。〔註86〕此外，有關《屈辭

〔註85〕中國科學院圖書館整理：《續修四庫全書總目提要》（稿本）（濟南：齊魯書社，1996 年 12 月），第 19 冊，頁 494、495。

〔註86〕近來學者大都認定〈橘頌〉一篇爲屈原早年所作，差異僅在主張已仕

精義》之箋注體例，概括為「至其所注，皆推尋文意，以疏通其旨」、「又每篇各分若干章，而各為總論，詞義淺近，頗稱簡要」，可謂切中要點，然其以為「箋」多「本之王逸、洪興祖、朱晦庵、黃文煥、林雲銘諸家之說，而附益己見」，實未盡然。據筆者前文之統計，作者明引洪興祖、朱熹處甚少，而援用王逸處多為「正誤」而發，且是書參引最多乃蔣驥一家。最後，批評陳氏「其說多疏於考証，往往恍惚汗漫，失所依據，姑存之以備一解可矣」，則需進一步之補述。依作品時地考證而言，作者多參前人之說，援引入書，而僅有部分篇章例外。若是章句訓詁方面，陳氏確實不加重視，力求簡要，而這又是出於個人著述理念所致。不過，細究作者對部分作品之時地、意旨，乃至細部詩句故實之解釋上，確實有其新見，迥異前賢，但有的好奇逞博，論證不足，故僅可聊備一說，未必當於屈子之心。

　　另李中華、朱炳祥《楚辭學史》中直言：

　　　陳氏以《詩》解《騷》，雖自詡為「精義」，其實並無多少新意。加以陳氏立說之時，又未能前後通貫，自圓其說。既以求女為求君，又以求女為求后妃；既以指西海為期為求西方美人，又以不忍離鄉西行為「君臣之誼」，前後矛盾牴牾如此，怎麼能令人信服呢？〔註87〕

上述之見，筆者以為有待商榷，如以《詩》解《騷》，由來已久，既是沿襲前人作法，自然難以看出作者注《騷》之精髓所在，以此來批評陳本禮，有欠公允。實際上，陳氏之「新意」，多呈現在「義理」與「詞章」方面，其反覆鑽研或獨樹一幟之處，屢見不鮮，前文已有介紹。其次，有關立說之前後矛盾，就其〈離騷〉一篇，既以美人稱君，又以「求女」喻「求賢后妃」，更以遠逝自疏為「求西方美人」

宜與否，如陸侃如、陳子展、姜亮夫、陳師怡良、陸永品、湯漳平、袁梅、張登勤等人。其中更有學者以為〈橘頌〉乃屈原行冠禮時有意仿效士冠禮祝詞，並藉以明志之作，此番新說可視為陳氏見解之延伸。見趙逵夫：〈屈原的冠禮與早期任職〉，《屈原與他的時代》，頁98～116。

〔註87〕李中華、朱炳祥《楚辭學史》，頁251。

之云云，實則並非矛盾，因注家解《騷》不主一說、隨文生訓之例，亦是可見。〔註88〕

又對《屈辭精義》有一番深入研究之姜亮夫評道：

注講訓詁，無多大特點而引錄過雜；箋講大義，能把全文貫穿起來，還能結合其它文章來講。這是一本理清屈原文章的文氣的好書。〔註89〕

或曰：

陳氏是個文藝創作家，也是個喜用思考的研究工作者，這個稿子正是結合了對文藝的了解與分析及思想的認識與分析而得的成果。這個方法，正是我們研究、分析、批判文學遺產的人所不能缺少的！在一定的程度上，是值得我們學習的。〔註90〕

在此，姜氏以為陳氏之注「無多大特點而引錄過雜」，若是指「正文夾注」之例，確實在字詞訓詁上，突破較少，但在藝術分析上，卻是入木三分。至於，認為「箋講大義，能把全文貫穿起來，還能結合其它文章來講。這是一本理清屈原文章的文氣的好書」，的確一語中的。再者，姜氏特別推崇作者花費畢生精力，反覆修改，精研不斷的治學態度，以陳氏「是個文藝創作家，也是個喜用思考的研究工作者」，也在前文所舉改稿前後論述之比較中，便具體呈現。

不過，更引起筆者注意者，乃姜氏嘗言自己對陳本禮批評觀點之

〔註88〕按：作者於「路修遠以多艱兮」章「箋」云：「讀此則知屈子指西海為期，正嘆己之放廢，楚無用賢之君，不得不神遊於西方矣。蓋諷楚懷之詞，冀其用己也」，可知其以屈子遠遊自疏為求西周之聖王，既求古之聖王，則似為設言，並以此諷楚王之廢己，不知任用賢臣。又歷來解《騷》者，誠如學者所言：「我們可以發現不僅不同的評注者對〈離騷〉中的同一美人或女之寓意的解釋不同，而且同一評注者對〈離騷〉中不同句子中的女或美人寓意的解釋也不盡相同」，即道破此現象，因而對陳氏亦不必太過苛責。見劉懷榮：《周漢詩學與文學思想研究》（北京：中國社會科學出版社，2008年9月），頁29。

〔註89〕姜亮夫、姜昆武：《屈原與楚辭》，頁124。

〔註90〕姜亮夫：《楚辭學論文集》，頁439。

轉變云：

> 以上是我就舊〈跋〉改寫而把一切具體材料引入而成的。
> 在舊〈跋〉中還有三段，一是批評陳氏以時文批點文理的
> 方法尚論古文之不當，而且引了他的同鄉年輩稍後的焦
> 循、阮元之說，以駁斥陳氏之淺陋，其實大可不必，我當
> 時只是一種主觀地從否定「時文」的價值出發。在今天來
> 說，時文仍有其在歷史上的一定價值與一定作用。並且，
> 用來指明「文理」脈絡，也未嘗不是引導研究的一法。第
> 二段是考證陳氏學術的根源與因襲，及在當時人心目中的
> 地位，證明其學實捃陋，不爲同時人所深重，及所以只能
> 空言大義，而不根據故實故訓的原因。這是我當時自居於
> 某種宗派的成見，而不想發掘陳氏客觀上的優點。……第
> 三段是講《楚辭》歷來各家的派別有二，陳氏是屬於空想
> 的主觀的微言大義派。就此也評定陳氏書的眞價值。其實
> 這也是我個人過去主觀的說法，現在不需要，而且也不是
> 研究的態度。〔註91〕

上文中姜氏舉出三點觀察，足以發人深省。首先，指責「陳氏以時文
批點文理的方法」，實則自明代八股文成立後，在一定程度上促進並
影響學者對文學作品「文脈」之分析與研究，而以此法來探析文理，
仍是有其參考價值。其具體成果之高下，事實上也與研究者識斷有
關，不必一概否定。再者，批評陳氏之學「實捃陋，不爲同時人所深
重，及所以只能空言大義，而不根據故實故訓」，若就作者詩人身分
來看，其不重故實故訓，其來有自。〔註92〕然而，這並不代表陳氏之
治學完全與時代風氣脫節，從書中援引諸家解說，多方並呈，又設立

〔註91〕姜亮夫：《楚辭學論文集》，頁441、442。
〔註92〕在此，另可舉《協律鈎玄》中「詩中故實，其隱僻者，悉爲箋出，
人所習見者，則畧之。蓋拙註專在發明義理，不欲作訓詁考據也。
若必欲徵引繁多，連篇累牘，案之於詩，毫無干涉，雖多亦奚以爲」
之云云，可知陳氏並不看重訓詁考據，反而以「徵引繁多，連篇累
牘」，實無助於詩歌義理之理解。見〔清〕陳本禮：《唐李賀協律鈎
元》（《香港中文大學罕傳善本叢書初編》），〈畧例〉，頁3。

「正誤」，提出己見，且在作品時地判定上，多從前賢之考證，即可知作者仍有其客觀、謹慎、廣博之一面。最後，認爲陳氏「屬於空想的主觀的微言大義派」，若就作者解《騷》，尤重比興，並搭配「知人論世」與「以意逆志」之方法，加以推求詩人寄託於作品中的「微言大義」，這亦是古代學者習用之傳統批評方式。〔註93〕誠然，關鍵的問題還是出在「然詞賦之體與敘事不同，寄託之言與莊語不同，往往恍惚汗漫，翕張反覆，迴出於蹊徑之外，而曲終乃歸於本意。疏於訓詁，核以事實，則刻舟而求劍矣」，〔註94〕以及「篇篇求與時世相應，句句關切懷襄兩世，遂至附會過多」，〔註95〕而產生如此種缺失，也是在如此陳陳相因的治學路數下，難以完全避免的。

　　除了上述相關提要外，筆者亦有見日本漢學家針對「陳本禮《屈辭精義》」，加以評介者。如〔日〕藤野岩友（1898～1984）在譯注《楚辭》時，於「《楚辭》參考書」中列舉《屈辭精義》，其介紹爲：

　　　字解を略し、義解を主とする。王逸以下三十数家の注解を引き、自説を付す。民歌の研究家をとしての一面を示し、また九歌の人称問題につき、朱注をさらに発展させ、現代における戲曲としての九歌解釈の成立に寄与している。〔註96〕

───────────────

〔註93〕學者顏崑陽嘗言「這一傳統，在基本的觀念上有幾個特徵：（一）不區分『比』與『興』，『比興』成爲合義複詞，其意義則窄化爲類比設喻，言在此而意在彼，達到『寄託』的效用。（二）他們所認定的類比設喻，並不像《三百篇》的作品，只是在開端的詩句，而是全篇整體設比。這也稱爲『比興體』，或『比體』，但與《三百篇》的『比體』、『興體』爲不同型態。（三）所寄託的情志必與對政教的諷諭美刺或個人政治上的出處進退有關，故詩的內容必然具有概念性的指示義，而不是直覺經驗的感發義。（四）判斷是否有寄託及寄託什麼，是以『知人論世』及『以意逆志』爲方法，但多形成主觀獨斷，很少重視語言結構的客觀規律。」見顏崑陽：《李商隱詩箋釋方法論──中國古典詮釋學例說》（臺北：里仁書局，2005 年 11 月修訂一版），頁 143。

〔註94〕〔清〕永瑢等：《四庫全書總目》，下冊，頁 1270。

〔註95〕姜亮夫編著：《楚辭書目五種》，頁 247、248。

〔註96〕〔日〕藤野岩友譯注：《楚辭》（《漢文大系》第三卷）（東京：集英

藤野氏以爲《屈辭精義》「省略字詞解釋，以闡釋意義爲主，既引王逸以來三十多家之注解，且附有己說。陳本禮以民歌研究者的立場，且就〈九歌〉的人稱問題，比起朱熹《楚辭集注》更加進步，對於現代以戲曲觀點解釋〈九歌〉說法的建立，有其貢獻」（筆者自譯），即一語道出此書之特色所在。

　　總而言之，針對如何評價《屈辭精義》一書，誠如史學家陳寅恪（1890～1969）強調的「同情之理解」，其以爲：

> 凡著中國古代哲學史者，其對於古人之學說，應具瞭解之同情，方可下筆。蓋古人著書立說，皆有所爲而發。故其所處之環境，所受之背景，非完全明瞭，則其學說不易評論……所謂眞瞭解者，必神遊冥想，與立說之古人，處於同一境界，而對於其持論所以不得不如是之苦心孤詣，表一種之同情，始能批評其學說之是非得失，而無隔閡膚廓之論。〔註97〕

又湯炳正（1910～1998）亦云：

> 對古人學說與思想意識的分析解釋，決不應簡單從事，其複雜性往往有出乎人們意料者。朱熹宣揚名教而戴震反對名教，但在注騷時却又各各顯示出其觀點矛盾的一面，此特哲學史上之一例耳。〔註98〕

綜合二人所言，可知要評價一個人的學說，「決不應簡單從事」，而是要具備「瞭解之同情」，必藉「神遊冥想」，而與古人「處同一境界」，深入地去理解其著書立說之動機、時代環境等多重因素，方能對古人有「眞瞭解」。尤其，前人著述中，又往往有出乎意料之複雜性，即觀點或許矛盾，甚至作者思想亦有前、後期之轉折，如此種種，皆增加理解之困難，唯有設身處地去探求學者「持論所以不得不如是之苦心孤詣」，方能進一步評斷其是非得失。

　　　　社，1986 年 9 月 14 刷），頁 17。
〔註97〕陳寅恪：〈馮友蘭中國哲學史上冊審查報告〉，《金明館叢稿二編》（北京：三聯書店，2001 年 7 月），頁 279。
〔註98〕湯炳正：〈〈離騷〉「吾令豐隆乘雲兮，求宓妃之所在」〉，《楚辭類稿》，頁 211。

在此，筆者以爲歷來學者之評論，有受其時代、環境、學養等一定立場之侷限，以致影響其對《屈辭精義》做出如此評價，而箇中關鍵有三。

其一是「訓詁考據之重視」。《四庫全書總目・集部・楚辭類》之提要，對吾人理解歷來重要《楚辭》專著的得失與特色，頗有助益。然而，受限於四庫館臣以乾嘉漢學爲核心價值，其對前人《楚辭》著作之評價，較爲偏好樸學考證的學問方法，以致不見得完全公允。實至今日，由學者所撰提要，仍相當留意注家於注解時精確或平實之處，便不難窺其餘緒。

其二是「時文解《騷》之批評」。自明代八股文興起，學者借用時文之法剖析《騷》之結構，頗爲常見，如〔清〕林雲銘《楚辭燈》即是，但卻被批評爲「是編取《楚辭》之文，逐句詮釋。又每篇爲總論，詞旨淺近。蓋鄉塾課蒙之本」，[註99] 竟以「鄉塾課蒙之本」視之，難免囿於四庫館臣之偏見，更忽視林氏對於《楚辭》普及之貢獻。[註100] 加之清末民初以來主張廢科舉、斥八股的傳統印象，也連帶地影響到「文脈大義」一系之評價，而此點姜亮夫先生亦曾言及。

其三是「突出見解之缺乏」。評價古人學說，往往強調其迥異前人之創見，或精益求精之說解，陳氏精益求精者有之，而突出見解可從者，確實較少。然而，筆者以爲「古代楚辭學」之發展，至蔣驥《山

[註99] 〔清〕永瑢等：《四庫全書總目》，下冊，頁1270。

[註100] 鄧元煊：〈林雲銘及其《楚辭燈》〉，《四川師範大學學報》（社科版）第22卷第2期（1995年4月）一文，即稱此書「處處爲初學者著想，盡力做到使讀者易讀易懂。因此，頗受讀者歡迎，曾盛行一時。該書最早的刻本是康熙三十六年丁丑（1697年）挹奎樓刊本，其後覆刻、翻刻本不少。乾嘉年間，一些書坊還將不少楚辭注本易名爲《楚辭燈》，如名劉夢鵬《屈子章句》爲《楚辭燈章句》，稱屈復《楚辭新注》爲《楚辭燈新注》。民國六年（1917年）北京石印本《楚辭燈》竟題爲《楚辭易讀》。此書不僅在國內流行，還遠播海外，在日本即有寬政十年戊午（1788年）翻刻本、天保十三年（1842年）刊本傳世。從其流傳之廣，影響之大，足見林雲銘於楚辭之普及實有功焉」，見頁75。

帶閣注楚辭》一書，於作品考證方面，可說已達到顛峰。陳本禮於文字訓詁上，非其所長，是故可苦心耕耘者，自然轉向「詞章」方面之研究。然而，「詞章」之體會，正所謂「詩無達詁」，個人之心得必然由於時代的距離，與讀者生活經驗、藝術素養、審美趣味和接受心境的差異，有所不同，當然也沒有能涵蓋作品所有意義的完美闡釋。因此，陳氏所呈現之特色，即是能廣搜諸家解說，並陳述一己心得，有助於豐富並激發讀者對於屈辭之吟味。

二、《屈辭精義》著作意義與價值之重估

因此，在上文檢視完前人相關評價後，筆者以為將《屈辭精義》置於清代《楚辭》學史中，總結陳氏一書之內涵與特色，進而省思此著作之時代意義與價值。

其一，針對「時代背景與著述目的」方面，陳本禮生於太平盛世，身為一介布衣，以藏書家兼文人之身分，勤於著述，尤喜集部箋注之學。其著述目的意在揭示前人「亮節幽衷」，即「忠於王室之苦心」，更以後代學者未能「抉隱摘伏」，引以為憾。正因如此，陳氏解《騷》，主要藉由「比興」之闡發與章法之析探，配合詩意之解說，彰顯詩人的「鑄辭本意」。其治學雖不長於「樸學」，而〈參引諸家〉中亦少採以名物訓詁為長之注本，但針對前賢相關學術成果，仍相當重視。即如稍早的蔣驥《山帶閣注楚辭》「展現出一種嚴謹而務實的《楚辭》研究態度，且少有政治寄託的意味，體現出清朝中葉的學術方向」，〔註101〕而《屈辭精義》亦少見明顯的政治寄託言論，在一定程度上符應時代學術之趨向。除了上文曾舉之訓詁考證、音韻、專論、評點等，皆有論及外，也重視《楚辭》圖譜學，〔註102〕而其對《楚辭》

〔註101〕蕭夏媛：《蔣驥山帶閣注楚辭研究》，頁46。

〔註102〕陳本禮曾記曰：「〈離騷圖〉創自實父仇氏。家洪授亦繪有〈九歌圖〉。本朝蕭尺木（雲從）從而廣之，合三閭、鄭詹尹、漁父為一圖，〈九歌〉九圖，〈天問〉五十四圖，曾經乙覽。高宗壬寅，特命內廷補繪〈離騷〉三十二圖、〈章〉九圖、〈九辯〉九圖、〈招魂〉十三

研究多面向之關注，更是反映出當時學術多元發展之局面。

當然，猶如劉毓慶所言歷來的《楚辭》研究者「無論考其文字，訂其音韻，或闡發思想，揭其微義，皆非單純的興趣所致，實有著審美情趣或思想情感共振的因素」。〔註103〕若由此點來觀察陳本禮之治學，其意在發掘原作者的「微辭奧旨」，在《屈辭精義》書中，一再強調詩人的諷諫之旨與難言之隱，以及對屈辭之「怨」的理解，均可合理地推斷，陳氏撰述此書極可能是有感於「時世之盛衰」。此外，上文曾提及作者在分析〈離騷〉章法時，援引小說評點之術語，如「草蛇灰線」與「山斷雲連」，而其淵源似出自金聖嘆。尤其，金聖嘆之於評點學之貢獻，誠如學者指出「在小說評點中，對於『文法』的重視即由此生出，尤其是經過金聖嘆的評點實踐，揭示『文法』在清代小說評點中已成為一個普遍的現象。雖然其中帶有較濃烈的時文選家氣息，但也有某種合理的地方，對讀者閱讀也不無裨益，尤其是對作品『敘事法』的揭示更能為讀者提供一個提綱挈領式的敘事框架」。〔註104〕如此一來，陳氏借用小說評點術語，加以梳理〈離騷〉之文章脈絡，自然也跟〈離騷〉篇幅較長且帶有「自傳性」有關，即透過揭示「文法」來呈現作品綱領之大要，更可證明《屈辭精義》確實受到評點學風潮盛行之影響。

再者，陳本禮原先於《離騷精義》中〈自記〉曾云：

昔漢武愛《騷》，命淮南王作傳，迄今僅存王逸《章句》，

圖、〈大招〉七圖、香草十六圖，足稱大觀，為士林雅製。惜不能摹繪諸圖，弁諸書首，傳之人間，以廣見聞，是所歉也。」（〈署例〉第十四則）又於〈天問〉「發明」中云：「昔當塗蕭尺木曾畫〈離騷〉、〈九歌〉等圖，而〈天問〉五十四圖，未及此書之半。乾隆壬寅，特命內廷諸儒補繪〈離騷〉、〈九章〉、〈招魂〉、〈大招〉、香草等圖，惟〈天問〉未補，不無有望於來茲矣。」（卷二，頁1）

〔註103〕劉毓慶：《澤畔悲吟——屈原：歷史峽谷中的永恆回響》（太原：山西教育出版社，1994年1月），頁120。

〔註104〕譚帆：《中國小說評點研究》（上海：華東師範大學出版社，2001年4月），頁127。

　　　迨宋□□□朱子《集註》二注盛行於世。厥後有黃維章
　　之《聽直》，用心良苦，而西仲闢之，謂其借題抒憤，憑臆
　　穿鑿，著《辭燈》一書用功四十年，可謂勤且久矣。乃朱
　　氏悔辯斥之，攻之甚力，而魯雁門之《楚辭達》，又駁朱□
　　□□他若陸時雍之《疏》、徐友雲之《髓》、蔣涑睦之《註》，
　　均為正則功臣。然所論訂，不失之於不及，則苦於太過，
　　且其考據多訛，穿鑿傅會，總無當於《騷》之精義。嗚呼！
　　《騷》之難注、難讀，不自今始矣。考前之評註者，尚有
　　八十四家之多，惜書不盡見。〔註105〕

雖說上文在今本中已刪去，但作者嘗言歷來《楚辭》注本，有八十四
家之多，惜未能網羅殆盡，其中雖「失之於不及」，或「苦於太過」，
但實各有其所長，皆稱得上是「正則之功臣」。而上述王逸《楚辭章
句》、朱子《楚辭集注》、黃文煥《楚辭聽直》、林雲銘《楚辭燈》、朱
冀《離騷辯》、魯筆《楚辭達》、陸時雍《楚辭疏》、徐煥龍《屈辭洗
髓》、蔣驥《山帶閣注楚辭》等諸家著作，均名列於〈參引諸家〉中，
且或多或少有所援引，足見陳氏力求廣博且披沙揀金之治學心態。

　　光就此點，以及陳本禮殫精畢力，以四十餘年之光陰，修改再三，
撰成《屈辭精義》一書，更自覺地從稍重「章句訓詁」，轉向鉤索「文
脈大義」；由「援引諸家」走向「獨出己見」，其力求精進、突破之精
神，便已值得肯定。〔註106〕

　　其二，有關「具體內涵與後世影響」方面，在作為《楚辭》學大
盛期之清代裏，前輩們振聾發瞶、別創新格之見甚多，可謂名家輩出，
加之《屈辭精義》成書年代較晚，歷來並未受到相當之重視。若就陳
氏解《騷》之觀點，其沿襲前人者有之，但其開啟後世者亦有之，由

────────────

〔註105〕陶秋英、姜亮夫校繹：《陳本禮離騷精義原稿留眞》，頁49。
〔註106〕據姜亮夫先生之比對，《離騷精義原稿留眞》與今本之間，自「啟
　　　　〈九辯〉與〈九歌〉分」至「時曖曖其將罷兮」等十六章之「箋」，
　　　　大半都是稿本所無，就連雜采諸家之說，也大大刪減，正是「洗盡
　　　　前人厄言曼語，獨開生面」之處。參見陶秋英、姜亮夫校繹：《陳
　　　　本禮離騷精義原稿留眞》，頁83。

此便不難看出《屈辭精義》之影響與價值。如在「箋注體例」方面，已具有「集評」之性質，加之所謂「《楚辭》一書，文重義隱，寄託遙深」，〔註107〕以致後人解讀紛紜，亦是學術發展之常態，而陳氏「旁徵博引」之舉，事實上提供一定之便利性與保存文獻之作用。其中，最為人所稱道者，即是引用女性注《騷》家之著作，作者曾記：

> 古今從無閨秀註《騷》者，康熙庚寅，有練湖女子姓陳名銀者，註《楚辭發蒙》五卷。自序垂髫，口授《楚辭》二十五篇，曾遍閱漢、唐以下三十一家評本，而嫌其重複拖沓，荒淫鄙瑣，可憎可厭，其言切中諸家之弊，可謂讀《騷》有識者矣。然惜其仍落前人窠臼，未能拔乎其萃，特有一二可異者。「美人遲暮」句註云：「至此方入題。」又〈招魂〉「遺視矊些」句註云：「此所謂『臨去秋波那一轉』也。」二語恰與予同，大奇！此書無刊本，識此以存其人。（〈畧例〉第十五則）

從上文可知，作者曾得陳銀於康熙四十九年（1710）成書之《楚辭發蒙》，就其序文中對古來《楚辭》注家之批評，頗為讚賞，並譽之為「讀《騷》有識者矣」。雖然作者以陳銀之言「仍落前人窠臼，未能拔乎其萃」，但於《屈辭精義》中有所援引，以致此本未曾刊行之女性注《騷》著作，所幸得以保留十五則佚文。〔註108〕

確實，正因「古今從無閨秀註《騷》」，但在時代風氣之轉變下，女性文學逐漸嶄露頭角，而陳本禮能開風氣之先，於著述中援引陳銀之見，並以學術公論之角度，勇於稱揚女性學者，其開放之心胸，著實令人欽佩。因此，此十五則佚文，雖僅是斷簡殘編，卻是目前所知唯一古代女性注《騷》家之遺產，其保留文獻之功，可謂彌足珍貴。

〔註107〕〔清〕永瑢等：《四庫全書總目》，下冊，頁 1269。

〔註108〕按：〈畧例〉中雖提及〈招魂〉「遺視矊些」句注一則，但於今本陳氏僅注：「矊，眇視，即臨去秋波那一轉也」，故此則不算在內，其他於《屈辭精義》明引者，計有十五則。有關陳銀《楚辭發蒙》之佚文，詳見〈附錄〉之（附表二）。

　　不僅在保留前人見解，有其貢獻外，實則陳本禮一家之言，亦有
啓發後代學者處。如對〈橘頌〉創作時期之推斷，今人亦有持相近看
法者；又如對〈招魂〉作者之考證，針對〈招魂〉乃宋玉招屈所作舊
說，以「若屈子果魂離魄散，豈人間聲色富貴所能動其心而招之耶」
關之，並舉招魂辭之內容，斷定此不合於屈原性格，與今人認定〈招
魂〉爲屈原所作者，其研判之論點，皆有異曲同工之妙。〔註 109〕最
後，有關〈九歌〉性質之研究，陳氏提出〈九歌〉作爲「巫覡歌舞祀
神之樂曲」之觀點，更是後人主張〈九歌〉爲「歌舞劇」說的淵源之
一。如近人王國維即言：

> 《楚辭》之靈，殆以巫而兼尸之用者也，其辭謂巫曰靈，
> 謂神亦曰靈；蓋群巫之中，必有象神之衣服形貌動作者，
> 而視爲神之所馮依；故謂之曰靈，或謂之靈保。……是則
> 靈之爲職，或偃蹇以象神，或婆娑之樂神。蓋後世戲劇之
> 萌芽，已有存焉者矣。〔註110〕

〔日〕青木正兒亦以爲：

> 細翫〈九歌〉的篇次，十一篇實爲一組的舞曲，按次接演，
> 因爲怕觀眾厭煩，故加以種種變化。其中唯〈湘君〉與〈湘
> 夫人〉，有顯然的雷同。此一組舞曲，最重要的證明，是首
> 具備尾。首章「東皇太一」，是天神貴者，其歌意最嚴肅平
> 靜，神之來享，「欣欣樂康」，確爲適於祭禮開始的歌辭。「雲
> 中君」以下，神與巫共同活躍；終至「河伯」、「山鬼」等
> 編，最下等的神也出現了。最後「禮魂」一篇，僅短短的

〔註109〕郭沫若：《屈原賦今譯》（上海：上海書店出版社，2003 年 7 月）即
　　　　以爲「〈招魂〉的一首一尾分明說出，所招者是王者之魂。即巫陽
　　　　下招一段，所敘述的也完全是王者生活」，「故〈招魂〉作爲宋玉招
　　　　屈原固然不適當，即如某些學者認爲屈原自招也是不適當的。關於
　　　　〈招魂〉的作者，用不著躊躇，我們應該尊重司馬遷的見解。那是
　　　　屈原在招楚懷王的魂」，見頁 214。而持此種見解者，尚有學者姜亮
　　　　夫、馬茂元、陸永品、湯漳平、張登勤等人。
〔註110〕王國維：《宋元戲曲史》（上海：華東師範大學出版社，1995 年 12
　　　　月），頁 2、3。

　　五句，女巫們傳遞著鮮花，唱著「春蘭兮秋菊，長無絕兮
　　終古」的句子而結束這一幕舞歌，簡單而有餘韻，也是頗
　　合歌劇收場之旨的。〔註111〕

首先，王國維提出「《楚辭》之靈，殆以巫而兼尸之用者也」，指明「靈」
字可指扮神之巫或事神之巫，「或偃蹇以象神，或婆娑之樂神」，而有
關此點，在陳氏對「靈」字之訓釋時，便已提及。此外，日人青木正
兒則就〈九歌〉內容結構，加以分析，更將此套歌舞辭分爲「獨唱獨
舞式」、「對唱對舞式」、「合唱合舞式」三種，另有一巫唱而眾巫和的
一種形式，總共四種形式。〔註112〕而以此種「歌舞劇」說分析並研
究〈九歌〉者，尚有聞一多、張宗銘、孫作雲、施淑女等人，〔註113〕
儼然成爲〈九歌〉研究史中於近代興起的重要見解之一。

　　猶如〔清〕王邦采曾直言注《騷》者之「七病」云：「蓋嘗論之，
屈子之自命高，以庸俗求之則陋；措詞婉，以粗鄙求之則悖；取徑曲，
以艱深求之則晦；頭緒煩，以拘牽求之則亂；採用愽，以臆鑿求之則
舛；罕譬多，以色相求之則誣；意言雋，以塵腐求之則固。坐此七病，
而〈離騷〉不可得而讀矣」，〔註114〕然而事實上，就連王氏也不能自

〔註111〕〔日〕青木正兒著、紀庸譯：〈《楚辭·九歌》的舞曲結構〉，《國文
　　　　月刊》第72期（1948年10月），頁20。
〔註112〕學者王淑禎：〈〈九歌〉異說眾論之辨析與商榷〉一文，即認爲此說
　　　　特色在「但就〈九歌〉歌辭與結構作爲解釋，全無比興附會，其言
　　　　論亦與『民歌』說、『郊祀歌』說並不衝突」，見頁249。
〔註113〕詳參聞一多：《神話與詩》（臺中：藍燈文化事業公司，1975年9月）
　　　　中〈什麼是〈九歌〉〉、〈〈九歌〉古歌舞劇懸解〉二文，頁263～278、
　　　　305～334；張宗銘：〈〈九歌〉——古歌舞劇臆說〉，文學遺產編輯
　　　　部編：《文學遺產增刊》（五輯）（北京：作家出版社，1957年12月），
　　　　頁43～73；孫作雲：〈〈九歌〉和民歌的關係——從鄭衛之音到楚
　　　　音〉，《楚辭研究》（開封：河南大學出版社，2003年9月），上冊，
　　　　頁312～329；施淑女：《九歌天問二招的成立背景與楚辭文學精神
　　　　的探討》（《臺大文史叢刊》第31冊）（臺北：國立臺灣大學文學院，
　　　　1969年），頁31～39。
〔註114〕〔清〕王邦采：《離騷彙訂不分卷·屈子雜文箋略六卷》（《四庫未
　　　　收書輯刊》伍輯·拾陸冊），頁97、98。

免於其中弊病，陳本禮在其著述中也同樣地呈現出矛盾的一面。如陳本禮一方面「廣采諸家，多方並呈」，另一方面卻失於「好奇逞博，證據不足」；能認識屈辭創作中的「虛構性」，主張「一篇鏡花水月文字」，但於解讀時又難免一一坐實，流於臆斷；能從社會文化方面，以「巫覡歌舞祀神」之觀點研究〈九歌〉，卻又無法跳脫王逸以來「託之以諷諫」的窠臼；對〈離騷〉之章節劃分，有其入木三分之見，卻是以今規古，強分「序文」、「正文」等等。換言之，真正要做到全無王邦采所言之「七病」，古今學者又有幾人？

此外，針對其「序文」、「正文」之分，事實上，顯示出作者欲藉由漢賦作品之例，上推屈辭，並以此有助於釐清〈離騷〉之「文脈」，可謂用心良苦，並非好立怪異之說，而真正的問題是出在以後代文學作品印證屈辭，不見得事事符應，忽略了所謂「若無新變，不能代雄」（《南齊書・文學傳論》）、「文變染乎世情，興廢繫乎時序」（《文心・時序》）的文學發展規律。又如於注解時引用〈屈原外傳〉一事，學者多不表贊同，但換個角度來看，這或許可以顯示出陳本禮所建構的「屈原形象」，不再是嚴肅的、理性的，而是能立足於一般文學讀者的立場。〔註115〕

總之，周建忠在搜羅今人注譯之《楚辭》選本四十家，加以歸納其內容後，得出《楚辭》通行本迴避層次分析之現象，而究其原委，事實上亦是從側面反映出《楚辭》學史上「文脈」研究成果之複雜。〔註116〕猶如姜亮夫所言：

〔註115〕廖棟樑：〈稽其道理──蔣驥《山帶閣注楚辭》的地理論述〉一文，針對蔣驥《山帶閣注楚辭》之〈採掇書目〉中包含稗官野史一類典籍，如引用〈屈原外傳〉時，以為「蔣驥顯然不滿足僅有〈楚世家節略〉限於事件作流水帳的羅列，他要在事件中找出更深刻的道理和意義來，〈地圖〉由空間呈現意義，而〈外傳〉便由『故事』揭露意義」，由於「接受『想像』更允許『幻想』，因為屈原及其作品之驚天地、泣鬼神的情感內蘊和藝術魅力，在此都通過小說性敘述得到了最生動的表現」，見頁76、77。

〔註116〕周建忠：《楚辭講演錄》，頁201～210。

自漢以來讀〈離騷〉的人，都覺得是反反覆覆，說得好聽
點是一唱三嘆，就連朱熹這樣一個讀書很細心的人都有此
感，其實文藝分析是『後出轉精』，宋、元以前都有點混混
沌沌，尤其是明代末期的人纔認眞考慮，細膩推敲。〔註117〕

雖說《楚辭》「章節」之學，起步較晚，直至明末，學者方仔細鑽研，
但其分歧之大、解說之雜，確實令人瞠目結舌。

因此，陳本禮身處在如此百家爭鳴的時代裡，如何在繼承前人優
秀的遺產之餘，開創出具有個人特色的局面，確實是作者在注《騷》
時的難題。從作者屢言「千百年來，無人發明此義」，便可知陳氏是
以此自我期許的。先不論其說是否皆能一新耳目並成爲新的典範，然
其治學態度之認眞與研究視野之開闊，確實值得肯定。

姜亮夫評王闓運《楚辭釋》時曾云：

雖多想像推戡之辭，不無附會因緣之失。而心入綿邈，深
體文心，求其比興，以推作意。非空言欺人，標新誣古，
妄爲解析者之所能望其肩背。〔註118〕

姜氏對王氏治《騷》之成果，表達一定程度的肯定，而筆者以爲將此
段文字，移於《屈辭精義》一書，亦可適用。

陳氏重視「求其比興」，且能「深體文心」，以推求詩人本意，並
非標新誣古之徒，部分解說雖有「好奇逞博」、「論證不足」之失，但
相較之下，王氏治《騷》更爲「奇邃」。〔註119〕其次，近代學者有關
《屈辭精義》之評價，部分意見過於苛責，甚至有些論述，與筆者所
見有所出入。〔註120〕更關鍵的是卻未將是書置於《楚辭》學史的發

〔註117〕姜亮夫：《楚辭今繹講錄》，頁74。
〔註118〕姜亮夫編著：《楚辭書目五種》，頁247。
〔註119〕姜亮夫編著：《楚辭書目五種》以爲「清人《楚辭》之作，以戴東
原之平允，王闓運之奇邃，獨步當時，突過前人，爲不可多得云」，
見頁247。又另於《楚辭今繹講錄》中謂其書「完全不顧文章前後
的思路，他想到甚麼就說甚麼。不過這書對我們也有啓發，王是今
文學家公羊派的學者。他以公羊派解釋《春秋經》的辦法解釋『楚
辭』」，見頁24、25。
〔註120〕按：筆者發現潘嘯龍、毛慶主編：《楚辭著作提要》書中，由毛慶

展脈絡當中，以其「旁徵博引，諸家並呈」之特色，正是具有影響清代殿軍之作的馬其昶（1855～1930）《屈賦微》的歷史地位。〔註121〕換言之，在著述體例與方法上，較爲關注「考據」、「義理」、「詞章」等三大面向，而學術總結之態勢，早在《屈辭精義》書中便可看出端倪。由此考量，學者視爲「文脈一系之集大成者」的觀點，或可加以擴大，從古代《楚辭》學研究之「結穴」的觀點，加以省思，更能挖掘出《屈辭精義》的時代精神。是故，筆者以爲《屈辭精義》一書，雖說陳氏有意識地採取「文脈大義」之路線，仍一定程度地受到清代樸學風氣之影響。尤其，在古代《楚辭》學已走向「結穴」之清代，陳氏箋注之體例與觀念，更是符應作爲古典文化學術輝煌總結的時代脈動，顯示其「集大成」之意義與價值，確實值得吾人多加重視。

執筆之「《屈辭精義》提要」中，有部分錯誤。如在介紹《離騷精義》稿本與定本間「文義闡發」方面之進步，曾舉「湯禹儼而求合」章箋語爲例，實爲「湯禹儼而祗敬兮」章是，而此誤應沿襲姜亮夫先生筆誤之故，見頁 199。又在介紹是書於名物訓詁亦有可取之處時，舉〈東皇太一〉爲例，作者之「箋」明明爲「太乙，北辰，星名」，毛氏所引卻爲「太乙非星辰名」，進而認爲陳氏反對太乙爲星名，但又以它爲「東方歲星之精」，說明其名與歲星有關，並將兩說結合，不失爲一種恰當的解釋。此點出入，不知是否爲校刊未精或版本有異所致，見頁 201。又周建忠、湯漳平主編：《楚辭學通典》中「六、專題」部分之「〈離騷〉求女」一條，即以「求女一端，一篇水月鏡花文字」之云云，將陳本禮視爲「求女」爲「藝術虛構」說的代表，但就實際箋注之論述來看，應歸類爲「求賢后妃」說較宜，見頁 618。

〔註121〕　《屈賦微》爲清末民初學者馬其昶所作，姜亮夫編著《楚辭書目五種》曾評道：「凡古今釋屈文之重要可採者，大抵略遍。由博而反之于約，可爲清代說屈賦者之殿」，見頁 252。又據學者黃建榮之研究，其注評特色有二：其一爲「博采眾說」，其二爲「闡明微言」，而其援引他人之注評，共有五十一家。是書之箋注體例，援引他人皆以「某某曰」之形式，作者之見則以「其昶案」之形式。筆者以爲此種箋注體例與特色，陳本禮《屈辭精義》早已有之。參見黃建榮：〈論馬其昶《屈賦微》「博采眾說」的注評特色〉，《東華理工學院學報》（社科版）第 24 卷第 3 期（2005 年 9 月），頁 217～221；黃建榮：〈論馬其昶《屈賦微》闡明微言的注評特色〉，《雲夢學刊》第 27 卷第 2 期（2006 年 3 月），頁 46～50。

第五章　結　論

羅庸嘗言二千年以來，「楚辭學」蓋經三變：

> 自淮南作《傳》，迄於叔師《章句》，漢人舊學遂成定論。
> 下逮隋唐，無或致疑。迨考亭《集注》出，乃始披芟榛蕪，
> 獨標旨趣。此一變也。宋明學者，競探微言，末流空疏，
> 浸成臆解。迨東原《屈賦注》出，乃始綜核故訓，屏絕虛
> 浮。此再變也。清儒致精樸學，其於名物訓故考辨極詳，
> 而大義疏通轉多不逮。迨近三十年，乃有致疑於屈宋之行
> 實，篇章之真偽者，使相承舊說皆得平列几筵，重新審訂。
> 此三變也。〔註1〕

羅氏此言，大致合理，即由朱熹《楚辭集注》出，「披芟榛蕪，獨標
旨趣」，一改劉安、王逸以降，漢學治《騷》之傳統。然朱子之後，「末
流空疏，浸成臆解」，尚待戴震《屈原賦注》出，得以「綜核故訓，
屏絕虛浮」，但清儒雖能「考辨極詳」，仍未逮於「大義疏通」。也正
因如此，方有「文脈大義」一系之爭鋒，而陳本禮《屈辭精義》即爲
其例。在此，東原本是清代碩儒、樸學專家，以其爲清儒治《騷》之
代表，可說是實至名歸。然而，若再考慮明末清初以來逐漸醞釀的「考
據學風」，其對《楚辭》研究之影響，則或可將其源頭，上推至蔣驥

〔註1〕　羅庸：〈楚辭纂義敍〉，游國恩：《離騷纂義》（游寶諒編：《游國恩楚
　　　　辭論著集》第一卷），頁1、2。

《山帶閣注楚辭》一書。

事實上，即使經過千餘年，無數學者們皓首窮經，孜孜矻矻，但直至近代，仍因疑古風氣興盛與日本漢學家之承續，致使「屈原否定論」曾名噪一時。且至今日，學界對屈原生平之考證、屈作範圍之認定、作品時地之推斷等問題，仍存在著一定的歧見，而《楚辭》研究中的種種謎團，實有待時間的沉澱與淘選。誠如游國恩嘗曰：

> 屈子博聞強志，所述古事，亦記傳聞；是以怪妄雜陳，時違經典。又因文獻湮微，莫可考究，用是遊談臆脫，迄無定論。〔註2〕

或姜亮夫亦云：

> 凡是犯了純主觀毛病的人，往往視其個人成分，定其整理的方法與態度：「經生以義例說之，文士以中情會之，史家衒其博證，小學通其訓詁，自漢儒以來千百家，辯者各操其術，以為一割」。〔註3〕

首先，游氏指出屈辭中所記古事，實因詩人其楚文化之特殊背景，加之「文獻湮微」，以致於部分故實，難以考究，更造成「遊談臆說」，至今未有定論。其次，姜氏回顧千餘年的先秦古籍整理與研究，也指出學者們「各操其術」，經生注重「義例」、文士逆會「中情」、史家講求「博證」、小學考索「訓詁」，雖各有所長，但難免失之一隅。

基於此，姜亮夫以為研究《楚辭》，即要致力於「屈原身世」、「版本」、「章句大義」、「歷史」、「文法訓詁」等五大問題，透過「個別分析，綜合理解」，以追求「近眞」的屈原與「近眞」的屈原作品的解釋。〔註4〕由上述二人之言，即可知研究《楚辭》，要能面面俱到，且還屈辭之廬山眞面目，絲毫不犯主觀，實非易事。

〔註2〕 游國恩：《離騷纂義・總序》（游寶諒編：《游國恩楚辭論著集》第一卷），頁2、3。

〔註3〕 姜亮夫：《屈原賦校註》（臺北：文光圖書公司，1974年8月），〈序言〉，頁1。

〔註4〕 姜亮夫：《屈原賦校註》，〈序言〉，頁2～9。

　　換言之，陳本禮《屈辭精義》一書，亦是在兩千餘年來，追求「近眞」的《楚辭》研究者之一，並屬於「文士以中情會之」一系。若以清代學術在多重因素之醞釀下，經典考證風氣在乾、嘉兩朝達於鼎盛，「考據學」成爲學術主流，進而成爲「清學」之代表。在如此學術氛圍中，注家以「考據學」方法治《騷》，可謂屢見不鮮。然而，於此之際，亦有不滿章句訓詁之瑣碎，偏重「文脈大義」一系之路數，陳本禮《屈辭精義》可爲代表。不可諱言，《屈辭精義》一書在「版本」、「訓詁」、「考證」、「解說」上，均存在著缺失。但就作者「稿凡五易」，花費畢生心血，以探求「微辭奧旨」的成果而言，既能吸取前人注《騷》之精華，旁徵博引，披沙揀金，又能反覆精研，力求突破，另出己見，進而具備「集大成」之性質，仍是瑕不掩瑜，實爲清代《楚辭》學史上不容忽視的一部著作。

　　最末，反思本論文研究之侷限與展望：

　　首先，有關「《屈辭精義》版本」之問題，受限於部分版本僅藏於中國大陸，未能親見，故僅能將其流傳版本卷首之排序略分爲「襄露軒刊本」、「嘉慶年間刻本」、「廣文書局本」三大方式，於彼此之間差異的根源，無法作出充分說明。其次，就接受美學而言，偉大的文學作品（如屈辭）的根本意義「就存在於歷代閱讀它、理解它、闡釋它的無數讀者的體驗意識之中。讀者們通過屈原作品和潛在地存在於這些作品中的屈原進行心靈對話，靈魂的問答，情愫的交流，因而兩個主體（屈原和讀者）通過對象（屈原作品）而互相溝通、互相理解」。〔註5〕陳本禮作爲一位讀者，受限於生平資料之缺乏，加之未若明、清之際的學者，具有鮮明的寄託色彩，僅能於箋注文字中，尋得陳氏一己思想情感流露之痕跡。不若其他注家能緊扣此一線索，加以考察或發揮作者注《騷》時的「反照自身」，或是更爲具體地反映作者對於時代議題之看法，這不能不說是遺珠之憾！當然，陳本禮對於〈離

─────────────

〔註5〕陶濤、黃建中：〈試論歷代屈原作品的讀者〉，《華中師範大學學報》（哲社版）第 36 卷第 6 期（1997 年 11 月），頁 96。

騷〉、〈天問〉章節分段之見解，相較於前人所分，是否有其繼承或修
正，而其詮解是否較前人傑出，又如何將諸家意見統整於章法學之領
域，進行考察等問題，因受限於研究主題與章節安排，加之相關文獻
資料之龐大，未能徹底加以梳理，在此或可作爲日後進一步研究之方
向。事實上，任何一種學術的發展，都不斷在因襲沿革，陳本禮亦是
在漫長的《楚辭》研究史中，致力於繼承前人並另出己見的學者之一。
時至今日，吾人鑽研《楚辭》，亦是站在古人的基礎上，不斷精進，
而陳氏治《騷》之態度，更是值得吾人學習。因此，本文所述，僅是
個人對於古代《楚辭》學研究之初步嘗試，並略盡一己綿薄之力，至
於其中尚待努力之空間，則俟日後精益求精，更上層樓。

附　錄

附表一：《屈辭精義》各篇參引暨自注次數統計表

〈離騷〉參引暨自注次數統計表	正文夾注	作者箋釋	總　計
劉安《離騷傳》	0	1	1
王逸《楚辭章句》	0	1	1
劉知幾《史通》	0	1	1
洪興祖《楚辭補注》	0	2	2
朱熹《楚辭集註》	0	1	1
張德純《離騷節解》	0	16	16
李光地《離騷解義》	0	4	4
林雲銘《楚辭燈》	0	3	3
方苞《離騷正義》	0	12	12
何焯《文選評》	2	0	3
徐煥龍《屈辭洗髓》	0	1	1
王萌、王遠《楚辭評註》	0	1	1
奚祿詒《楚詞詳解》	0	2	2
朱冀《離騷辯》	1	21	22
王邦采《離騷彙訂》	0	6	6

蔣驥《山帶閣注楚辭》	0	1	1
陳銀《楚辭發蒙》	6	4	10
魯筆《楚辭達》	0	3	3
《附註》	0	1	1
自箋	68	68	
正誤	8	8	

〈天問〉參引暨自注次數統計表	正文夾注	作者箋釋	總　計
王逸《楚辭章句》	2	16	18
朱熹《楚辭集注》	1	1	2
吳仁傑《離騷草木疏》	0	1	1
周拱辰《天問別註》	0	2	2
陳深《閱本批點》	0	1	1
黃文煥《楚辭聽直》	0	2	2
毛奇齡《天問補註》	0	3	3
屈復《楚辭新集註》	0	4	4
蔣驥《山帶閣注楚辭》	0	4	4
高秋月、曹同春《楚辭約註》	0	5	5
陳銀《楚辭發蒙》	1	0	1
夏大霖《屈騷心印》	1	0	1
《附註》	0	6	6
自箋	122	122	
正誤	18	18	

〈招魂〉參引暨自注次數統計表	正文夾注	作者箋釋	總　計
王逸《楚辭章句》	0	1	1
何焯《文選評》	0	2	2
蔣驥《山帶閣注楚辭》	0	3	3
自箋	15	15	

〈大招〉參引暨自注次數統計表	正文夾注	作者箋釋	總　計
蔣驥《山帶閣注楚辭》	0	3	3
《附註》	1	0	1
自箋	21	21	

〈九章〉參引暨自注次數統計表	正文夾注	作者箋釋	總　計
王逸《楚辭章句》	0	2	2
洪興祖《楚辭補注》	0	2	2
朱熹《楚辭集注》	1	2	3
吳仁傑《離騷草木疏》	0	1	1
黃文煥《楚辭聽直》	0	11	11
王萌、王遠《楚辭評註》	1	5	6
林雲銘《楚辭燈》	1	4	5
徐煥龍《屈辭洗髓》	0	4	4
王邦采《離騷彙訂》	0	2	2
蔣驥《山帶閣注楚辭》	1	21	22
陳銀《楚辭發蒙》	1	0	0
自箋	99	99	
正誤	3	3	

〈九歌〉參引暨自注次數統計表	正文夾注	作者箋釋	總　計
王逸《楚辭章句》	0	3	3
李善等《六臣文選注》	1	1	2
閔齊華《文選瀹註》	0	1	1
黃文煥《楚辭聽直》	0	1	1
何焯《文選評》	4	7	11
王萌、王遠《楚辭評註》	0	3	3
方廷珪《文選評註》	1	0	0
林雲銘《楚辭燈》	1	4	5

奚祿詒《楚辭詳解》	0	2	2
朱冀《離騷辯》	0	2	2
王邦采《離騷彙訂》	0	1	1
蔣驥《山帶閣注楚辭》	0	1	1
陳銀《楚辭發蒙》	1	2	3
自箋	62	62	
正誤	6	6	

〈遠遊〉參引暨自注次數統計表	正文夾注	文後箋釋	總　計
黃文煥《楚辭聽直》	0	1	1
蔣驥《山帶閣注楚辭》	0	3	3
自箋	26	26	

〈卜居〉參引暨自注次數統計表	正文夾注	作者箋釋	總　計
蔣驥《山帶閣注楚辭》	0	1	1
自箋	4	4	

〈漁父〉參引暨自注次數統計表	正文夾注	作者箋釋	總　計
林雲銘《楚辭燈》	0	1	1
何焯《文選評》	0	4	4
自箋	4	4	

附表二：《屈辭精義》明引陳銀《楚辭發蒙》詳情表

注　解　出　處	注　解　內　容
1.〈離騷〉：「又重之以修能」之「修」字下引	修字是眼，結上生下。
2.〈離騷〉：「汨余若將弗及兮」章末引	汨字新雋，已上自敘年譜，簡潔秀麗，開《史》、《漢》之先。

3.〈離騷〉：「恐美人之遲暮」句下引	草木自喻，美人比君，此方入題。
4.〈離騷〉：「彼堯舜之耿介兮」句下引	耿介謂德性，見巍煥氣象。
5.〈離騷〉：「反信讒而齌怒」之「讒」字下引	至此方點「讒」字，然已聲咽而不能出矣。
6.〈離騷〉：「忽馳騖以追逐兮」章末引	「非余心」，極尖冷，能令妬者茫然。原非好名者，曰「名」，特對貪妬者言耳。
7.〈離騷〉：「固時俗之工巧兮」章末引	「競周容」三字，刻畫傳神之筆。「度」字映前。
8.〈離騷〉：「悔相道之不察兮」之「悔」字下引	「悔」字映前。
9.〈離騷〉：「唯昭質其猶未虧」句末引	見得透，亦唯自信得過。
10.〈離騷〉：「曰勉陞降以上下兮」章末引	巫咸之占，意與靈氛相似，特淺深伸縮變化之不同耳。然得此一襯，愈覺波瀾無盡。
11.〈天問〉：「何勤子屠母，而死分竟地？」之「死」字下引	「死分」句，猶言至於斯極也。
12.〈悲回風〉：「眇遠志之所及兮」之「遠志」一詞下引	遠志，即自覛之志。
13.〈大司命〉：「孰離合兮可爲」句末引	此自慰之詞，人能盡性立命，則冥漠無權。按此即「殀壽不貳，修身以俟之」之意，結出大旨。
14.〈少司命〉：「孔蓋兮翠旍」章末引	兩〈司命〉措語各有分寸，前〈大司命〉猶有「人命」、「壽夭」四字點題，此則絕無一字及命，而究其所以然，莫非命也。詞意超脫之甚。
15.〈國殤〉：「出不入兮往不反」章末引	筆致雄毅，適與題稱，得出「不入」句一宕，局勢寬而不促。

附圖一：嘉慶年間刻本書影

序

劉勰曰不有屈原豈見離騷驚造物生人同資化育何
孤臣孽子天必厄其所遇厲其所爲笞之尨之置之於
莫可如何之地盡欲磨礱其大節苦礪其貞操俾其精
誠所結在天爲星辰在地爲河嶽夫然後知天之所以
成之者至矣若屈子者豈不可謂天之成之者歟忠不
見信寃莫能白其發而爲騷亦自寫孤忠泣遊魂於
江上叩而不知其微辭與旨實能動天地而感鬼神惜

繩溜溜汩汩無義不搜無輿不犂而起伏照應頓挫則
環極文人之能事故能與漆園並驅千古前儒注釋紛
紛無不人自以爲攫靈蛇之珠家自以爲養荊山之璧
然求其旨趣谷拍機神洞達識既不足以透徵精微商
學又不足以鈎深致遠故總無當於作者之心儼若諸
家則膚辭剌葦冗蔓滿紙客歲喬志斯役潛心
正夜加司正由春迄夏不惜午夜籌燈探賾索隱務期
大暢厥音怳若親炙於屈子之靈而受其耳提向命之

教也故每於展讀之際覺屈子神光猶剌剌紙上能不
肅然恐悚然而悲其志也至於獵取諸家輦害亦惟披
沙揀金不敢怖其河漢亦不敢信其矯強一言之合必
慎所擇取冀其廣播士林不肯令昔人一片血心理沒
千古也嘉慶壬申夏五端陽素村禮漫識於修梅山館

附圖二：上海掃葉山房本書影

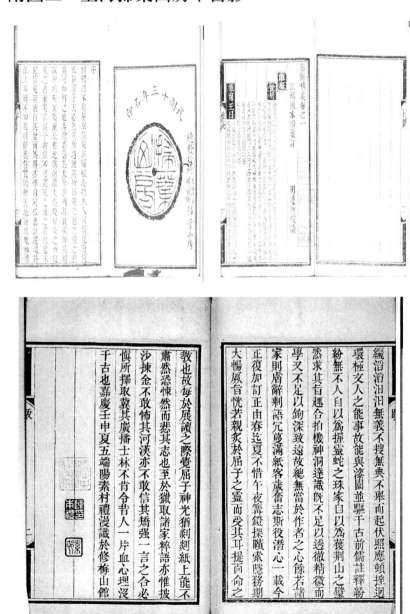

附圖三：《陳本禮離騷精義原稿留眞》本書影

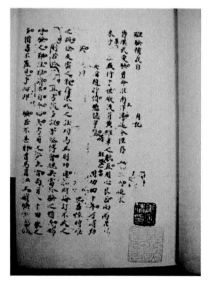
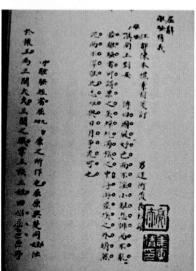

附圖四：《楚辭彙編》本書影

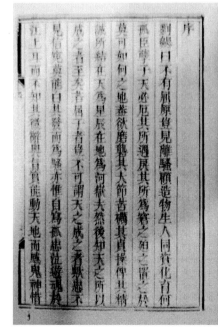

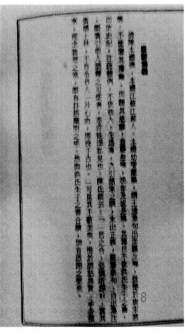

附圖五：江蘇廣陵古籍刻印社本書影

附圖六：《續修四庫全書》本書影

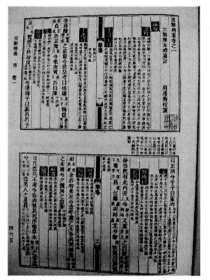

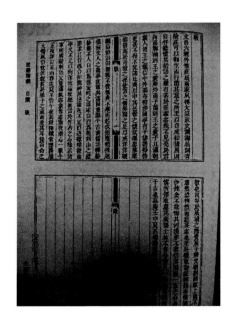

參考書目

一、專門著作

（一）楚辭類（古籍部分依作者年代排序，近代部分依出版時間排序）

1. 楚辭補注，〔宋〕洪興祖撰、白化文等點校，北京：中華書書，2002年10月。

2. 楚辭集注，〔宋〕朱熹，臺北：文津出版社，1987年10月。

3. 離騷集傳，〔宋〕錢杲之，（《叢書集成初編》第1820冊），北京：中華書局，1991年。

4. 楚辭集解，〔明〕汪瑗撰、董洪利點校，北京：北京古籍出版社，1994年1月。

5. 毛詩古音考・屈宋古音義，明陳第著、康瑞琮點校，北京：中華書局，2008年6月。

6. 楚詞疏，〔明〕陸時雍，（《楚詞彙編》第3冊），臺北：新文豐出版公司，1986年3月。

7. 楚辭聽直，〔明〕黃文煥，（《四庫全書存目叢書・集部》第1冊），臺南：莊嚴文化事業公司，1997年6月。

8. 離騷草木史，〔清〕周拱辰，（《續修四庫全書・集部・楚辭類》第1302冊），上海：上海古籍出版社，2002年3月。

9. 楚詞箋註，〔清〕李陳玉，（《續修四庫全書・集部・楚辭類》第1302冊），上海：上海古籍出版社，2002年3月。

10. 楚辭通釋，〔清〕王夫之，臺北：廣文書局，1979年5月。

11. 楚辭燈，〔清〕林雲銘，臺北：廣文書局，1994 年 2 月。

12. 楚辭評註，〔清〕王萌，(《四庫未收書輯刊》捌輯‧拾陸冊)，北京：北京出版社，2000 年 1 月。

13. 離騷辯，〔清〕朱冀，(《楚詞彙編》第 9 冊)，臺北：新文豐出版公司，1986 年 3 月。

14. 離騷彙訂（不分卷）‧屈子雜文箋略（六卷），〔清〕王邦采，(《四庫未收書輯刊》伍輯‧拾陸冊)，北京：北京出版社，2000 年 1 月。

15. 山帶閣注楚辭 〔清〕蔣驥 臺北：宏業書局，1972 年 11 月。

16. 離騷中正一卷‧讀騷管見一卷 〔清〕林仲懿，(《四庫全書存目叢書‧集部》第 2 冊)，臺南：莊嚴文化事業公司，1997 年 6 月。

17. 屈原賦注，〔清〕戴震著、褚斌杰，吳賢哲校點，北京：中華書局，1999 年 12 月。

18. 屈騷指掌，〔清〕胡文英，(《楚詞彙編》第 5 冊)，臺北：新文豐出版公司，1986 年 3 月。

19. 屈子章句，〔清〕劉夢鵬，(《楚詞彙編》第 4 冊)，臺北：新文豐出版公司，1986 年 3 月。

20. 楚辭新注求確，〔清〕胡濬源，(《楚詞彙編》第 3 冊)，臺北：新文豐出版公司，1986 年 3 月。

21. 屈辭精義，〔清〕陳本禮，(《續修四庫全書‧集部‧楚辭類》第 1302 冊)，上海：上海古籍出版社，2002 年 3 月。

22. 屈辭精義，〔清〕陳本禮，臺北：廣文書局，1971 年 12 月。

23. 屈辭精義，〔清〕陳本禮，(《楚詞彙編》第 5 冊)，臺北：新文豐出版公司，1986 年 3 月。

24. 陳本禮離騷精義原稿留眞，陶秋英、姜亮夫校繹，上海：上海出版公司，1955 年 9 月。

25. 九歌天問二招的成立背景與楚辭文學精神的探討，施淑女，(《臺大文史叢刊》第 31 冊)，臺北：國立臺灣大學文學院，1969 年。

26. 屈原賦校註，姜亮夫，臺北：文光圖書公司，1974 年 8 月。

27. 神話與詩，聞一多，臺中：藍燈文化事業公司，1975 年 9 月。

28. 屈賦甄微，鄭坦編著，臺北：臺灣商務印書館，1976 年 1 月。

29. 楚辭天問研究，陳怡良，臺南：第一書局，1981 年 2 月。

30. 楚辭要籍解題，洪湛侯等，武漢：湖北人民出版社，1984 年 11 月。

31. 楚辭學論文集，姜亮夫，上海：上海古籍出版社，1984 年 12 月。

32. 屈賦音注詳解，劉永濟，臺北：崧高書社，1985 年 5 月。

33. 山川寂寞衣冠淚——屈原的悲歌世界，傅錫壬，臺北：時報文化出版公司，1987 年 6 月。

34. 屈原問題論爭史稿，黃中模，北京：北京十月。文藝出版社，1987年 7 月。

35. 楚辭評論資料選，司馬遷等，臺北：長安出版社，1988 年 9 月。

36. 楚辭文藝觀，史墨卿，臺北：華正書局，1989 年 3 月。

37. 楚辭論析，湯漳平、陸永品，太原：山西教育出版社，1990 年 6 月。

38. 楚辭類稿，湯炳正，臺北：貫雅文化事業公司，1991 年 1 月。

39. 屈賦新探，湯炳正，臺北：貫雅文化事業公司，1991 年 2 月。

40. 中國楚辭學史，易重廉，長沙：湖南出版社，1991 年 5 月。

41. 屈原與楚文化研究，潘嘯龍，合肥：安徽文藝出版社，1991 年 6 月。

42. 屈原論稿，聶石樵，北京：人民文學出版社，1992 年 4 月。

43. 屈原辭研究，金開誠，南京：江蘇古籍出版社，1992 年 6 月。

44. 屈原文學論集，陳怡良，臺北：文津出版社，1992 年 11 月。

45. 楚辭書目五種，姜亮夫編著，上海：上海古籍出版社，1993 年 2 月。

46. 楚辭書目五種續編，崔富章編著，上海：上海古籍出版社，1993 年 2 月。

47. 楚辭注釋，楊金鼎等，臺北：文津出版社，1993 年 9 月。

48. 澤畔悲吟——屈原：歷史峽谷中的永恆回響，太原：山西教育出版社，1994 年 1 月。

49. 楚辭綜論，徐志嘯，臺北：東大圖書公司，1994 年 6 月。

50. 楚辭論稿，周建忠，鄭州：中州古籍出版社，1994 年 6 月。

51. 屈賦研究論衡，趙沛霖，桃園：聖環圖書公司，1994 年 6 月。

52. 楚騷新詁，蘇雪林，臺北：合記圖書出版社，1995 年 1 月。

53. 辭賦大辭典，霍松林主編，南京：江蘇古籍出版社，1996 年 5 月。

54. 屈原集校注（二冊），金開誠等校注，北京：中華書局，1996 年 8 月。

55. 屈原與他的時代，趙逵夫，北京：人民文學出版社，1996 年 8 月。

56. 巫風與九歌，邱宜文，臺北：文津出版社，1996 年 8 月。

57. 屈原與楚辭，姜亮夫、姜昆武，合肥：安徽教育出版社，1996 年 9

月。

58. 楚辭學史，李中華、朱炳祥，武漢：武漢出版社，1996 年 10 月。

59. 楚辭釋論，王廷海，大連：大連出版社，1997 年 4 月。

60. 楚辭文獻學史論考，李大明，成都：巴蜀書社，1997 年 6 月。

61. 詞章之祖——《楚辭》與中國文化，開封：河南大學出版社，1998 年 8 月。

62. 楚辭詩學，楊義，北京：人民出版社，1998 年 10 月。

63. 楚辭詮微集，彭毅，臺北：臺灣學生書局，1999 年 6 月。

64. 楚辭概論，游國恩，臺北：臺灣商務印書館，1999 年 10 月。

65. 楚辭今繹講錄，姜亮夫，昆明：雲南人民出版社，1999 年 11 月。

66. 屈原與楚辭研究，潘嘯龍，合肥：安徽大學出版社，1999 年 12 月。

67. 楚辭通故（四輯），姜亮夫，昆明：雲南人民出版社，2000 年 1 月。

68. 楚辭論學叢稿，朱碧蓮，臺北：文史哲出版社，2000 年 6 月。

69. 莊騷傳播接受史綜論，尚永亮，北京：文化藝術出版社，2000 年 10 月。

70. 歷代辭賦研究史料概述，馬積高，北京：中華書局，2001 年 4 月。

71. 屈原賦論箋，張登勤，呼和浩特：內蒙古教育出版社，2001 年 12 月。

72. 屈辭體研究，黃鳳顯，長沙：湖南人民出版社，2002 年 6 月。

73. 諷諫抒情與神話儀式——楚辭文心論，魯瑞菁，臺北：里仁書局，2002 年 9 月。

74. 楚辭文化研究，熊良智，成都：巴蜀書社，2002 年 10 月。

75. 詩經與楚辭，褚斌杰主編，北京：北京大學出版社，2002 年 11 月。

76. 中國楚辭學（第一輯），中國屈原學會編，北京：學苑出版社，2002 年 7 月。

77. 中國楚辭學（第二輯），中國屈原學會編，北京：學苑出版社，2003 年 1 月。

78. 楚辭要論，褚斌杰，北京：北京大學出版社，2003 年 1 月。

79. 楚辭評論集覽，李誠、熊良智主編，武漢：湖北教育出版社，2003 年 5 月。

80. 楚辭學通典，周建忠、湯漳平主編，武漢：湖北教育出版社，2003 年 5 月。

81. 楚辭集校集釋（二冊），崔富章　李大明主編，武漢：湖北教育出

版社，2003 年 5 月。

82. 楚辭著作提要，潘嘯龍、毛慶主編，武漢：湖北教育出版社，2003
    年 5 月。

83. 中國楚辭學（第三輯），中國屈原學會編，北京：學苑出版社，2003
    年 7 月。

84. 屈原賦今譯，郭沫若，上海：上海書店出版社，2003 年 7 月。

85. 屈原研究，褚斌杰編，武漢：湖北教育出版社，2003 年 8 月。

86. 楚辭研究（二冊），孫作雲，開封：河南大學出版社，2003 年 9 月。

87. 楚辭書錄，饒宗頤，（《饒宗頤二十世紀學術文集》卷十一），臺北：
    新文豐出版公司，2003 年 10 月。

88. 楚辭考論，周建忠，北京：商務印書館，2003 年 12 月。

89. 中國楚辭學（第四輯），中國屈原學會編，北京：學苑出版社，2004
    年 1 月。

90. 屈騷探幽，趙逵夫，成都：巴蜀書社，2004 年 4 月。

91. 先唐辭賦研究，郭建勛，北京：人民出版社，2004 年 5 月。

92. 中國楚辭學（第五輯），中國屈原學會編，北京：學苑出版社，2004
    年 7 月。

93. 漢楚辭學史（增訂本），李大明，北京：華齡出版社、中國社會科
    學出版社，2004 年 10 月。

94. 中國楚辭學（第六輯），中國屈原學會編，北京：學苑出版社，2005
    年 1 月。

95. 中國楚辭學（第七輯），中國屈原學會編，北京：學苑出版社，2005
    年 7 月。

96. 楚辭，湯漳平譯注，鄭州：中州古籍出版社，2005 年 10 月。

97. 楚辭與屈原辭再考辨，董運庭，北京：中國社會科學出版社，2005
    年 10 月。

98. 屈賦辨惑稿，張葉蘆，北京：學苑出版社，2005 年 12 月。

99. 林庚楚辭研究兩種，林庚，北京：清華大學出版社，2006 年 7 月。

100. 楚辭練要，陳煒舜，宜蘭：佛光人文社會學院，2006 年 7 月。

101. 九歌十辨，張元勛，北京：中華書局，2006 年 8 月。

102. 楚辭講座，湯炳正講述、湯序波整理，桂林：廣西師範大學出版社，
     2006 年 9 月。

103. 香草美人文學傳統，吳旻旻，臺北：里仁書局，2006 年 12 月。

104. 楚辭註繹（二冊），吳福助，臺北：里仁書局，2007 年 3 月。

105. 騷體的發展與衍變——從漢到唐的觀察，蘇慧霜，臺北：文津出版社，2007 年 4 月。

106. 中國楚辭學（第八、九、十輯），中國屈原學會編，北京：學苑出版社，2007 年 6 月。

107. 屈原學集成，戴錫琦、鍾興永主編，北京：中央編譯出版社，2007 年 6 月。

108. 楚辭講演錄，周建忠，桂林：廣西師範大學出版社，2007 年 7 月。

109. 屈賦通箋・箋屈餘義，劉永濟，北京：中華書局，2007 年 10 月。

110. 楚辭論叢，殷光熹，成都：巴蜀書社，2008 年 3 月。

111. 游國恩楚辭論著集（四卷），游國恩著、游寶諒編，北京：中華書局，2008 年 4 月。

112. 屈原與中華文化和民族精神，毛慶，四川大學出版社，2008 年 6 月。

113. 屈騷審美與修辭，陳怡良，臺北：文津出版社，2008 年 10 月。

114. 屈騷纂緒：楚辭學研究論集，陳煒舜，臺北：臺灣學生書局，2008 年 12 月。

（二）古籍類（含今人校注）（先依四部分類排序，次依作者年代排序）

1. 毛詩正義，〔漢〕毛公傳、〔唐〕孔穎達等正義，臺北：新文豐出版公司，2001 年 8 月。

2. 增註經學歷史，〔清〕皮錫瑞撰，臺北：藝文印書館，2004 年 3 月。

3. 急就探奇，〔清〕陳本禮，（《叢書集成三編》第 100 冊），臺北：新文豐出版公司，1997 年 3 月。

4. 新校本史記三家注并附編二種，楊家駱主編，臺北：鼎文書局，1979 年 2 月。

5. 新校本漢書并附編二種，楊家駱主編，臺北：鼎文書局，1979 年 2 月。

6. 續纂揚州府志，〔清〕英傑修、晏端書等纂，（《中國方志叢書》華中地方・第 2 號），臺北：成文出版社，1970 年。

7. 江都縣續志，〔清〕謝延庚等修、劉壽增纂，（《中國方志叢書》華中地方・第 26 號），臺北：成文出版社，1970 年。

8. 江都縣續志，〔清〕王逢源、李寶泰同輯，（《中國方志叢書》華中地方・第 394 號），臺北：成文出版社，1983 年 3 月。

9. 揚州畫舫錄，〔清〕李斗撰，汪北平、涂雨公點校，北京：中華書局，1997 年 12 月。

10. 直齋書錄解題，〔宋〕錢杲之，北京：中華書局，1985 年。

11. 四庫全書總目，〔清〕永瑢等，北京：中華書局，2003 年 8 月。

12. 萬卷精華樓藏書記，〔清〕耿文光，北京：中華書局，1993 年 1 月。

13. 販書偶記，孫殿起，臺北：漢京文化事業公司，1984 年 7 月。

14. 續修四庫全書總目提要（稿本），中國社會科學院圖書館整理，濟南：齊魯書社，1996 年 12 月。

15. 碑傳集補，閔爾昌錄，（周殿富輯：《清代傳記叢刊》第 123 冊），臺北：明文書局，1985 年 5 月。

16. 太玄闡祕，〔清〕陳本禮，（劉世珩輯《聚學軒叢書》第 21 冊），臺北：藝文印書館，1970 年。

17. 唐李賀協律鉤元，〔清〕陳本禮，（《香港中文大學罕傳善本叢書初編》），香港：香港中文大學出版社 1973 年 10 月。

18. 水滸傳評點，〔清〕金聖嘆，（林乾主編：《金聖嘆評點才子全集》第三卷），北京：光明日報出版社，1997 年。

19. 顧亭林詩文集，〔清〕顧炎武，臺北：臺灣中華書局，1982 年 4 月。

20. 學詁齋文集，〔清〕薛壽，（《叢書集成續編》第 196 冊），臺北：新文豐出版公司，1989 年 7 月。

21. 文心雕龍註，梁・劉勰著、范文瀾註，北京：人民文學出版社，2006 年 1 月。

22. 藝概，〔清〕劉熙載，臺北：頂淵文化事業公司，2004 年 3 月。

（三）近人著述類（依出版時間排序）

1. 文學遺產增刊（五輯），文學遺產編輯部編，北京：作家出版社，1957 年 12 月。

2. 中國經學史，馬宗霍，臺北：臺灣商務印書館，1966 年 9 月。

3. 王觀堂先生全集，王國維，臺北：文華出版公司，1968 年 3 月。

4. 江浙藏書家史略，吳晗，北京：中華書局，1981 年 1 月。

5. 中國文化新論・學術篇・浩瀚的學海，劉岱總主編，臺北：聯經出版事業公司，1981 年 12 月。

6. 江蘇省及六十四縣市志略，朱沛蓮，臺北：國史館，1987 年 6 月。

7. 訓詁學概要，林尹編著，臺北：正中書局，1994 年 11 月。

8. 宋元戲曲史，王國維，上海：華東師範大學出版社，1995 年 12 月。

9. 中國近三百年學術史，梁啟超，北京：東方出版社，1996 年 3 月。

10. 憂與遊：六朝隋唐遊仙詩論集，李豐楙，臺北：臺灣學生書局，1996 年 3 月。

11. 美的歷程，李澤厚，臺北：三民書局，1996 年 9 月。

12. 注釋學綱要，汪耀楠，北京：語文出版社，1997 年 4 月。

13. 國學研讀法三種，梁啟超，臺南：大夏出版社，1997 年 12 月。

14. 清代學術概論，梁啟超著、朱維錚導讀，上海：上海古籍出版社，1998 年 1 月。

15. 中國美學史（先秦兩漢編），李澤厚，劉綱紀，合肥：安徽文藝出版社，1999 年 5 月。

16. 清代義理學新貌，張麗珠，臺北：里仁書局，1999 年 5 月。

17. 鍾嶸詩品研究，張伯偉，南京：南京大學出版社，1999 年 6 月。

18. 中國評點文學史，孫琴安，上海：上海社會科學院出版社，1999 年 6 月。

19. 經典的批判——西漢文學思想研究，邵積意，北京：東方出版社，2000 年 1 月。

20. 中國古代接受詩學，鄧新華，武漢：武漢出版社，2000 年 10 月。

21. 先秦兩漢詩學，孫家富，長沙：湖南人民出版社，2000 年 11 月。

22. 清代詩學，李世英、陳水雲，長沙：湖南人民出版社，2000 年 11 月。

23. 中國詩學批評史，陳良運，南昌：江西人民出版社，2001 年 3 月。

24. 清代揚州學術研究（二冊），祁龍威、林慶彰主編，臺北：臺灣學生書局，2001 年 4 月。

25. 中國小說評點研究，譚帆，上海：華東師範大學出版社，2001 年 4 月。

26. 從經學到文學——明代《詩經》學史論，劉毓慶，北京：商務印書館，2001 年 6 月。

27. 中國古代詩人的仕隱情結，木齋等，北京：京華出版社，2001 年 6 月。

28. 金明館叢稿二編，陳寅恪，北京：三聯書店，2001 年 7 月。

29. 清代考據學研究，郭康松，武漢：崇文書局，2001 年 8 月。

30. 文獻學概要，杜澤遜，北京：中華書局，2001 年 9 月。

31. 清人詩文集總目提要，柯愈春，北京：北京古籍出版社，2001 年

11 月。

32. 華夏美學，李澤厚，天津：天津社會科學院出版社，2001 年 11 月。

33. 詩言志辨，朱自清，臺北：頂淵文化事業公司，2001 年 12 月。

34. 清代詩話知見錄，吳宏一主編，臺北：中央研究院中國文哲研究所，2002 年 2 月。

35. 中國古代文學批評方法研究，張伯偉，北京：中華書局，2002 年 5 月。

36. 中國文學欣賞舉隅，傅庚生，臺北：萬卷樓圖書公司，2002 年 12 月。

37. 中國文學批評史（三冊），王運熙、顧易生主編，上海：上海古籍出版社，2002 年 12 月。

38. 揚州刻書考，王澄，揚州：廣陵書局，2003 年 8 月。

39. 中國古代闡釋學研究，周裕鍇，上海：上海人民出版社，2003 年 11 月。

40. 古詩文要籍敘錄，金開誠、葛兆光，北京：中華書局，2005 年 8 月。

41. 李商隱詩箋釋方法論——中國古典詮釋學例說，顏崑陽，臺北：里仁書局，2005 年 11 月。

42. 清代揚州學記‧顧亭林學記，張舜徽，武漢：華中師範大學出版社，2005 年 12 月。

43. 中國古典詩學理論史（修訂版），蕭華榮，上海：華東師範大學出版社，2005 年 12 月。

44. 清代詩話考述（二冊），吳宏一主編，臺北：中央研究院中國文哲研究所，2006 年 12 月。

45. 古籍整理概論，曹林娣編著，北京：北京大學出版社，2007 年 1 月。

46. 中國文學批評範疇與體系，汪湧豪，上海：復旦大學出版社，2007 年 3 月。

47. 嘉道之際揚州常州區域文化比較研究，徐立望，杭州：浙江大學出版社，2007 年 8 月。

48. 明清江蘇文人年。表，張慧劍，上海：上海古籍出版社，2008 年 1 月。

49. 周漢詩學與文學思想研究，劉懷榮，北京：中國社會科學出版社，2008 年 9 月。

二、期刊論文（依出版時間排序）

（一）楚辭類

1. 〔日〕青木正兒著、紀庸譯：〈《楚辭·九歌》的舞曲結構〉，《國文月刊》第 72 期（1948 年 10 月）。

2. 黃勗吾：〈屈原與楚辭〉，《南洋大學學報》創刊號（1967 年）。

3. 魏子高：〈楚辭辨名〉，《中華文化復興月刊》第 12 卷第 9 期（1979 年 9 月）。

4. 林維純：〈略論朱熹注《楚辭》〉，《文學遺產》1982 年第 3 期。

5. 蔡守湘：〈試論屈原對「比興」的發展〉，《江漢論壇》1982 年第 9 期。

6. 姚益心：〈屈原創作心理初探〉，《中州學刊》1986 年第 5 期。

7. 田素蘭：〈王船山楚辭通釋述評〉，《國文學報》（臺師大）第 17 期（1988 年 6 月）。

8. 黃春貴：〈楚辭的名稱及其淵源〉，《國文學報》（臺師大）第 17 期（1988 年 6 月）。

9. 董楚平：〈從屈原之死談到他的愛國、人格、氣質──屈原個性研究〉，《中國社會科學》1989 年第 1 期。

10. 姜亮夫：〈屈辭精義〉，《中州學刊》1990 年第 3 期。

11. 潘嘯龍：〈屈原評價的歷史審視〉，《文學評論》1990 年第 4 期。

12. 高秋鳳：〈兩漢至明季之〈天問〉研究綜述〉，《國文學報》（臺師大）第 19 期（1990 年 6 月）。

13. 戴志鈞：〈屈騷的意象、手法、風格──屈原藝術個性研究〉，《文藝研究》1991 年第 2 期。

14. 羅漫：〈「楚辭」得名新議〉，《江海學刊》1991 年第 5 期。

15. 王淑禎：〈九歌異說眾論之辨析與商榷〉，《興大中文學報》第 5 期（1992 年 1 月）。

16. 馮俊杰：〈文化哲學與屈原的文學突破〉，《山西師大學報》（社科版）第 19 卷第 3 期（1992 年 7 月）。

17. 林宏躍：〈論屈原的「內美」心態〉，《山西師大學報》（社科版）第 19 卷第 3 期（1992 年 7 月）。

18. 史墨卿：〈楚辭「亂曰」新探〉，《中國國學》第 20 期（1992 年 11 月）。

19. 江寶釵：〈屈原的繼承、創新與影響〉，《大陸雜誌》第 85 卷第 6 期

（1992 年 12 月）。

20. 周建忠：〈《楚辭》研究五題回顧及反思〉，《中國古代、近代文學研究》1993 年第 10 期。

21. 王淑禎：〈九歌湘君湘夫人異說辨釋〉，《興大中文學報》第 6 期（1993年 1 月）。

22. 高秋鳳：〈明汪瑗《楚辭集解》述評〉，《國文學報》（臺師大）第 22期（1993 年 6 月）。

23. 栗鳳：〈重評林雲銘《楚辭燈》〉，《青海師範大學學報》（哲社版）1994 年第 2 期。

24. 郭杰：〈楚辭〈招魂〉的結構特徵與語言特徵〉，《蘇州大學學報》（哲社版）1994 年第 3 期。

25. 王延海：〈清代屈原研究散論〉，《遼寧大學學報》1994 年第 5 期。

26. 翟振業：〈〈天問〉問題研究的回顧與展望〉，《山西師大學報》（社科版）第 21 卷第 1 期（1994 年 1 月）。

27. 王淑禎：〈九歌雲中君異說辨釋〉，《興大中文學報》第 7 期（1994年 1 月）。

28. 江寶釵：〈從〈辨騷〉到「變乎騷」——朝向一個文學史觀的建立〉，《中國學術年刊》第 15 期（1994 年 3 月）。

29. 褚斌杰：〈屈原「天問」探旨〉，《中國國學》第 22 期（1994 年 10月）。

30. 蔣方：〈名士與〈離騷〉——論兩晉士人的屈原解讀及其意義〉，《北方論叢》1995 年第 1 期。

31. 曲家源：〈屈原的人格精神及其歷史評價〉，《吉林大學社會科學學報》1995 年第 1 期。

32. 王錫榮：〈〈離騷〉「求女」喻指發微——兼與「求君」說商榷〉，《吉林大學社會科學學報》1995 年第 1 期。

33. 朱思信：〈論〈九歌〉的結構藝術〉，《新疆教育學院學報》（漢文綜合版）1995 年第 3 期。

34. 王錫三：〈談〈離騷〉的結構藝術〉，《天津師大學報》1995 年第 4期。

35. 朱炳祥：〈「詞語扇面」論——兼評現代楚辭學史上兩場重大學術論爭〉，《江西社會科學》1995 年第 5 期。

36. 王淑禎：〈九歌河伯異說辨釋〉，《興大中文學報》第 8 期（1995 年1 月）。

37. 黃碧璉：〈楚辭文藝思想對宋代文論之啓迪〉，《宋代文學研究叢刊》創刊號（1995 年 3 月）。

38. 鄧元煊：〈林雲銘及其《楚辭燈》〉，《四川師範大學學報》（社科版）第 22 卷第 2 期（1995 年 4 月）。

39. 陳建梁：〈宋代「離騷」釋義考索〉，《江漢論壇》1996 年第 5 期。

40. 戴志鈞：〈論屈原早期創作特色──屈騷的情思、藝術方式、風格發展軌跡之一〉，《北方論叢》1996 年第 5 期。

41. 郭新和：〈蔣驥《山帶閣注楚辭》的治學方法〉，《河南師範大學學報》（哲社版）第 23 卷第 1 期（1996 年）。

42. 張來芳：〈洪興祖研究楚辭的特點與貢獻〉，《孔孟月刊》第 34 卷第 8 期（1996 年 4 月）。

43. 劉漢初：〈王逸《楚辭章句》的詮釋理念──兩漢以人論文批評觀的一個考察〉，《臺北師院學報》第 9 期（1996 年 6 月）。

44. 黃建榮：〈三家《楚辭》注本的訓釋篇目與體例〉，《雲夢學刊》1997 年第 1 期。

45. 楊建波：〈〈離騷〉與〈遠遊〉〉，《江漢論壇》1997 年第 3 期。

46. 戴志鈞：〈論屈原中期創作特色──屈騷的情思、藝術方式、風格發展軌跡之二〉，《北方論叢》1997 年第 4 期。

47. 周建忠：〈關於楚辭研究的對象審視與歷史回顧──楚辭研究一百年〉，《貴州社會科學》1997 年第 5 期。

48. 戴志鈞：〈論屈原晚期創作特色──屈騷的情思、藝術方式、風格發展軌跡之三〉，《學術文流》1997 年第 6 期。

49. 陶濤、黃建中：〈試論歷代屈原作品的讀者〉，《華中師範大學學報》（哲社版）第 36 卷第 6 期（1997 年 11 月）。

50. 蔣方：〈說「楚辭」之名──楚辭文體在漢代的接受情況爭議〉，《理論月刊》1998 年第 9 期。

51. 廖棟樑：〈對話批評：論漢代「擬騷」作品在「楚辭學」上的意義〉，《輔仁國文學報》第 13 集（1998 年 11 月）。

52. 廖棟樑：〈痛飲酒、熟讀〈離騷〉──簡論六朝士人對屈原的讀解〉，《中國文哲研究通訊》第 8 卷第 4 期（1998 年 12 月）。

53. 毛慶：〈由歷史看未來──近三百年楚辭研究史的啓示〉，《深圳大學學報》（人社版）第 15 卷第 4 期（1998 年 11 月）。

54. 蔣方：〈「女嬃」之角色及其意義探析〉，《文學遺產》1999 年第 3 期。

55. 〔韓〕林潤宣:〈論戴震注《騷》的原則與特點〉,《遼寧大學學報》1999 年第 5 期。

56. 廖棟樑:〈從怪妄到寓言——論汪瑗《楚辭集解》在《楚辭》學史的意義〉,《輔仁國文學報》第 14 集(1999 年 3 月)。

57. 李金善:〈楚辭學史的濫觴——《四庫全書總目》之楚辭論〉,《河北大學學報》(哲社版)第 24 卷第 1 期(1999 年 3 月)。

58. 毛慶:〈略論明清之際屈學研究思想之嬗變與發展——兼及對楚辭學史的貢獻〉,《武漢水利電力大學學報》第 19 卷第 5 期(1999 年 9 月)。

59. 王德華:〈《離騷》稱「經」考辨〉,《浙江師大學報》(社科版)2000 年第 1 期。

60. 鄒雲湖:〈「依托五經」與「以義裁之」——論《楚辭章句》與《楚辭集注》的漢宋之別〉,《語文學刊》2000 年 1 期。

61. 王德華:〈試論王逸《楚辭章句》「經學」闡釋的思想文化特徵〉,《中州學刊》2000 年第 3 期。

62. 〔韓〕朴永煥:〈南宋詩話中的評騷論點〉,《中國典籍與文化》2000 年第 3 期。

63. 周建忠:〈楚辭研究熱點透視〉,《雲夢學刊》2000 年第 3 期。

64. 周建忠:〈楚辭研究熱點透視(六)〉,《古籍整理研究學刊》2000 年第 4 期。

65. 毛慶:〈《離騷》的層次劃分及結構的奧秘〉,《淮陰師範學院學報》(哲社版)2000 年第 5 期。

66. 熊良智:〈屈原賦探名〉,《文史雜誌》2000 年第 6 期。

67. 〔韓〕林潤宣:〈論陳本禮的《屈辭精義》〉,《遼寧大學學報》(哲社版)第 28 卷第 6 期(2000 年 11 月)。

68. 廖棟樑:〈古代〈離騷〉「求女」喻義詮釋多義現象的解讀——兼及反思古代《楚辭》研究方法〉,《輔仁學誌・人文藝術之部》第 27 期(2000 年 12 月)。

69. 易思平:〈屈原賦接受史二題〉,《深圳教育學院學報》2001 年第 1 期。

70. 張磊:〈古代楚辭學重要論著及其版本述評〉,《大學圖書館學報》2001 年第 2 期。

71. 傅勇林:〈兩漢經學之爭與屈騷闡釋〉,《中國文化研究》2001 年秋之卷。

72. 蔣方,張忠智:〈兩漢士人閱讀屈原的價值取向探釋〉,《湖北大學

學報》（哲社版）第 28 卷第 2 期（2001 年 3 月）

73. 譚思健：〈論〈離騷〉的比興體系及其審美價值（上）〉，《江西教育學院學報》第 22 卷第 2 期（2001 年 4 月）。

74. 譚思健：〈論〈離騷〉的比興體系及其審美價值（下）〉，《江西教育學院學報》第 22 卷第 4 期（2001 年 8 月）。

75. 毛慶：〈析史問難：〈天問〉錯簡整理史的反思〉，《湖北大學學報》（哲社版）第 28 卷第 5 期（2001 年 9 月）。

76. 杜海軍：〈幽憂窮蹙、怨慕淒涼──論朱熹的楚辭鑒賞觀〉，《孔孟月刊》第 40 卷第 2 期（2001 年 10 月）。

77. 種亞丹：〈試論汪瑗的《楚辭集解》〉，《貴陽金築大學學報》2002 年第 4 期。

78. 廖棟樑：〈歐穆亞──論王國維的《楚辭》研究〉，《輔仁學誌‧人文藝術之部》第 29 期（2002 年 7 月）。

79. 黃建榮：〈論黃文煥《楚辭聽直》的注釋特色〉，《撫州師專學報》第 21 卷第 3 期（2002 年 9 月）。

80. 周建忠：〈宋代楚辭要籍題解〉，《古籍整理研究學刊》第 6 期（2002 年 11 月）。

81. 周葦鳳：〈論《楚辭》的篇次〉，《湖南大學學報》（社科版）第 17 卷第 1 期（2003 年 1 月）。

82. 黎千駒：〈古代《楚辭》注本訓詁的內容和術語〉，《雲夢學刊》第 24 卷第 2 期（2003 年 3 月）。

83. 周建忠：〈明代楚辭要籍題解〉，《書目季刊》第 37 卷第 2 期（2003 年 9 月）。

84. 毛慶：〈論〈天問〉獨特的立體結構與抒情方式〉，《南京師範大學文學院學報》第 3 期（2003 年 9 月）。

85. 黃建榮：〈漢至明代的《楚辭》注本概說〉，《九江師專學報》（哲社版）2004 年第 1 期。

86. 毛慶：〈〈天問〉研究四百年綜論〉，《文藝研究》2004 年第 3 期。

87. 龔敏：〈以《詩》釋《騷》──論王逸《楚辭章句》注釋方式〉，《船山學刊》2004 年第 4 期。

88. 周建忠：〈王夫之《楚辭通釋》及研究〉，《船山學刊》2004 年第 4 期。

89. 周建忠：〈楚辭與楚辭學〉，《雲夢學刊》第 25 卷第 1 期（2004 年 1 月）。

90. 薛勝男：〈《詩經》《楚辭》比興藝術之比較〉,《湖南科技大學學報》（社科版）第 7 卷第 1 期（2004 年 1 月）。

91. 黃建榮：〈略論王夫之《楚辭通釋》的字詞注釋特色〉,《衡陽師範學院學報》第 25 卷第 1 期（2004 年 2 月）。

92. 王媛：〈〈遠遊〉作者研究狀況綜述〉,《徐州師範大學學報》（哲社版）第 30 卷第 2 期（2004 年 3 月）。

93. 黃建榮：〈戴震《屈原賦注》的字詞注釋特色〉,《東華理工學院學報》第 23 卷第 1 期（2004 年 3 月）。

94. 黎千駒：〈古代《楚辭》注本訓詁方法研究〉,《雲夢學刊》第 25 卷第 3 期（2004 年 5 月）。

95. 許又方：〈賀貽孫《騷筏》述評〉,《東華漢學》第 2 期（2004 年 5 月）。

96. 蘇慧霜：〈宗經與駢麗——漢代屈賦論評下的文學觀〉,《興大中文學報》第 16 期（2004 年 6 月）。

97. 譚德興：〈論宋代楚辭觀的新發展〉,《衡陽師範學院學報》第 25 卷第 5 期（2004 年 10 月）。

98. 王以憲：〈論賦學與楚辭學的分合〉,《江西師範大學學報》（哲社版）第 37 卷第 6 期（2004 年 11 月）。

99. 黃建榮：〈論王闓運《楚辭釋》的注釋特色〉,《南昌大學學報》（人社版）第 36 卷第 1 期（2005 年 1 月）。

100. 葛曉音：〈屈賦比興的性質及其作用的轉化——兼論「雅」與「騷」的關係〉,《北京大學學報》（哲社版）第 42 卷第 1 期（2005 年 1 月）。

101. 吳思增：〈陳子龍和明清之際「莊騷」合稱〉,《太原理工大學學報》（社科版）第 23 卷第 1 期（2005 年 3 月）。

102. 周建忠：〈《楚辭》層次結構研究——以〈離騷〉爲例〉,《雲夢學刊》第 26 卷第 2 期（2005 年 4 月）。

103. 廖棟樑：〈〈離騷〉者,〈小弁〉之怨——關於屈辭之「怨」的一種解讀〉,《東華漢學》第 3 期（2005 年 5 月）。

104. 陳煒舜：〈周用《楚詞註略》探析〉,《東海中文學報》第 17 期（2005 年 7 月）。

105. 黃建榮：〈論馬其昶《屈賦微》「博采眾說」的注評特色〉,《東華理工學院學報》（社科版）第 24 卷第 3 期（2005 年 9 月）。

106. 羅建新：〈《楚辭集解》訓詁考據的成就〉,《古籍整理研究學刊》第 6 期（2005 年 11 月）。

107. 劉鑒毅：〈「山鬼」諸說駁議〉,《東方人文學誌》第 4 卷第 4 期（2005

年 12 月）。

108. 王德華：〈屈騷精神與儒家理想人格衝突融合的歷史考察〉，《文學評論》2006 年第 2 期。

109. 周建忠：〈關於「楚辭」的傳播與「楚辭學」的分類——撰寫《楚辭學史》的思考與探索〉，《中州學刊》2006 年第 2 期。

110. 潘嘯龍、陳玉潔：〈〈九歌〉性質研究辨析〉，《長江學術》2006 年第 4 期。

111. 陳煒舜：〈從《楚辭評註》看明末清初的學風轉變〉，《中國文化研究所學報》第 46 期（2006 年）。

112. 廖棟樑：〈忠誠之情，懷不能已——論班固的屈原觀〉，《輔仁國文學報》增刊（2006 年 1 月）。

113. 王德華：〈屈騷精神在宋代的缺失與修復〉，《學術月刊》第 38 卷 2 月號（2006 年 2 月）。

114. 黃建榮：〈論馬其昶《屈賦微》闡明微言的注評特色〉，《雲夢學刊》第 27 卷第 2 期（2006 年 3 月）。

115. 陳煒舜：〈桑悅及其《楚辭評》考論〉，《清華學報》第 36 卷第 1 期（2006 年 6 月）。

116. 劉偉生：〈汪瑗解騷論略〉，《中國韻文學刊》第 20 卷第 2 期（2006 年 6 月）。

117. 張強，楊穎：〈〈九歌〉主題研究述評（上）〉，《徐州師範大學學報》（哲社版）第 32 卷第 4 期（2006 年 7 月）。

118. 張強，楊穎：〈〈九歌〉主題研究述評（下）〉，《徐州師範大學學報》（哲社版）第 32 卷第 5 期（2006 年 9 月）。

119. 陳煒舜：〈趙南星及其《離騷經訂註》〉，《中正大學中文學術年刊》第 8 期（2006 年 12 月）。

120. 高秋鳳：〈台灣楚辭研究六十年（1946～2005）〉，《國文學報》（臺師大）第 14 期（2006 年 12 月）。

121. 柯混瀚：〈劉向與《楚辭》關係再探〉，《東方人文學誌》第 5 卷第 4 期（2006 年 12 月）。

122. 鄧聲國：〈試論王逸《楚辭章句》的文學闡釋〉，《江西社會科學》2007 年第 1 期。

123. 肖治強：〈蔣驥《山帶閣注楚辭》知人論世探析〉，《貴州文史叢刊》2007 年第 1 期。

124. 葉志衡：〈宋人對屈原的接受〉，《社會科學戰線》2007 年第 2 期。

125. 楊曦:〈屈原的「忠」與「過」——談朱熹眼中的屈原〉,《成都大學學報》(社科版) 2007 年第 2 期。

126. 毛慶:〈吳世尚與弗洛依德關於「白日夢」理論之比較〉,《職大學報》2007 年第 3 期。

127. 毛慶:〈論清代楚辭研究中的「直覺感悟法」〉,《文藝研究》2007 年第 4 期。

128. 施仲貞:〈論劉熙載楚辭學的藝術研究〉,《理論月刊》2007 年第 10 期。

129. 高獻紅:〈宋人詩話之楚騷接受〉,《蘭州學刊》2007 年第 11 期。

130. 魯瑞菁:〈「〈離騷〉稱經」與漢代章句學〉,《靜宜人文社會學報》第 1 卷第 2 期(2007 年 2 月)。

131. 陳煒舜:〈東林三家〈離騷〉註綜論〉,《書目季刊》第 40 卷第 4 期(2007 年 3 月)。

132. 陳煒舜:〈劉永澄及其《離騷經纂註》〉,《國文學報》(高師大)第 6 期(2007 年 6 月)。

133. 廖棟樑:〈論屈原「發憤以抒情」說及其歷史發展〉,《輔仁國文學報》第 24 期(2007 年 6 月)。

134. 周葦鳳:〈屈原作品稱經的文化背景〉,《廣西師範大學學報》(哲社版)第 43 卷第 3 期(2007 年 6 月)。

135. 劉偉生:〈獨據文本,隨文會意——汪瑗《楚辭集解》解騷方法論略〉,《東方人文學誌》第 6 卷第 3 期(2007 年 9 月)。

136. 廖棟樑:〈「文」的譜系——論晚明清初學者對屈辭藝術性的認識〉,《淡江中文學報》第 17 期(2007 年 12 月)。

137. 蔡覺敏:〈莊騷兩靈鬼,盤踞肝腸深——論莊子、屈原人生境界的同異及對後代士人之影響〉,《重慶三峽學院學報》2008 年第 4 期。

138. 蘇慧霜:〈變與不變:屈騷美人意象及其餘影管窺〉,《遼東學院學報》(社科版)第 10 卷第 1 期(2008 年 2 月)。

139. 李永明:〈朱熹《楚辭集注》成書考論〉,《西南交通大學學報》(社科版)第 9 卷第 2 期(2008 年 4 月)。

140. 柯混瀚:〈屈原、陶潛「狂狷」論〉,《東方人文學誌》第 7 卷第 4 期(2008 年 12 月)。

(二)其他類

1. 李澤厚:〈古典文學札記一則〉,《文學遺產》1986 年第 4 期。

2. 孫立:〈「詩無達詁」論〉,《文學遺產》1992 年第 6 期。

3. 王志明：〈「詩言志」、「以意逆志」說和接受理論〉，《文藝理論研究》1994 年第 2 期。

4. 林繼中：〈沉鬱——士大夫文化心理的積澱〉，《文藝理論研究》1994 年第 6 期。

5. 楊玉成：〈劉辰翁：閱讀專家〉，《國文學誌》第 3 期（1999 年 6 月）。

6. 趙宗福：〈被埋沒的《山海經》研究重要成果——清代陳逢衡《山海經彙說》述評〉，《民俗研究》2001 年第 3 期。

7. 周裕鍇：〈「以意逆志」新釋〉，《文藝理論研究》2002 年第 6 期。

8. 亓婷婷：〈談陳本禮注釋之〈李憑箜篌引〉〉，《國文天地》第 17 卷第 8 期（2002 年 1 月）。

9. 尚永亮、王蕾：〈論「以意逆志」說之內涵、價值及其對接受主體的遮蔽〉，《文藝研究》2004 年第 6 期。

10. 丁旭輝：〈清代考據學興起的原因與背景研究的時代意思〉，《國立中央圖書館臺灣分館館刊》第 10 卷第 3 期（2004 年 9 月）。

11. 胡建次：〈中國古代詩歌源流批評的承傳〉，《三峽大學學報》（人社版）第 27 卷第 6 期（2005 年 11 月）。

12. 郭明道：〈清代揚州學派爭議〉，《求索》2006 年第 3 期。

13. 郭明道：〈揚州學派的文學思想及其影響〉，《學術研究》2006 年第 8 期。

14. 周積明、雷平：〈清代經世思潮研究述評〉，《漢學研究通訊》第 25 卷第 1 期（2006 年 2 月）。

15. 楊志平：〈釋「橫雲斷山」與「山斷雲連」——以古代小說評點為中心〉，《學術論壇》2007 年第 8 期。

16. 明光：〈清代揚州「二馬」家世考〉，《揚州大學學報》（人社版）第 11 卷第 2 期（2007 年 3 月）。

三、會議論文（依出版時間排序）

1. 顏崑陽：〈論漢人「悲士不遇」的心靈模式〉，《漢代文學與思想學術研討會論文集》（臺北：文史哲出版社，1991 年 10 月）。

2. 顏崑陽：〈漢代「楚辭學」在中國文學批評史上的意義〉，國立彰化師範大學國文系編：《第二屆中國詩學會議論文集》（1994 年 5 月）。

3. 李豐楙：〈崑崙、登天與巫俗傳統——楚辭巫系文學論之二〉，國立彰化師範大學國文系編：《第二屆中國詩學會議論文集》（1994 年 5 月）。

4. 廖棟樑：〈雙重旋律——論揚雄〈反離騷〉〉，《兩漢文學學術研討會論文集》（臺北：華嚴出版社，1995 年 5 月）。

5. 周益忠：〈宋人論詩詩中的屈騷情懷〉，國立成功大學中文系編：《第一屆宋代文學研討會論文集》（高雄：麗文文化事業公司，1995 年 5 月）。

6. 吳曉青：〈試論〈卜居〉和〈漁父〉〉，國立政治大學文學院編：《第三屆國際辭賦學術研討會論文集》（上冊）（1996 年 12 月）。

7. 高大威：〈屈原及其作品蘊義之分析〉，國立政治大學文學院編：《第三屆國際辭賦學術研討會論文集》（上冊）（1996 年 12 月）。

8. 陳怡良：〈屈賦之「變」與「不變」〉，國立政治大學文學院編：《第三屆國際辭賦學術研討會論文集》（上冊）（1996 年 12 月）。

9. 廖棟樑：〈接受美學與《楚辭》學史研究——以屈原形象的歷史建構為例〉，國立政治大學中文系：《中國文學史暨文學批評學術研討會論文集》（1996 年 12 月）。

10. 張淑香：〈抒情自我的原型——屈原與離騷〉，國立臺灣大學中文系編：《臺靜農先生百歲冥誕學術研討會論文集》（2001 年 12 月）。

11. 廖棟樑：〈建構與定型——論儒家文化視野中屈原研究的詮釋策略〉，劉漢初主編：《文學研究的新進路——傳播與接受》（臺北：洪葉文化事業公司，2004 年 7 月）。

12. 廖美玉：〈中國詩話中「莊、屈」異質共構的理論與實證〉，《第四屆國際東方詩話研討會論文集》（2005 年 6 月）。

13. 許又方：〈主體屬性的追尋與重構——論漢代學者對屈原自殺的批評〉，國立政治大學中文系編：《第五屆漢代文學與思想學術研討會論文集》（臺北：新文豐出版公司，2005 年 15 月）。

14. 郭芳忠：〈從瀟湘逐客的情愁——「騷怨」談漢儒的詮釋及其風格構建〉，國立高雄師範大學國文系編：《堂堂張乎——紀念張子良教授學術研討會會後論文集》（2007 年 12 月）。

四、學位論文（依出版時間排序）

1. 梁昇勳：《朱子楚辭集注研究》（臺北：國立臺灣師範大學國文所碩士論文，1986 年）

2. 高秋鳳：《天問研究》（臺北：國立臺灣師範大學國文所博士論文，1991 年）

3. 李溫良：《洪興祖楚辭補注研究》（臺南：國立成功大學中文所碩士論文，1994 年）

4. 吳旻旻：《漢代楚辭學研究——知識主體的心靈鏡像》（嘉義：國立中正大學中文所碩士論文，1997 年），

5. 〔韓〕林潤宣：《清代楚辭學史論》（北京：北京大學博士論文，1997 年）

6. 徐在日：《明代楚辭學史論》（北京：北京大學博士論文，1999 年）

7. 廖棟樑：《古代楚辭學史論》（臺北：私立輔仁大學中文所博士論文，1997 年）

8. 蕭夏媛：《蔣驥山帶閣注楚辭研究》（臺北：私立輔仁大學中文所碩士論文，1999 年）

9. 陳煒舜：《明代楚辭學研究》（香港：香港中文大學中國語文及文學學部博士論文，2003 年）

10. 張勤瑩：《「以史入騷」與草木世界——吳仁傑離騷草木疏之研究》（宜蘭：私立佛光人文社會學院歷史所碩士論文，2006 年）

11. 王帝：《黃文煥楚辭聽直研究》（貴州：貴州大學碩士論文，2007 年）

12. 肖治強：《山帶閣注楚辭探析》（貴州：貴州大學碩士論文，2007 年）

13. 鄭雅婷：《王逸楚辭章句引詩研究》（臺北：私立世新大學中文所碩士論文，2008 年）

14. 廖美娟：《明代陸時雍楚辭疏研究》（花蓮：國立東華大學中文所碩士論文，2008 年）

15. 吳燕眞：《招魂、尋跡與辯誣——黃文煥楚辭聽直研究》（臺北：私立輔仁大學中文所碩士論文，2008 年）

五、日文文獻（依出版時間排序）

1. 藤野岩友：《楚辭》（《漢文大系》第三卷）（東京：集英社，1986 年 9 月）

2. 宮野直也：〈王逸「楚辭章句」の注釋態度について〉，《日本中國學會報》第 39 集（1987 年）。

3. 石川三佐男：〈「楚辭」學術史論考〉，《日本中國學會報》第 50 集（1998 年）。

4. 小南一郎：《楚辭とその注釋者たち》（京都：朋友書店，2003 年 7 月）

5. 矢田尚子：〈楚辭「離騷」の「求女」をめぐる一考察〉，《日本中國學會報》第 57 集（2005 年 10 月）。